贅沢な悩み

―――ゆう子の思うツボ?―――

上様

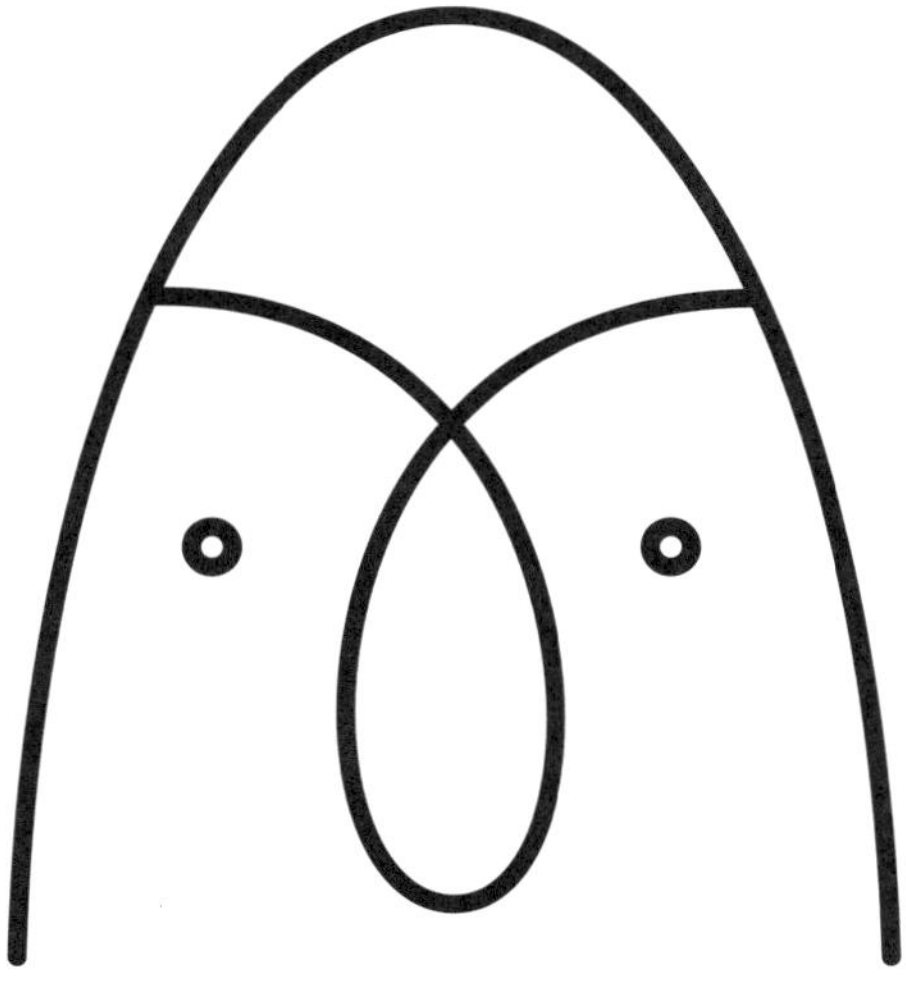

文芸社

目次

プロローグ

とある街の映画館。世辞にもきれいとは言えぬ館内に、客は七～八人。熱心そうな若者もいれば、酔いつぶれた中年男もいる。短い予告のあと、スクリーンに文字が浮かび、音のないままフィルムが流れる。

フィルム１　芸術祭参加作品

フィルム２　なのにＲ指定？

フィルム３　すべてのエゴイスト、ナルシストに贈る

フィルム４　脱ロマン・エロティシズム宣言

・・・・・・・

誕生

名前は、そうP.D.とでもしておきますか。一九六〇年代、私は東京近郊の静かな街に生まれました。性別は男子、体調は健康、容姿は極めてかわいいと、これが私に下された人生初の決定でした。

当時我が家は、父、母、兄の三人。両親ともに大正生まれで、出身は中部地方の田舎の県。私などには想像もつかぬ先の大戦を潜《くぐ》り抜け、現在の日本を築き上げてきた、若干二名とその子息《しそく》ということになります。

私は母が四十《しじゅう》の時の子でした。もともとうちは長男、次男の二人でしたが、上が早くに事故で亡くなり……しかしその後、授かった子の誕生予定日が、たまさかその命日ともなれば……。

結局出産は十日ほど遅れましたが、母は「一大決心をしてあなたを生んだ」と常々申しておりました。つまり元を正せば、この世に生まれることのない？……私もなかなかの運命を背負い、出てきたことになります。

一方その昔、現在《いま》の兄にもそれなりの逸話が。夏、縁側《えんがわ》で母が涼んでいると、庭に一匹の蛇が通り過ぎ、その夜《よ》、兄は生まれたのだそうです（巳年）。これもいい感じのエピソードで、「後年その子は出世し、現在活躍をされているどこの誰それ」ということであれば物語にもなるんでしょうけど、まぁ、どこにでもいる普通のおっさんです（十歳年上）。ともあれ私は、夭折《ようせつ》もせず、飽食を重ね、勤労もせず、惰眠を貪《むさぼ》り、先日まで町外れの病院で、しがない勤務医をつとめておりました。四十五《しじゅうご》過ぎても独り身で、ベランダにも出られぬ高所恐怖症《アクロフォビア》でありながら、ただただ虚勢を張りたいがため、高層マンションの一室に一人静かに暮らしています。先日、押入れに一匹の蜘蛛がいました。性別は不明ですが、カトリーヌと呼んでいます。

母によると、出生時の私は、とにかくかわいい赤ん坊だったようです。この種《て》の話はたいてい盛られるものですが、私の場合、そうではありませんでした。取り上げた助産婦さんが、「まぁ〜、かわいい」と絶叫したとか、近所のお姉さんが、「世界一かわいい」と悶絶したとか、デパートに行けば多くの女店員に抱っこされるなど、すこぶる評判の御曹司《おんぞうし》で。

ところがそれとは裏腹に、近頃は女性に抱かれるなどまったくのところご無沙汰で、今でも十分かわいいのに、いったいこれはどうしたことでしょう？（もしかして、気持ちが悪いのでしょうか）

また折々《おりおり》の話では、近くに顔の相を見るとかいう、いかにも怪しいおじさんがいて、私を見止めるなり、「この子は意志が強い子だ。誰かこの子を引き上げてくれる人がいますよ。この子は出世しますよ」と絶賛したのだそうです。

むろん母は大喜びで、自慢のネタにしていたようですが、ただ申すまでもなく、生後すぐの赤ん坊を見て、「この子は見込みがないから、捨てたがよかろう」などと真顔で語る、そんな大人はいませんからね。あるいは褒め倒した見返りに、祝儀でも掠《かす》め取ろうしたのではないでしょうか（ホメホメ詐欺）。事実、いまだに出世の見込みはないという……。

記憶

かなたに見上げる水面《みなも》の光とも、かすかに聞こえる雅楽の笙《しょう》の音《ね》とも、どこが起点か定かでない、記憶の始まりとはそんなものだろうと思います。

三島先生の『仮面の告白』は、「永いあいだ、私は自分が生まれたときの光景を見たことがあると言い張っていた」との始まりで、やはりモノが違うと思いますけれど、私のそれは、家の建て替えに大工さんが放った電気ノコギリの音でした。おそらく二歳頃、それが目にも耳にも、初めての光景だったと思います。

電ノコを吹かすと私が泣くので、むこうも笑って手を止めるのですが、始めるとまた泣きわめく、その繰り返しだったようです。「キィ〜〜〜ウィ〜〜ンニャニャニャニャニャ〜ン」と、あの空気を切り裂く摩擦音が、子供には強烈すぎたのでしょう。

またそれとは別に、生家《うち》は旧道を見下ろす石垣の上にあったのですが、穏やかな陽の中、階段の途中に佇《たたず》んでは人の往来を眺めているという、静かな記憶もあり……思えばあの頃は、本当に平和でした。

幼稚園　その一

兄は昔、よくひきつけをおこし、周囲をヤキモキさせたようですが、幸い私にはそうした災難はなく、無事、幼稚園に上がるまで成長していました。年少の記憶は空白ですが、翌年、新入園の子が送迎バスを嫌がり、大泣きした時のことは憶えていて。

母が、「ボク、なんとかしてあげなさいよ」とせっついたのを、私「そんなこと言っても無駄だよ、誰もが通る道だからさ」と冷たく返したというか、結果、母を窘《たしな》める形となったのですが、そのあまりの大人びた態度に、他《た》の園児の母親たちは度肝《どぎも》を抜かれたようでした。

あたかも神の子を祝福するかのような歓喜のまなざし？　私が大器の片鱗を見せた瞬間

と言えましょう。近所の鼻たれ小僧に格の違いを見せつけてやったというか、とにかく目から鼻に抜ける子供でしたが、しかし、かかるきれ者の少年が、そう遠くない将来、単なるきわ者に変貌しようとは、その時誰が想像したでありましょう。

現在《いま》でも祭りやパレードがあると、吹奏楽《ブラス》の集団が目白押しで、どっから降ってわいたのかと驚かされますけど、我が園も、児童全員が鼓笛隊に入る決まりのようなものがありました。たしかに、鼓笛隊はよかったですね。リーダーが、赤い上着に白のスカートのキリッとしたおねぇさんで、歯切れよく笛を吹き、優雅にバトン動かすさまは、それはステキに思えたものでした。

ところがいざ入隊してみると、私は隊の花形である小太鼓のグループに配属されました。見た目がかわいかった、お歌が上手だった、何より利発な子供だったと、それらすべてが理由でしょうが、しかし私にすれば、楽器を持つのも初めてなら、小さい身体《からだ》に小太鼓は重いし、そんなにすぐには上達できません（特に私は、園内でも身体が小さいほうだった）。

また不幸というのは重なるのか、その指導の教諭がやたらと厳しい女性《オンナ》で（笑）、私は練習のたび、泣かされてばかりいました。なんの仕打ちか意味がわからず、小太鼓がイヤで仕方がありませんでした。性格上、おそらく私は褒《ほ》められて伸びるタイプに違いないのですが、どういうわけか生まれてこのかた、ヒトから褒められたためしがありません。それどころか、各場面潰《つぶ》されてるとしか思えない処遇を受けるばかりなのですが、あの時の小太鼓はまさにそれの始まりでした。

その後もbeatを刻むには至らず、結局小太鼓からは外《はず》され、その他大勢の「笛」に回されました。世間ではこうした扱いを降格人事と呼ぶそうですが、正直私は安堵していました。虐《しいた》げられぬ午後のひと時が、どれほど幸せだったことか。

むしろ「期待を裏切り、失望させてやった」という背反？　報復？　幼心にも、屈折していた当時がよみがえります。誇張して申せば、すでにその頃から、私のほころびが始まっていたことになるのですが。

幼稚園　その二

幼少期、あとはハチに刺されたとか、何度も歯医者に通ったとか。それと私は、よく食物を嘔吐する子供で、母におぶされ町医者に行くと、自家中毒《じかちゅうどく》なる見立てのもと、点滴を受けたのも一度や二度ではなく……。

しかし、こうして並べてみると、断片的とはいえ、我が記憶の大半は不快なものだったことに気付かされます。蝶よ花よでないにしろ、大事に育ててもらったろうし、私にも楽しい思い出はきっとあったはずなのに、何故かその場面が蘇《よみがえ》ってこないのです。「我が幼少期は、かくも空《むな》しいものだったのか」と、ふと涙しそうになりましたが……。

ただこうした記憶の偏《かたよ》りは、むしろ当然なのかもしれません。厳しい現実を生き抜くうえには、快楽のそれより苦難のほうが不可欠という、おそらくこれは、神の仕業《しわざ》、自然の摂理《せつり》というものに違いないのです。

とはいえ、これが摂理だけでも生きる楽しみがなく……たしか親戚の集まりだったと思います。私が年下の子（男児）を指さし、「あの子、豚みたい」とつぶやいたのを受け、その場の全員が大いに笑ったという出来事がありました。

事実、子供の目にはその子がブーちゃんに見えたのでしょうし、的を射た発言には違いなかったのですが、以来うちでは、その子の呼び名が「あの子、豚みたい」に定着してしまい、茶の間では何かにつけ、「あの子、豚みたい」が連呼されておりました。思えば残酷な一家でしたが、同時に悲劇と喜劇は紙一重であることを、その時私は知ったのでした。

異性　その一

さてこのあたりで、我が異性関係にも触れておかねばなりますまい。まぁ、あれこれ言っても、かわいかったんだと思います。私は百人近い園児の中から、ポスターのモデルに選出されるという、すでにもうその頃から、地域のスターダムにのし上がっていました（すなわちモデル上がりの医者）。

背は小さくて前から二番目。かわいいとの理由で、女の子用のセーターなんかも着させられ……（それがきっかけでオネエの方向にとか、特にそういう話でもありませんが）。

また、どういう経緯か、お母様がＰＴＡ会長に任命されるという珍事が起き、あれには驚きました。いやしくもＰＴＡといえば、Parent Teacher Association ではありませんか。私にすれば、ＮＨＫかＰＴＡかというぐらい、生まれて初めての横文字で、だからどうしたということもないのですが、その役員の子に女児が多かったことから、勢い私も？……。

まぁ、二枚目でしたから、娘らにはずいぶんチヤホヤされ、当時は軽～く二股・三股でブイブイ言わせてたのに、ところがどこで間違ったか、現在《いま》は無残な凋落ぶり。ＰＴＡの役員の子？　所詮は親頼みの関係だったということです。

バカの萌芽《ほうが》

以上、この程度なら可もなく不可もないのですが、ところがのちに知ったのは、私は園の知能テストで驚異の数値を叩き出したらしいのです。ＩＱ２０７……って、さらっと言いましたけれど、え？　それって何気に天才じゃないですか。何気じゃなくても天才じゃないですか。

いかにもそれが事実なら、末代までの誉れなんでしょうけれど、しかしあの当時、テストを受けた記憶もなければ、三越本店を巨大な本屋と思ったぐらいですから、その話、どう考えても疑わしいのです。ひいき目に見てbiginer's luckですが、そもガキは全員biginerですし、さもなくばＰＴＡ会長が裏で何かをやらかしましたか？

しかし、いずれにせよこのＩＱが、私をあらぬほうへと導くことになるのです。子供なんか自惚れるのが仕事みたいなところに、さらに極上のstatusがくっつくわけですから。しかもこれを機に、母は私を「医者にしたい」と考え始めたようでした。ことあるごとに、「ボク、お医者さんていいわね」と幼い息子をおためごかし、小学生になると定番の野口英世を読まされましてね。

ところが何を乗せられたか、聞くところによると、子供は誰しも何がしかの天才で、この程度は珍しくもないのだそうですが……しかし、そうならそうと、どうして早く知らせてくれなかったんですかね。出来損ないのチンチクリンに思われてたほうが、あとあと何かと楽なんですよ。下手に先取点など取ってしまうと、この齢《とし》になると惨めなもんで。

しかし間違いにせよ、当時が私の絶頂期なのは紛れもない事実で、でもだから、あとは落ちていくしかないのですが、そうと知るには、私はまだ幼すぎました。

お母様　その一（マリリン・モンローと同期）

母は早くに二親《ふたおや》を亡くし、親戚のもとで育てられ、「最終学歴、小学校中退」と自らを揶揄《やゆ》するほど、その半生は苦労の連続だったようです。同世代には似た人も多いでしょうが、この厳しい生い立ちが、母の強さの源泉《みなもと》であることは間違いありません。

もともと母は和裁ができる人で、私が物心ついた頃には、すでにそれを生かした内職をしていました。当時私は、「母がこの世で一番」と信じていましたが、まぁ、疑うことを知らない年頃でしたかね。

「アタシがやるんだから、お前ができないでどうする、バカタレ！」という母のゲキは、いわゆる学歴なるものを吹き飛ばす勢いがありました。が、同時にそこには、母の学問に対する言いようのないコンプレックスがあったようにも思います。

事実その教えには、やれ「たるんでる」だの「自業自得」だの、厳しいものが多かったですが、後年、テストで緊張している私に、「まな板の上の鯉のつもりでやれ！」とか言われましても、そもそもまな板どころか、魚類になったことがないんですから。修行が足りないのか、いまだその気持ちはわかりませんが、まな板のことは無性に知りたくなり、成人してからは足しげく歌舞伎町に通ったなんてことも。

昔の子供にプライバシーなんてものはありません。うちは木造平屋で、部屋は兄と二人で共同。入口はガラスがきしむ横滑りの扉で、当然のごとく鍵なんかないので、お母様は勝手に出入りし放題。のちに始める日記も含め、部屋中ガサ入れし放題。今で言う「引きこもり」なんてことをやろうとしても、どうせガラスを割って入ってくるから、ふてくされるだけ無駄というもの。

うちには、「子供部屋に鍵」などという意識の欠片《かけら》すらなかったし、私もそれが普通だと思っていました。まぁ、男の子なんか、それでいいんじゃないでしょうか。二階に上げて鍵なんか付けるから、偉そうに籠城《ろうじょう》しちゃうんですよ。

もし子供が引きこもったら?……食料を全部カラにし、ライフライン(電気、水道、ガス、電話)もすべて切断、台風の時のように雨戸を釘で打ちつけ、逆に親のほうが出てってしまったらどうでしょう。食い物はない、トイレは流せない、パソコン・ケータイは使えない、いい加減イヤになって、自分から出てくるように思うのですが……といったようなことを、うちの母ならやりかねません。

お母様　その二

母は育ちに似合わぬ金銭感覚の持ち主で、食べ物や衣類は上質なものを与えてくれていました。また他者《ひと》と会食に行くと、相手にお金を出させない人でしたね。「いいから、ここは！」とその場をおさめ、全部自分で払ってしまうのです。

それと、あとで話す父のこともあり、我が家は「職人さん」を大事にする家庭でした。直接うちに関係なくても、近くで工事をしていれば、お茶やお菓子をお盆に載せて持って行き、ごっつい身体の職人さんが喜ぶ姿を見ると、ついついこちらもうれしくなり……。

ところが、やってるんですね、私も。仕事仲間（後輩）で飲みに行くと、何故か一人で払っているのです。気前がいいと思われたいか、もしくは完全に酔ってるんだと思いますが、だからってアレですよ、看護婦さん相手に、「おごってあげたんだから」とか、そんなことは言いませんよ。口に出しては言いません。

夏場、マンションの塗装工事の時も、冷たい麦茶に水ようかんなどを、職人さんに出したりしてますしね。だからってオッサン相手に、「麦茶をあげたんだから」なんて、いくらなんでもそんな、イケナイ中年団地妻みたいなふざけたことは言いませんよ。

しかしなんですか、こう、母について語りますと、故人の思い出話みたいに聞こえるかもしれませんが、何をまったく失礼な、全然生きてますからね。聞くところによると、売れる物語のパターンとして、恋人や母親は早期に他界する傾向にあるらしいのですが……ただアナタ、これはれっきとした史実ですから、何も親を死なせてまで話を盛り上げようとか、そういう手法もなくはないですが、それはまた別の機会ということに。

母の教えにもう一つ、「施《ほどこ》しを受けてはならない」というのがありました。使いに行き、駄賃をもらってくると、強く叱責されるのです。ところがそれが植えられたか、自然と私は腰の低い、遠慮がちな子供に育っていきました（見方を変えれば卑屈とも）。

しかも私の態度はかわいげがなく、「いいえ、結構です」とか、「いや、お気持ちだけで」なんて、まったく張り倒したくなるような？　さらに長じるにつれ、遠慮から譲歩の姿勢が身についてしまい、実は現在《いま》、非常に困っているところなのです。

小学校

小学校は、近所の公立でした。七十年代初めといえば、一《ひと》クラス四十数名（学年三クラス）。昔は七十名の時代もあったそうですが、これが九十年代になると三十にまで減少、さらにその後も少子化が進み、あろうことか二〇〇一年、わが校は他校と合併し、実質廃校になってしまいましたという……（本当）。

ですからもし私がメジャーになり、テレビや雑誌で「有名人の足跡を辿《たど》る」みたいな企画が設《もう》けられた際、「学校は跡形《あとかた》もありませんでした」なんてことが知れたら、それは当時の関係者は、責任を問われるでしょうねぇ（まったく、どこのどいつでしょうか）。

そんな中私は、小学生になっても前から二番目のチビで、さすがにこれにはコンプレックスなるものを感じ始めていました。チビは何かと損でして、まず見ている景色が違う、気力・体力・抵抗力がない、周囲にからかわれる、動物にもナメられる、低身長だと心疾患の発症リスクが高い？ etc.……。しかし中でも腹立たしいのは、男の場合、一七五センチぐらいまでは、恋愛成就のパーセンテージと相関がありそうなんですね。

で、結局私は一六〇数センチ止まりでしたが、何ゆえ不幸は重なるのか、私は低身長と同時に股下も短いのです。何が悲しいって、ズボンを新調する際、紳士服のコナカが殿中に変わるという……。

ですからその体型ゆえか、格別運動に秀《ひい》でていたわけでもありませんでした。鉄棒にしろ水泳にしろ、一通りの苦労はしましたし、筋力も持久力もないどころか、それ以前に「根性」というものがありませんでした。運動能は体格に比例するものと勝手に決め込み、もう最初からあきらめムードなのです。

かたや学習面はと言えば、これは抜群のＩＱでしたから、さぞ図抜《ずぬ》けていたかと思いきや、「クラスでまぁまぁ上位かな」ぐらいの？　三で神童、四つで才子、五つ過ぎればただのガキ？（卒園とともに終焉したあまりに儚い人生）。

しかもまた悪いことに、私は性格に問題が。わがままで自分本位。何事も思いどおりでないと気が済まない。さらに目立ちたいあまり空気の読めぬ存在で、考えたくもないけれど、現在《いま》でもこれはそうなのかなぁ。まぁ、負けず嫌いで自意識過剰でしたかね。

いつの時代もそうでしょうが、子供らの間では、「早熟で、スポーツマンで、ちょっといい感じのワル」ぐらいの方に人気があり、これが結婚ともなると話は違うんでしょうが、近くにそういう生徒がいて、うらやましかったですね。私のどこがいけないのか、それなりに悩みましたけれど、まぁ、身勝手な子供が悩んだとて、なんの解決にもなりません。

いじわる、けんか

当時、私の恥ずべき行為に、隣の娘《こ》への意地悪がありました。昔は一つの机に男女がペアで座るのですが、とにかく私は怒ってばかりいて、その娘はよく泣いていました。今でも本当に申し訳なく、ただただお詫びする他ないのですが……。しかしあの当時、何をそんなにイラついたのか、自分でもよくわからないのです。幼稚園では女児を侍《はべ》らせ、イケイケだった私が何ゆえ？

一つは、テリトリーの問題だったかもしれません。近すぎる相手への本能的警戒感。ですからその娘は、何も悪くないのです。現在《いま》なら手元に置きたいぐらいかわいい娘だったし（コラコラ）、気弱な性格でもなかったように思います。が、とにかくすいません、近すぎてダメなのです。ですから私もその娘だけでなく、誰に向けても同じだったと思うのです。

また、彼女が別の幼稚園というのも、一つの理由だったかもしれません。「身内vsその他」という群れや集団の意識。さらにそこから、弱肉強食、生存競争等、社会の掟《おきて》を感じ取っていったのでは？

反省のうえに述べますと、環境が変わる小学一年の頃は、何しろ自分が優位に立とうとアレコレやってしまうんですね。優越感にとりわけ貪欲《どんよく》な時期だと思うのですが。ところがそれを司《つかさど》る大脳中枢があまりに未熟なものですから、直接言葉が出てしまう、相手のことなど考えもしない、それどころか「悪」という認識すらないのかもしれないのです。赤ん坊の泣き声、幼稚園でのがなり声、そして小学校のこの時期と、むしろ動物の鳴き声に近いと言ってもいい……少なくとも私においては、そうだったと思います。

たとえば「バカ」という言葉一つとっても、時には叱咤激励や愛情表現にすら用いる場合もありますが、子供にはそんなことはわかりません。直接使ってしまいます。普段用いる何気ない言葉、それを向けるか向けられるかは、わずかな差だと思うのです。そこで強く出られる子はいいですけれど、気の弱い子にはなす術《すべ》がありません（何を語っているのでしょうか）。

今さら何を弁明しようと、私の行為が許されるはずもありません。とにかくイケナイことをしてしまったのです。さらにここでは己《おの》が所業を改めるつもりが、気がつけば加害者の論理を語るばかりか、それとなく自己を正当化したりして……。

ですから私も、ホント、ロクな人間ではないのです。これでも真摯に反省しているつもりですが、「そうは見えない」とよく言われます。重ね重ね申し訳ございません。

言い訳がましいのですが、性別は関係ありません。翌年には男子二人を相手に、かなり堂に入った喧嘩をしていましたから。その二人というのは、一人は図体のデカい腕力系のヤツと、もう一人は頭はいいけど、何故か異様に捻《ひね》くれてるという、どこにも必ずいるタイプで。

私は、捻くれ少年にバックを取られながらも、腕力少年にキックを浴びせるといったなかなかの奮闘ぶりで、当時は曲がりなりにも抵抗し、少しは勇気もありましたけれど、今ならさしずめ、「脱兎《だっと》のごとく」といったところでしょうか。

四十《しじゅう》の年、初めての同窓会で、腕力系の彼がなつかしそうに声をかけてくれた時は、なんとも言えずうれしかったですね。屈託《くったく》のない明るい笑顔で、私なんかよりよっぽどいい人でしたよ。しかも彼が言うには、なんでも入学当日、私が彼にメンチを切ったのだそうで、すいません、まったく身に憶えがないのですが、だとしたら大変ご無礼仕《つかまつ》りました。

一方、捻くれ少年のほうは、姿を見かけませんでした。何か用事があったのかもしれないし、別に来ないのを悪く言うつもりもありませんが、でももうあの頃から、基本はできあがってるんですよ、私に限らずね。

遊び

当時の遊びは、テニスと鉄棒でした。テニスといっても軟式ボールを素手で撃ち合うゲームですが、今やっても十分盛り上がると思います。鉄棒は、わかる人にはわかるでしょうか、飛行機やグライダーといったA難度以下のワザ。

それと、必死になって練習したのが腕立て前転で、あれを完成させるのが、男子の重要課題でした。失敗すると地面に尻を強打するので、度胸を見るには最適というか、「あれができてこそ男、俺たちの仲間」みたいな暗黙の空気がありました（私は今でもできます）。

屋内では、将棋にトランプ、それと友人宅にある「人生ゲーム」も好きでした。あれ、文字どおりただのゲームなのに、やたらと自分の将来にムキになるんですよね。必ずや進学コースを選択し、医者の枠《わく》に止まるよう作為的にルーレットを回したりなんかして……。ですから私の場合、すでにもうその頃から、立派なイカサマ人生だったというわけです。

あとはいきなりですけど、折り紙とかあやとりとか？　だって昔は、そんなのしかなかったですもの。私は折り紙二枚で手裏剣ができ、難しいのでみんなに頼まれるのですが、「作り賃《ちん》として一枚は僕に」などと折り紙を三枚持ってこさせ……。どうしてそんなところでアコギな取り立てを始めたのか、やはり嫌なヤツだったんだと思いますよ。

買うのももったいないという時代、広告を切って折り紙にするのですが、ハサミなんか使わずとも、手できれいに切り分けるぐらいは朝飯前だったから、今ではスケベ雑誌の「袋とじ」など開く程度はわけもなく……。

当時の小遣いは一日十円。仲間と紙芝居を見たあと、裏山に繰り出すのが日々の行動パターンで。竹薮にスペースを見つけては、自分たちの秘密基地を作るとか、粘土質の斜面に溝《みぞ》を掘っては、土の団子を転がして喜ぶとか？

バスで遠くに行くようになると、山の小川でカエル捕り。正月はコマが大好きで、バカだから季節外れの三月まで回していました。ただしうちの門限は非常に厳しく、何があっても四時半なので、夕方には商店《みせ》の時計を覗《のぞ》いては、家に帰ったものでした。

好きな食べ物は、玉子かけご飯。初めて見た洋画は、「007　ロシアより愛をこめて」。

怖かったのは、時代劇に出てくる翁《おきな》の面。衝撃を受けたのは、夏木マリお姉様の「絹の靴下」でしたかね（胸の谷間の目的がわからず）。

核の形成？

当時はまだ勉強でもなかったですが、興味があったのは地図でしたね。地図は見るだけでなく、近所の道路図から日本地図、世界地図など、よく広告の裏に描いたものでした。って逆に最も嫌だったのが夏休みの読書感想文で、あれにはさんざん泣かされました。っていうか、そもそも民間人の子に、感想なんかあるわけないじゃないですか。しかも「感想」という字も書けないのに、どうやって感想を書けというのでしょう？

母に「これを読んでどう思ったか聞いてるの！　自分がこの子（主人公）だったらどうするの！」とかひどく怒られるのですが、知るわけないでしょ、そんなこと。で、「あ～だ、こ～だ」言うのをそのとおり書き、結局は親の感想を提出するのです。日本全国、ほとんどそのパターンに違いないのに、それって意味があるのでしょうか。むしろそれを機に、読書が嫌いになる子も多いのではないでしょうか。現に私がそうでしたから。

それでも後年、虫の本（課題図書）を読んだ時は、虫は誰からも教えられず、幼虫、さなぎ、成虫へと育つのを不思議に思い、そんな気持ちを書いたことがあります。当時は「本能」というワードでしたが、現在《いま》ならまさに「遺伝子」に当たるでしょうか。

ちなみにその本能との関連で一つ。それは、この小学校低学年の時期に、私という人間が一気に形成されていったと思われる点です。「性格」あるいは「自我」と呼ばれるものですが、およそ考えられないスピードで構築されていったのです。むろん、それは本能だけでなく、周囲の環境にもよるでしょうが、実際その中味はといえば……。

よりによって私は、嘘つきで姑息、物事を最後までやりとげない、そのくせ見栄っ張りで、自分は断トツに優秀だと思っているという、どうにも救いがたいものだったのです。

その最低・最悪の状況に、思わず涙しそうになりましたが……。ただ、言わせてもらえば、それは私の意思によるものではないんですね。気付いたらそうなっていたというだけで。居直りますけど、それって私が悪いのでしょうか？　人間界の究極の捻じれ、自分の意思の及ばぬところで自分が形成されてしまうのです。

悪事　その一

我が性格を物語る小学二年のエピソード。手先が雑で不器用な私は、図工の授業が苦手でした。折り紙は好きなのに、ハサミによる切った貼ったは不得意で。

ある日の授業中、課題の工作が下手なことに、私はイライラしていました。「あれ～っ」とか、「おっかしいなぁ～」とかブツブツ文句を言いながら、しまいには周りに聞こえるぐらいの大きなため息を「はぁ～っ」と。だいたい追い込まれた時の言動で、その人間がわかるというものですが、どうにも嫌になった私は、「これをなくしたことにし、初めから作り直そう」という狡猾な考えが浮かびました。

担任は厳しい男の先生で、私もずいぶん度胸があったと思いますけれど、それでもウソの説明がスンナリ通り、話はうまいこといきそうだったのです。ところが教壇の前に行き、新しい画用紙をもらおうとしたまさにその瞬間《とき》……後ろの席のA君が、「D君の、ここにあるよ」と、あろうことか私の作を、机の中から引っ張り出してしまったのです。あの時の光景は今でも憶えていて、先生は烈火のごとく怒り、家への連絡帳に、「D君は授業中、嘘をつきました」と書き、私に持たせたのです。

いやもう、それは最悪でした。思わず私は泣きそうになりました。家の厳しさを知る者にとり、それは恐怖以外の何物でもない、ほとんど死を意味すると言っても過言ではないのです。となると、まぁ、よくある話、嘘は雪だるま式に増えていくんですね。事態の発覚を恐れた私は、そのページを破り捨て、何事もなかったように家に帰ったのです。

翌日先生から、「昨日は怒られたろう」と言われましたが、私の素振りが怪しかったのでしょう、「連絡帳を見せなさい」ということになり、結果、今度こそ家でボコボコに。

昔のノートは真ん中が糸で紡《つむ》いである作りで、そのページを破いても反対側の紙のギザギザが残るんですよね。今にして思えば見え透いた手口で、どうしてそっちも外《はず》さなかったかと、当時の浅知恵を悔やんでいますが、悔やんじゃいけません。図画工作だけでなく、隠蔽工作も下手だったという……（重く受け止めております）。

悪事　その二

また同じ頃、母が健康診断に引っかかり、短期間入院したことがありました。結局何がどうだったか、いまだによくわからないのですが（医者なのに）、ところがその間《かん》の我が家はと言えば、まだ登場していない父と、いつもの兄と私とで、あれが砂を噛《か》むようなというのか、それは見事なまでに味気ない殺風景な生活で。だいたい会話というものがないんですね。お互い黙ったまま、食卓には箸と茶碗の音ばかり。

しかもその時期悪いことに、級友が駄菓子屋で万引きをしていて……しかしアレは、やるもんじゃありませんよ。むろん道に外《はず》れた話だし、スリルも何もないどころか、吐き気さえ覚えましたからね、想像した自分に。

近年、さかんにその実態が報道されるせいか、最近も「大型スーパーで万引きGメンに捕まり（私が）、奥の事務所で説教される」という夢にうなされ……。しかも不可解だったのは、そのみそぎとでもいうのか、私が全裸で縛られるという極めてシュールな結末で、もう何だかわけがわかりませんでした（過去に見たAVが一枚噛んでるには違いありませんが）。

さらに同時期、近所の年下の子が外車のミニカーを持っていて。それがカッコいいスポーツカーともなれば、あとは容易に想像がつくのですが、私はそれが無性《むしょう》に欲しくなり、「本人の了解を得て」とは言っても、ガキに了解も何もありませんので、まぁ、早い話がくすねたわけですが、それでもお宝を手にしたことで、私はいたく上機嫌でした。

が、やはり小僧はバカなんですね。そんな時ぐらい黙っていればいいものを（いいわけない）、家でもそれを隠そうとせず、大っぴらに遊んでしまったのです。だいたい私の場合、嘘つきなくせに顔に出るタイプで、「将来、浮気というのもバレるんだろうな」と、当時からハラハラしていたぐらいですが、するとなんと目ざといのでしょう、というより当然の結果として、車の存在に一同が気付き、それからはもう大変でした。

金切り声のお母様に、ヤクザ口調の兄もが加わり、それはもうイヤというほど太ももをひっぱたかれ……で、痛いから泣くと、今度は「泣くな」とひっぱたかれる、もう延々それの繰り返しなのです。むろん悪いのは私ですが、それにしたって、「泣くな」と言いながらひっぱたくのもいかがなものかと……（理不尽および不条理を知る）。

その後、相手の家まで引きずっていかれ、盗品をお返ししたのは言うまでもありません。ただその時の母の言い訳が、「ごめんなさいね、気付いたらポケットに入ってたみたいなの」って、おいおいそれも嘘だろう……。

type S

「道《どう》」と名の付くものへの盲信だと思います。兄のあとを受け、私も書道の塾に通わされたのですが、これも嫌でしてね。姿勢を正して墨を磨《す》り、筆に意識を集中さす？　いやぁ～、表《おもて》で遊んでナンボの子に、それは無理ってもんでしょう。しかも、それだけやって報《むく》われればいいですよ。けど、どう見たって下手な子もいるのに、同学年は何故か全員同じ級で、進級するのも皆一緒なのです。「大人が作ったシステム（平等）に違いない」なんて子供心にも疑ったものですけれど、おそらくそれは間違いありません。

でまた、「先に始めたのに、追いつかれるとはどういうことだ」なんて、実態を知らない例の二人にドヤされ……これだってずいぶん理不尽な話じゃないですか。結局、中学と同時に書道はやめてしまうのですが、しかしどう言いますか、成人するとわかりますけど、

「あの人、字はきれいなのに」なんていう人、いっぱいいますしね。

理不尽といえば、町内のソフトボールもそうでした。「巨人の星」、「ドカベン」etc. の流れから、我が町の小学生は、ソフトのチームに入るのが当たり前のような風潮がありました。で、自然と私も入ったのですが、まぁまぁ、これもひどい話で。ろくすっぽ教えもしないのに、上級生らは怒鳴ってばかり。監督らしきおじさんも、いるんだかいないんだか、全然あてにならない人で（そう言えば、最近お亡くなりに？）。

しかも門限は四時半なのに、練習は五時までという、その三十分の差も私を苦しめました。途中「門限で」とも言い出せず、こそこそ隠れて帰るのですが、そんなヤツが上達するはずがありません。で、結局ソフトもやめてしまうのですが……。

ただそういう時って、周りは普通引き留めるもんですよね、「もう一度やってみようよ」とか言いながら。けど私に向けては、特にそういう働きかけもなく……。

よくどこの世界にも、「先輩は絶対」みたいな体育会系の理念がありますけれど、どうも私は気に入りませんで。年上というだけで、なんの深みもない鼻タレ小僧の言うことを、黙って聞くなんて信じられない。どうせ中高に行けばロクなことをしないくせに（女にタバコ）、一人前に先輩風だけは吹かすんですよね。

ただ、もしかするとこのあたりが、人生初の分岐点になるのかもしれません。①私のように、「そうまでして」と嫌う子もいれば、②「なんとしても」とがんばる子もいるでしょうし、③「理不尽であれ、最後まで」という見上げた子はめったにいないけれど、④怒られても何も感じない子？　これは、まぁ、たまにいますかね。

特に深い命題でもありませんが、長い span で見た場合……以前あるスポーツ選手が、「アスリートはマゾッ気がないと」と言っていましたが、この type S, type M？　大本《おおもと》の恋愛形態はもちろん、個々の資質から世界情勢に至るまで、すべての分野に通底する基本要素と言えるのではないでしょうか（人類ＳＭ概論）。そう考えると私はダメで、どこまでいっても苦痛は苦痛、「やがて快感に」など信じられません。実際かなりSだと思います。

小学校中学年　その一

小学三年。クラスメートも担任も代わり、新たな空気を感じ始めた年でした。いろいろわかってくるのでしょうか、桜を眺めて美しいとか、今度の女子は○○だとか、教科書が厚くて大変そうと感じたのも、この年だったと思います。

学年三クラスのうち、ほかはベテランの先生でしたが、うちは二十代半ばの男の先生が担任になりました。当時はまだ昔ながらの先生も多い中、その人は若い教師にありがちな、自ら生徒に溶け込もうとする、ポップでライトな感じの先生でした。

先生は、自由と言えば聞こえはいいけれど、度がすぎるところがあり、普段の授業が騒がしいのはもちろん、正規のテストでも生徒はお互い相談し、しかも先生はその光景に目を細めているという、まったくもってアナーキーな。しかしその後、複数の解答が一字一句同じなのをほかの担任が気付き、ついにはテストにおける実態が白日の下《もと》に……。

後日教頭の注意に、生徒の前でも涙目になるほど情けない人でしたが、先生と言えば真っ先にその名を思い出すほど、私にとっては印象深い人でした。

その先生の意向か、うちのクラスでは、毎日日記を書くのが宿題となりました。感想文とは違いなんでもありの課題でしたが、しかしこの日記というのも、子供にとってはどうなんですかね。先日、実家《いえ》の押し入れから大量のそれが出てきて、小学生にしては、時事ネタ（浅間山荘、ロッキード）が盛り込んであるのには感心させられましたが、時として過去の自分に嫌悪するほど、稚拙《ちせつ》な内容もみられました。ともすれば、昨今のブログやツイッターにも不健全なイメージがありますが、別に今に始まったことでもないような。

小学校中学年　その二

　また、この学年からは学級委員の制度が始まり、子供に社会を学ばせる、それ自体真っ当な理念には違いないのですが、ところが私は、この学級委員とか中学の生徒会長には、まったくもって嫌な思い出しかありません。

　なるほど、胆力とか雄弁には得なことが多いですよね、この齢になると非常によくわかりますけれど。その昔、兄の友人に中学の生徒会長がいて、子供ながらも弁が立ち、人前でも堂々としていたのだそうです。それを知る母と兄は、私に学級委員になることを強要してきました。折に触れ「人としての器《うつわ》」なるものを説いてくるのですが、正直これには辟易《へきえき》でして。だいたい私など、我《が》が強いわりには臆病だし、人の上に立つなんてガラじゃないし……おまけに委員は投票制なので、私一人の力ではどうにもならないのです。

　しかも、形からしてマヌケというか、朝礼で前から二番目のチビが、一番前に立ったところで、なんの変化もないじゃないですか（委員は休みか、みたいな）。当時その選挙に当たり、私自身立候補したのかさえ記憶にありませんが、それでも三年、四年の時は、一学期に委員になることができました（二学期以降は格が落ちる）。

が、クラスが替わった五年の一学期、私のほかにもう一人、親が教師のイケメンが委員に立候補してきました。教師の子供は何人かいましたが、ずいぶん羨《うらや》ましかったのと、なんとなく引け目もありましたかね。しかしそんなところで、無邪気に羨望《せんぼう》している場合ではありません。候補が二名ということは、何かを基準に選ばなくてはいけないのです。そこで、形ながらも選挙演説となったわけですが……。

私は皆の前で自分が何をしゃべったか、さっぱり記憶にありません。ど～せ笑えない話をしたのでしょう。いや、そうに決まってます。そういう男なのです。しかし私に次いで壇に立ち、余裕で放った彼の一言は、今でもはっきり憶えている、「皆さん、清き一票を！」と。

しがない小学五年には、なかなか言えない気の利いたセリフで、当時からOne-phrase Politicsですか？　この一言で決まりですよ。結果、選挙でボロ敗けし、言いようのない惨めな気分を味わわされました。薄っぺらな意地とかプライドとかが、ズタズタに引き裂かれた瞬間でした。なんとか平静を装《よそお》い彼に握手を求めましたが、それが無様に見えたのか、口さがない生徒から、「バカじゃないの？」とトドメを刺され……。

よせばいいのに、クイズ番組に出た子供が、負けて退場する時に見せる引きつった笑顔におどけた仕草？　きっとあんな感じだったのでしょう。無責任な傍観者には、格好の餌《え》食《じき》だったに違いありません。

詰まるところ私は、華もなければ見映えもしない、甲斐性なしのシケた子供という、やはり窮地の時に露呈するこれぞ私の真の正体、または限界だったのかもしれません。

私「あれはピンゾロの丁（11）、やっとサイの目に乗れる齢《とし》のことでござんした」

姐《あね》さん「坊や、あんまり無理しなくてもいいからね」

私「もうすぐ四六の丁にござんす」

恐怖

話は少し前に戻り、三年の夏休み。我が家にとって、初めての家族旅行がありました。行き先は、二泊三日で京都・奈良。父についてはあとで触れますが、この種の趣向《て》はあまり好きではなかったようです。かたや私も、初めての新幹線や神社・仏閣など、ほとんど記憶になく……。「だからそんなもん、ガキなんか連れてったって、金の無駄ですよ！」なんて、置いてけないから連れていくんでしょうけれど。

それでも唯一鮮明なのは、京都の旅館に泊まった晩、皆は買い物にでも出たのか、部屋に一人残された時のこと、何故かそれまで考えもしなかった「死」というものが、私の中に飛び込んできたのです。

それはまさに突然でした。私は布団をかぶったまま、震えが止まりませんでした。「みんなが死にましぇんように、動物も植物も」と泣きじゃくり、襖《ふすま》を見ては、「あの衣紋《えもん》かけも死にましぇんように、ひくひく」と……。

あれはいったいなんだったのでしょう？　万物を仏とみなす慈悲深い子、であろうはずもなく、単に子供が感じる無邪気な恐怖でしょうが、それでも何しろ場所が場所、怨霊ひしめく京都・奈良でしたから、何かの念が憑依《ひょうい》してということはあったのかもしれません。

私の世代（一九七〇年代前半）

当時の世相はどうだったか。アポロの月面着陸や三億円事件は記憶にあります。三島先生の件は知らなかったけれど、川端先生の報道は憶えています。大阪では万博が開かれ、子供番組は「ウルトラマン」に「仮面ライダー」ですか。

私らのおよそ十五年前には、名だたる「団塊の世代」があり、逆にあとになると「新人類」や「バブル」、「アキバ系」に代表される呼び名もありますが、どうもウチらの世代にはそうした名称がありません（シラケという言葉はありましたが、今ひとつ）。我が幼少期は、かくも虚《むな》しいものだったのか？　別に群れたいわけでもありませんが、せっかくなので考えてみたところ……。

当時、私が熱中したのは、伝説の刑事ドラマ「太陽にほえろ」で、その後も多くの事件物が登場しました。私は「太陽～」のマカロニ刑事が大好きで、「そうだ、僕も刑事になろう。いや待てよ、やっぱり医者も捨てきれないな」などと一人で熱くなっていて。

ですから私はドラマといえば、いまだにミステリーか時代劇が中心で、ラブストーリーの類《たぐい》は一切見たことがないのですが（人はそれをオッサンという）、だから勝手にネーミングをするなら、私は「刑事ドラマ世代」ですかね。みんな大好きウルトラマンには、少々微妙な問題が……。

ウルトラマンに関するグロな告白？　これがために素直にウルトラ世代と名乗りにくいのですが、昔から私はウルトラ一族がピンチになると、妙な興奮を覚えるんですね（笑）。シリーズ屈指の呼び声が高い、「ウルトラセブン」の最終回の二話？　あれは子供心にというか、私にはまずかったですね（いけないものを見てしまったような）。

「怪獣に性的興奮を覚える人がいる」というのをウワサでは聞いたことがありますが、私もそこまではないにしろ、ウルトラ一族には、何事か引っかかったのかもしれません。彼らは人型《ひとがた》であるうえ裸体なので、リアルに感じてしまうのではないでしょうか。

当時、子供らの間では「怪獣ごっこ」が流行《はや》りまして。ウルトラマンと怪獣がスローな動きで戦うという、愚にもつかない遊びなのですが、私がウルトラマンの時は、「あっ、カラータイマーが点滅し始めたぞ」などと自ら勝手に解説を入れ、そのやられている自分が快感だという、難しく言えば倒錯した、早い話が、ほぼ変態に近い子供だったんですけど（笑）。

ただ三島先生の『仮面の告白』に、主人公が従妹《いとこ》の杉子と「戦争ごっこ」をするシーンがあるのですが、そこに「ねじれた格好をして倒れている自分の姿を想像することに喜びをおぼえた」とのクダリがあるのを後年知り、なんとなく安堵したのを思い出します。

孤立

三年になると、クラスの派閥が一段とはっきりしてきました。うちがいじめっ子をリーダーとする五～六人なのに対し、相手は十五人を超える多数派で、お互い強烈な縄張り意識を持ち、完全に住み分けて遊んでいました。

さて、唐突感は否《いな》めませんが、そのいじめっ子のリーダーに、何ゆえ私が従属するに至ったか？「家が複雑で彼も荒れていた」とはあとから聞いた話ですが、私のほうはさしたる理由もなく……（おそらくそれは体格の問題）。

若干複雑だったのは、「チビ」と言われて悔しがるというより、「世の中、どうにもならないことがある」といった冷観？　諦観《ていかん》？　つまり丈《たけ》をからかわれても、理屈屋の私としては、反論するより納得してしまうんですね、「たしかに小さいよね」と。相手は間違っていないのです。戦って背が伸びるなら、「やってやろうか」とも思いますけど、そんなわけはないですからね。腹を立てても惨めなだけだし、形態では紛れもなく私のほうが不利なのです。

チビとされると黙るしかない。実はムカムカしていても、そこは認めざるを得ない、するともう一段高いところからチビと蔑《さげす》まれる、その繰り返しだったのです。

私はそれまで以上に卑屈になりました。そうしてやり込められ、飼い馴らされていくうち、いつしか私は言葉や腕力の強い者に、恐れを抱くことを覚えてしまったのです。かつて隣の女子にしたことが、今度は自分に？……まさかこんなにも早く、被害者の論理を語ることになるとは、思いもしませんでした。

表面は、私も明るく振る舞っていました。当時のドラマ「清水の次郎長」に感化され、いじめっ子の彼を「次郎長」に、私もその腰巾着《こしぎんちゃく》とは言わないまでも、ナンバー2の「大政《おおまさ》」気取り、その他発言権のないヤツを、サンピン、サンシタと位置付け、自らを「次郎長一家」と名乗って歩く、ほぼ救いようのないバカでした。

一家にはほかとの接触を禁ずる厳しい掟《おきて》があり、何しろ次郎長が怒るんですよ。無理にでも自分に服従させたかったのでしょう。ところが当の私はと言えば、すでにそういうことには捕《と》らわれぬ性格になっていて（むこうにも気の合う友達はいたし）。で、ある日の夕方、相手の組員と立ち話をしていると、それが次郎長の目に留まり、いきなり暴力をふるわれまして。

帰宅後、様子がおかしかったのか、ワケを聞かれ理由を話すと、それは母が激怒したのは言うまでもありません。「どうして黙って帰ってきた。そんなのはセイトーボーエーなんだから、堂々とやってきなさい」とまで煽《あお》られ。

むろん次郎長ごときより、お母様のほうが断然脅威ですから、そこは従わざるを得なかったのですが、ただ私という人間も闘志を燃やしてナンボの場面に、「ん？　セイトーボーエーって、なんだっけ？」みたいなことに引っかかり、アレコレ考え込む始末で。「そんなのはセイトーボーエーなんだから、〇〇君なんかボコボコにしてやりなさい、と母が言ってましたが（そうは言ってない）、ちなみにそれってなんですか？」なんて、まさか先生に質問するのも変ですしね。で、しかたなく考えていると、「そうか、生徒を守ることか！」と突如勝手に閃《ひらめ》いてしまい……。

翌日、彼に意見したのがきっかけとなりました。皆が固唾《かたず》を呑んで見守る中、次郎長・大政、龍虎の対決？　とはいえ、そこは子供のケンカですから、組み合ったまでは憶えているも、あとの記憶は真っ白。せいぜい服をつかんで揺《ゆ》するぐらいで、ぶったりも蹴ったりもしなかったんじゃないかなぁ。気が付くとお互い、椅子に座って泣いていました。下剋上とは言わないまでも、結果はそこそこイーブンで。

ところが油断したのもつかの間、むこうが数段上手《うわて》だったのは、次郎長のやつ、その日を境に手下を引き連れ、相手グループの傘下《さんか》に入るという、仁義に悖《もと》る行動に出て。結果、みんなのために戦った私?が、孤立するハメになってしまったのです。

いわゆる無視ってやつですか。しばらくは校庭の片隅で一人佇《たたず》む日々でしたが、ただその時の私って、案外平気でしたね。「自分は間違ってない」という確信があったのでしょう、現在《いま》なんか確信なんてもの、何一つないのに。

一ヶ月ぐらいそんな状態でしたか。その後、何かをきっかけに、全体が元の鞘《さや》に納まったのですが、私から擦り寄ったのではないことだけは明確にしておきたいです。

お父様　その一

さて、このあたりで、今まで話題に出なかった父の話もしなくてはなりません。「いろいろ大変な人だった」と母が言うほど、私にはたしかな記憶はありません。それどころか、「気付いたらいなくなっていた」と、そんな感じでしかないのです。

父との中には、微妙な距離がありました。遠慮や硬《かた》さがありました。父の思いがどうだったか、今では知る由もありませんが、私をこの世に出すべきか、ずいぶん悩んだに違いありません。長男の死という決定的な事情や、今の兄とのブランク（十年）を考えれば、お腹を痛める女親ならまだしも、どうしたって男は傍観者ですから。

出生後の私にも、思い入れが強かったか、それとも腫《は》れ物に触るようだったか、いずれにしても私という存在を持てあまし、難渋し、自然と距離を置かざるを得なかったのでは？　むろん幼い私がそこまで感じていたわけではありませんが、それでも子供ながらも微妙な空気を察知し、それが互いの距離につながっていたと考えられなくもないわけで。

私が小学五年の時、父は「腎盂炎（腎盂腎炎）」という病気になりました。見た目は元気そうだったし、仕事にも行っていたので、結局何がどうだったか、やはりここでもわからないのですが、それでも市中の病院に入院したので、おそらく何かあったんでしょうというか……（いいのか、それで）。

父は有名ブランドのビール工場に勤める、うだつの上がらない中年男でした。サラリーマンなどという聞こえのいいものではなく、中学を出て入社した、いわゆる「職工さん」と呼ばれる position で、仕事は現在《いま》でいう施設係さんでしょうか。商品開発や品質管理といった花形とは、まるで縁遠いものだったようです。

「子供には、冬でもワイシャツ一枚で働かせてやりたい」と申していたそうですから、思うところはあったかもしれません。家ではさんざん職場の愚痴をこぼしていましたが、それでも一家の働き手である父を、母はことあるごとに立てていました。父は大工仕事のできる昔堅気の人でしたが、職人さんを大事にする我が家の家風は、この父に対するささやかな敬意の表れだったように思います。

現在の機械化された工場とは違い、昔の職場はかなり勝手気ままで、実際父も人目を盗んでは、ずいぶんお宝を隠れ飲みしていたようです。暇さえあれば樽の栓をひねり、「マジメ以外取り柄のない、酒好きなオヤジ」と、周囲からも相手にされなかったと聞きます。帰宅時は、最寄りの駅の駅員さんにからんだり、路肩を枕に道端に寝込んだりと、国鉄からも要注意人物としてマークされていたそうな。バスの中では、父が女性にもたれるのをたまたま兄が乗り合わせ、「オヤジ、ぶっ殺す!」と、えらい剣幕で帰ってきたのも一度や二度でなく……。

父はタバコもギャンブルもやらず、趣味といえば庭いじり程度。礼儀正しくきれい好きでまじめ一方の人でしたが、どうにも酒だけはやめられなかったようです。外で飲むことはなかったですが、っていうか、すでに職場でできあがっているわけですから(笑)。家では晩酌程度でしたが、一升ビンを横に置く父の姿は、決していいものではありませんでした。

それでもいつだったか、父に連れられ、少し遠くの動物園に行ったことがありました。

あとにも先にも一度きりでしたが、残念なことにそこは、動物たちの目が痛いほどのさびれた園で、せっかく親子の交流を持とうとしたのでしょうが、不器用な父そのままに、完全に目的地の選択を誤っていました。

私が物心ついた頃には、すでに近くの医院でアルコールを止められていました。それでもやめられぬ父は、診察日だけ酒を控えるという、ありがちな手段を講じていましたが、母には愚痴られ、医者にもその行為は見透かされていたようでした。

お父様　その二

私が小学六年の春、父の病状はますます悪化し、都内の総合病院に転院しました。年齢《とし》は五十三。母の疲れた様子から、私も何か違う空気を感じていましたが……。しかし、病院までが一時間半は、子供にとってあまりに遠い。実際何度か行きましたが、面会時間は午後遅く、帰りはラッシュに巻き込まれるので、父には本当にすまないのですが、めんどくさいというのが正直な気持ちでした。

その後、順調に思われたのが、ひと月ほどした梅雨のある日、父の様態が急変しました。連絡を受けた母は、取るものも取りあえず、病院に向かいました。その春、美大に合格し、東京で下宿を始めた兄も、病院に直行したようでした。うちには親戚が泊まってくれて、翌日私も病院に向かいました。

その日は朝から冷たい雨で、コンビニなどもなかった時代、どこで買ったか菓子パンをぶら下げ、足早に病院に戻ってきた母の姿は、今も忘れることができません。親戚方は、「みんながいるから、お父さん大丈夫」と励ましてくれるのですが、それが気休めであることは子供心にもわかっていました。

かと思えば、「代われるもんなら」などと、ハンカチ片手に目頭を押さえる長老の婆様。たいていどの親戚にも一人はいると思われますが、しかしそういうセリフを言う中高年の女性？　その大半はひどく曲者《くせもの》で、身体なんか滅法丈夫でしてね。実際、その婆様も九十過ぎてもお元気で、まったく女の人なんか信用できません。「もしや私のほうが」と案ずるほどの勢いで、何しろ油断もスキもあったもんじゃありません。

それはさておき、昔からの言い伝えや、何気に真理を突いてる庶民の勘？　母も言ってました、「人間、素直になると危ない」って。父が急変したのは、もとの病気に風邪をこじらせたとかで、その時父は、「俺はなんとしてでも家に帰る」と決意を込めた表情で、母にすがったそうな。普段そんなことを言う人ではなかったのに、思えばこれがはっきりしていた父の最後の言葉だったようです。

部屋には黄色く太った人が仰臥《ぎょうが》していて、初めは父とはわからぬほどでした。黄疸に加え、むくんでいたということでしょう。うつろな目に涙のしずくを見た気もしますが、声は聞かれませんでした。私はその場に突っ立っていましたが、正直「ダメだろうな」と思いました。

母からは、「あなたがいてもしょうがないから、どこかに行ってなさい」と、そんなことを言われたと思います。私は静かにその場を離れ、あてもなく病院内を歩き回りました。何度もエレベーターに乗るので、途中、掃除のおばさんに怒られたりもして。

そうして行き場がなくなると、今度は待合室の漫画雑誌で時間をつぶす、そんなことを繰り返しました。その日は病院のどこかに泊まったはずですが、ロビーがひどく暗かった以外、たしかな記憶はありません。

翌夕方、従姉《いとこ》に呼ばれ病室に行くと、そこは外まで人があふれていました。中は見えませんでしたが、先生方に占拠されているようでした。私は誰かに背中を押され、大人たちの間を縫うように前に進みました。すると辺りが開けたかと思うと、大勢の白衣の中、一人が父に伸《の》しかかり、ボッコンボッコン、両手で胸を押すのを目にしました。

それは小学六年にとって、異様な光景に違いないはずでしたが、不思議と私は心が動きませんでした。その後《ご》は医師の息遣いと、父から漏れる奇妙な音だけが病室に響き渡り……どれほどそれが続いたか、泣き叫ぶ母の声も届かず、父は息を引き取りました。小雨のやまぬ、灰色の日の夕暮れでした。

お父様　その三

先日、三十三回忌をやりましたから、ずいぶん昔の話になります。が、時が記憶を薄めたのではなく、私における父の最期は、実は当時から不確かなものでした。父の姿や医師の言葉、果ては自身の所在すら明確でないのです。これは先の話と矛盾するものではありません。すなわち胸を押すのは憶えているも、やめたところの記憶はない、そこは空白なのです。

一方、そんな中、驚くほど冷めていたこともありました。つまり肉親が死んだのですから、それはショックも受けましたし、こみ上げてくるものもありました。しかし、大声で叫んだり、誰かにすがって泣くことはしませんでした。一人静かにうつむいていたのです。あるいはそれは傍目には、健気《けなげ》に見えたかもしれません、気丈に映ったかもしれません。が、実はまったくそうではない、中味はまるで違っていたのです。すなわち同じ涙にしても、悲嘆でもなければ恐怖でもない、言うなればそれは、周囲につられての涙だったのです。「すがって泣くなんか白々しい」、そんな思いのほうが現実より勝ってしまった……私は肉親の死にあっても、素直になれない子供だったのです。

やがて病院側から母が呼ばれ、遺体解剖の申し入れがありました。「医学の進歩のために」と、昔はそんな気恥ずかしい言葉で説明されたようです。父の田舎は皆反対したそうですが、そんな時でも母は迷うことはありませんでした。当時、昭和四十年代にしては現《い》代風《まふう》というか、田舎の迷信も医師の方便も、そんなものは関係ない、「同じ病《やまい》で苦しむ人がいるなら」と、そういう思いで判を押したのだそうです。

最後、「この子は医者になりたいんです」と母が主治医に打ち明けたところ(勝手に決めないように)、先生は「医者なんかダメなもんです」と言いながら、私の肩に手を置きました。超音波《エコー》もCTもなかった時代、生前は腎盂炎とされながら、最終診断は「肝硬変」でした。いずれにせよ、アルコールの問題だったようです。

すべてが終わったのは、夜中の零時近くでした。今とは違い、深く静かな東京の夜で。帰りの車の中、私は半分まどろんでいました。「終わった。やっと帰れる」、そんな思いに浸っていました。

葬儀

通夜でも告別式でも、私はさほど悲しくありませんでした。父との関係をどうこう言う前に、いつも以上に電気は明るいし、人も大勢いてにぎやかだったし。

　父が亡くなったのは、兄が二浪の末、美大に合格した年で、式にはそのご学友も大勢いらしてくれたのですが、しかし何せ相手は美大生ですから、とても葬儀に出るとは思えないイデタチでやってきて。兄は親戚方に、「悪い奴らじゃないから」と説明するのに必死でしたが、ただ当時の美大生なんか、ほとんどヒッピーと変わらないんですから（親戚方にすれば単なる狼藉者でしかない）。彼らの席は、「いいのか、あれで」という、とにかく場にそぐわない、あってはならない空間でした。

　かと思えば、当時近所にメリーさんという愛嬌たっぷりの雌犬がいて。出産直後だったのか、そのメリーさんがオッパイをユサユサしながら登場するなど（放し飼い）、そんな愉快な状況だから、こっちも全然泣けないんですよ。でも「幼子《おさなご》だから、泣かないと絵にならない」みたいな子供らしからぬ気遣いをし、とにかく泣くのに必死だったという……。

　告別式では、祭壇の前に家族が正座《すわ》り、列席者一人一人に深く頭を下げました。香《こう》が立ち込め、読経が響き、この時ばかりは皆神妙な面持《おもも》ちでしたが、しかしその厳粛な席にあっても、私は悲しみに浸ることはありませんでした。

　早くに亡くなり、子供がまだ小学生ともなれば、周囲の目は自然と私に向けられます。「かわいそうに、これからこの子はどうするんだろう」と。しかし当の私はと言えば、その期待に添《そ》うべく悲しみが湧いてこない、涙の一つも出てこないのです。よもやその冷酷さを、周囲に悟られてはなりません。決して知られてはならないのです。やはりここでも、何がしかのふりをしなければならなかったのですが……。

改めてみても、父の記憶は一切が不確かです。棺《ひつぎ》の中も見たはずですが、鼻孔《びこう》に綿の詰められたその不自然すぎる顔貌も、一向に思い出せないのです。近頃は写真を見ても、在《あ》りし日の姿が浮かんでこない。とりわけ私は、その声の記憶がないのです。ところが、台車の上の残り火と、渇いた骨の感触だけは、何故か身体に染みついており……。私固有の性格か、それとも子供とはそうなのか、父親の像より焼き場での体験のほうが、強く心に刻まれているのです。

ところで枝葉《えだは》の問題ですが、花輪の数が二十というのも、当時ちょっとした話題となりました。事実、平《ひら》の職工さんにしては、それはかなりの数だったようです。母は、「やはりお父さんは偉かったのよ」と涙していましたが、ところがそれが植えられたか、私はヒトの葬儀があると、自然と花輪を数えていて……。

ですから身につまされるのは、仮に今、私が死んだところで、花輪は十も並ばないいんじゃないかなぁ。現在《いま》の病院、大学の医局、地域の医師会、母、兄、親戚一同って、それぐらい？　友達はいないし、医局なんかケチだから、そんなもん、出してくれないかもしれませんよ。ご近所からは、「お医者様なのに、寂しいお葬式ねぇ」なんてヒソヒソされたりして。まぁ、これも、世間体を気にする我が家の悪《あ》しき風潮ですが、ただ申すまでもなく、花輪の数で人の価値が決まるわけではありませんので。

家族の肖像

古い家のせいか、父や母は、朝な夕な、仏壇を拝むのを日課にしていました。膝を正して黙礼し、鈴《りん》をたたいて、ブツブツ、モニョモニョ……。見ていた私も、自然とそうするようになったのですが、その中味はと言えば、「お利口《りこう》になれますように、偉い人になれますように」とまず自分のことをお願いし、それから「お母さん、お兄ちゃん、お父さんが元気でありますように」と祈りを進めるわけですが、ただこの時もお父さんは一番最後で。たまに順序を変えるとか、そこまでの配慮はなく、「だから早くに？」という後ろめたさがなかったわけでもないですが、まぁ、だいたいそんなような感じで。

当時私は父との距離を、罪のように感じていました。「何ゆえ、等しく愛せぬのか」と苦悩したわけですが、まったく天使のような子でしたね。ところがそんな弟に比べ、兄ときたら、「仏なんか拝んだってしょうがねぇや。オヤジなんか毎日拝んだって、あんなに早く逝《い》っちまったじゃねぇか」なんて悪態をついていましたけど、いやいや、あの人の罪も相当なもんだと思いますよ。何しろ、「ぶっ殺す！」って言ってたんですから。幼気《いたいけ》な弟としては、「本当に殺《や》ったんじゃないか」と疑ったぐらいで。

しかしそんな弟も、いつの頃からか線香の一本をあげるでもなく、仏壇に向かいピースなんかするだけのバチ当たりな状態で、まったく兄弟ともども、ロクな死に方をしないかもしれません。

ところで話は変わりますが、父がまだ元気だった頃、お兄様がインキンタムシを患《わずら》ったことがあって。あれは水虫と同じ白癬菌《はくせんきん》の一種なのですが、ところが陰嚢のほうまで広がったそれに市販の薬を塗ったら、あろうことか表皮全体がずるむけてしまい……お兄様は痛みのあまりその場を動けず、しかたがないので、お父様がお兄様の玉玉をフーフーしてやったという……。

まぁ、そんなこんなの我が家ですが（どんなだよ）、最近ふと気付いたことが。それは、「私が父の子だ」ということなんですね。いや、何を今さらというのではなく、「母ではなく、父なんだ」と。

つまり、あれほど遠かったのに、短い時間だったのに、おそらく私の大半は、父の要素で成り立っているのです。臆病で身動き一つできない、この世のすべてが一大事に思えてしまう。家族旅行も人付き合いも、しないで済むならそれがいい。おそらく父はそういう人だったと思います。その父に取り澄ましを上塗りしたのが私、ということになるのですが……。これは一筋縄ではいきません。

お兄様

これまでも登場してきた兄ですが、いったいいかなる人物か？　身内が言うのもなんですが、兄は顔の造りがよく、事実女性にモテたらしいのです。中高の陸上部では、「足も速いが、手もはやい」という色恋に秀でた男で、同じ兄弟でもエラい違い。そんな悪さをしているくせに、齢が十も上だから、ほぼ親のような口調でモノを言ってくるのです。

だいたいうちは昔から、ガキに四の五の言わさぬところがあり、たとえば私に欲しいオモチャがあったとして、「だって、A君も持っているから」などと駄々をこねようもんなら、決まって兄は、「じゃあ、そのAが死んだらお前も死ぬんか、え？」なんて、小学生にそんな怒り方ってあります？　ほとんど組関係のセリフじゃないですか。

兄はお世辞にも勉強好きとは言えず、子供の頃とはいえ、毛沢東を「けざわひがし」と読んだらしいのですが、そういう人から、あまりどうのこうの言われたくないよなぁ。

「ふるさとの　山に向かひて　いふことなし　ふるさとの山は　ありがたきかな」……啄木先輩の名歌《うた》ですけれど、うちはいわゆる東京のベッドタウンにあり、山というには大げさですが、それでも周囲にいくつかの丘陵を見ることができます。

渡世人のつらいところで、大学は地方で独り暮らし、医師になっても職場の移動を繰り返し、それでも実家《いえ》に帰ってくると、変わらずそこに山があり、素直にありがたく感じるものなのです。

ところがある日、帰省すると、その山が削られ、巨大なマンションが建っていました。「そぉかぁ、ついに宅地化の波が押し寄せてきたかぁ。でもしかたないな。形あるものは、いずれは風化していくのだから」などと哀感をもって眺めていたのですが……。

それがですよ、「あのマンションすごいでしょ。お兄ちゃんの会社が建てたのよ。設計したのはお兄ちゃんなんだって。たいしたもんねぇ～」という母の声に、私は自身が砂と化し、風に飛ばされるのを感じました。なんのことはない、私が風化？させられてしまったのです。「ふつう地元にゃ、手出さんだろう」という、まぁ、兄はそういった類《たぐい》の人間です。

美大の建築を卒業後、中堅のゼネコンに就職し、実直で情に熱く、厳しい仕事人間のわりには、部下からも慕われているようですが（知らないけど）、ただなんていうか、あの人には、わびさびとか花鳥風月とか、そういう要素が全然っないっ。決してドライでも拝金主義でもないけれど、おそらく嘯《うそぶ》くと思う、「そんなもんじゃ～ぁ、メシは食えねぇよ」って……（立派な守銭奴じゃねぇか）。

兄は私と違い、短気で短絡的で、ブラフ屋で総会屋風で、「でも根はやさしいんですよ」

って誰かががかばってやらないと。山を削るとわかっていたら、私が率先して反対の署名活動をしてたでしょうに。

ギター（小学校末）

兄が下宿をしていたので、形的《かたちてき》には母一人子一人の母子家庭となりました。痛ましいだの不憫《ふびん》だの、場合によっては好奇だの、当時さまざまな目が我が家に向けられていたと思いますが、やってる私は案外気楽なもので。

それもこれも、父の残してくれた蓄《たくわ》えと母の内職のおかげであり、息子二人の学費・生活費の一切を、女手一つでやりくりするのは、さぞ大変だったと思いますが、それに気付いたのはごくごく最近のことで、やはりノーテンキな少年、青年、中年であったと深く反省している今日この頃……。

それでも私が素直だったのは、当時内職という言葉には、ある種タブーというか、後ろ暗いイメージがあったのですが、小僧の私はそうとも知らず、「うちのお母さんは一日中働いて、夜遅くまで内職をしてるんだ」とみんなに吹いて回ったという。

そんな頃どうしたわけか、兄が私にフォーク・ギターを買ってくれまして。一緒に店に行ったのでよく憶えているのですが、下の段では一番高い一万五千円。当時（一九七五年頃）としてはなかなかの値段です。これがもし母の仕送りで買ってくれたのだとしたら、なんのことはない、それは我が家の出費ですから、ここは「バイトで稼いで」としておくのが、美しい兄弟愛ってもんではなかろうか……（ア〜コリャコリャ）。

「大学に行ったらギターの一つも」などともらしていたのをみると、周囲には楽器のできる仲間がいて、運動一本の兄には羨《うらや》ましかったのかもしれません。そういう場での「蚊帳《かや》の外」的な感じ？　弟には同じ思いはさせまいと、きっと思ってくれたのでしょう。ところがそんな優しい気持ちが、さらに私を追い込む結果になりましょうとは。

思い出すのも忌々しい、卒業間近のある日、クラスで「お別れ会」の企画が持ち上がりました。放課後のささやかな行事でしたが、ところがこれが悪いことに、私がギターを手にした時期と、話がかぶってしまったのです。

しかも私が言いふらすものだから、下々《しもじも》にすれば、「わぁ〜、いいなぁ〜、すごいなぁ〜、弾いてるとこ見たいなぁ〜。ねぇ、お願いだから、弾いて、弾いて〜っ」ってことになりますわね、当然。で、結局引っ込みがつかなくなって、ホント、バカですが、私は会のにぎやかしに、ギターを弾くハメになってしまったのです。

ところが悲しいかな、教えてくれる人がいないものだから、楽器だけ与えられても弾き方がわからないというか、ウソみたいな話、フォーク・ギターの初歩である、Am や Em

というコードの存在すら知らないのです。

初心者が必ずやそうするように、弦を一音ずつ鳴らすことから始めるのですが、チビの私が大人用を弾《ひ》くには、指は短いわ握力は弱いわで、一向に上達する気配がありません。それでも健気《けなげ》に音を探し、ようやく「蛍の光」を完成させ、当日は緊張しながらも若干誇らしげに、学校までギターをぶら下げて行ったのです（当時ギターを奏《かな》でる小学生など、滅多にいませんでしたから）。

が……どうしてこれがそうなるのか、実はもう一人、兄貴がバンドを組む同級生の存在が、それも会の当日になって判明するという……。しかもそれが背の高いイケメンだったから、余計私の癇《かん》に障ったというか。ただその後少し冷静になり、「まぁ、そうだよね、普通こういうのは、兄貴に教わるもんだよね」とか、その時はまだ余裕をこいていられたのです。

ところが会も佳境に入り、ついに我らが出番となった時の最初に飛び出した彼のパフォーマンスは、まさに衝撃以外の何物でもありませんでした。教壇前のパイプ椅子に座り、慣れた手つきでギターを抱《かか》えた彼は、なんといきなりジャカジャカ弦をかきならし、当時の流行歌を大声で歌い始めたのです。クラスのみんなはそれはもう大喜びで、どこから見ても本当に楽しそうでした。

しかし次の出番の私はといえば、ショックのあまり顔面蒼白、全身が棒状に硬直化する一方、脳髄だけはmelt downという……。だってそうですよ、フォーク・ギターが歌の伴奏に使われるというのを、その時初めて知ったのですから。

一人悦《えつ》に入《い》っていた自分があまりに惨めで、私はその場にかがみ込み、ギターは一音も鳴らされることなく、そのままケースにしまわれたのでした。女性の担任に、「D君はやらなくていいの？」なんて後ろから声をかけられたのですが、まったく女って、どうしてこう残酷なんだろ。

しかしそのギターは、三十五年たった現在《いま》も私の手元にあります。医者ともなれば、買い換える余裕もあったはずなのに（嫌味か）、何故かこれだけは、手放すという発想自体、浮かんだことがなかったですね。ですから要はなんだかんだ言っても、兄さん想いのやさしい弟という、結構泣かせる話なのです。

その後は、Am, Em, Dm, C, D, G, B7, G7, Fぐらいで事足りるアホみたいな曲は、弾いて歌えるようになりましたけれど……（Nine cordのギター無双。いまだにBで挫折中）。しかし、ギターに溺れるまでの執念がなかったのは幸いでした。勘違いしてハマっていたら、今頃はstreet musicianにもなれず、文字どおり路頭に迷っていたと思います。

偉人

これはもう、読書感想文の弊害と言っていいでしょう。とにかく長いこと本を読む気になれなかったのが、これもお母様の命《めい》で、世界児童文学全集（兄のお古《ふる》）の中から、『ロビン・フッドの冒険』を読まされたことがありました（中学と同時にすべて廃品回収に出してしまい、ほかはタイトルすらも覚えていないのですが）。

ですからそのロビンにしても、「旅の途中、さまざまなチンピラと出会い、だけど皆が皆、ロビンの手下となったとさ、メデタシメデタシ」みたいな、まぁ、欧米版の「清水の次郎長」か、「男一匹ガキ大将」あたりと、さほどコンセプトは変わらないと思いますが（たぶん違う）、それでも徐々に仲間が増え、「野郎ども、一発かましたろうぜ！」みたいな場面には、子供心にもワクワクするものがあったのです。

ただそれから少し間があき、とにかくきっかけは遅かったですけれど、小学五年、街の図書館に出入《でい》りし始めた頃から、なんとなくその年代向けの「偉人伝」に興味を持つようになりました。「野郎ども！」的な小僧の高揚《こうよう》に、それでも明日への希望が重なり、ストーリーに冒険活劇の要素を見出したのかもしれません。何しろ主人公がどんどんメジャーになるのだから、それはワクワクしますわね。

ところが、せっかくの読書体験だというのに、もう少し物事を順序立ててとか、そういう頭がないので、どうも人物の選定がバラバラなんですね。

たとえばキュリー夫人に宮本武蔵とか、源頼朝にベーブ・ルース等、人種も何もてんでバラバラなので、結果、話がやたらとシュールに……「一一九二年、ヤンキー・スタジアムで、キュリーが武蔵にラジウムを投げました」とか、そこまで私もバカではありませんが、やはり記憶には残りにくかったと思います。

しかしマジメな話、この偉人伝というのも、子供にとってはどうなんですかね。何しろ児童向けですから、主人公の影の部分は省略するしかないのでしょうけれど、しかしそうなると、少年・少女はその人物の表向きしか知らぬこととなり……。

さらにもう一つ（ここが最大の問題なのですが）、子供らは偉人さん方の苦労話なんかに興味ないんですよ、退屈ですからね。途中そういうパートは読み飛ばし、サクセス・ストーリーのサクセスだけしか読まないから、「な～んだ、偉人なんて簡単じゃん」とかナメたことを思ってしまうのです。

ところがどうして、相手は選《よ》りすぐりの大天才ですから、民間児童にそうそう都合よくいくはずがないのです。で、案の定、知ったかぶりをした小僧が思いっきりコケる、「宮本武蔵って専制君主だね」なんて……（聖人君子）。

偉人という点でことさら強調する話でもないですが、アイザック・ニュートン氏は、女性に一切興味がなかったと聞きますし、イマヌエル・カント氏も生涯独身だったそうですが、やはり偉人・天才と称される人にはどこか異質な部分があり、それが「欠落か、異才か」は微妙な評価になりますけれど、しかしそれからというもの、とりたてて私は偉い人になりたいとも思わなくなりました。

小動物

葬儀があると、一時期その家には他人《ひと》の出入りが多くなるものですが、それが予期せぬ出会いにつながることもあるようです。有名中学など及びもつきませんでしたが、それでも本格的に勉強せざるを得なくなったちょうどその頃、父の法事においで下さった方の紹介で、地域の学習塾（中高一貫）に通うことになりました。

四十代の男の先生が切り盛りする個人の塾でしたが、生徒は皆優秀で、名だたる大学に合格していました。先生はさながら大樹のような方で、学問はもちろん、人としての道をも教えていただき、私にとってはかけがえのない邂逅《かいこう》となりました。「死んだお父さんが会わせてくれたのよ」とは母の弁ですが、私も素直にそのとおりだと思っています……。

といったような綺麗ごとはさておき、当時を振り返ると、その中味は惨憺《さんたん》たるものでした。

まずは初日、初日ですから何も知らずに出かけたわけですが（中学入学前）、それは天地がひっくり返るほどの？　最初の課題がなんといきなり「高校入試」の数学の問題で。中学に入れば方程式が使えるのを、算数で解けという指示なんですね。

私は小学五年、鶴亀算で蹴《け》つまずいたのがいまだにコンプレックスなのですが、その時は鶴亀算のほか、時計算、水槽算、旅人算などが出題され、何しろ民間校とはかけ離れた内容に、鉛筆を持つ手がピクリとも動かず、あっという間に時間切れ。

周囲のそこかしこからため息が聞こえ、どうやら私だけではなかったようですが、それでも上位の生徒が公表され、できるヤツがいるのには腰を抜かしましたね。その日は完全に打ちひしがれて帰宅し、コタツにもぐって放心状態。弱った時のガメラみたいな状態。例のＩＱが本当なら、あれぐらい余裕のよっちゃんのはずなのですが……。

それでもこの塾は、あきらめず通い続けることになります。もっともそれは、「優秀な生徒に囲まれていれば」という、まるで根拠のない甘い期待にすがってのものでしたが。

しかも最悪だったのは、小テストの点数（自己採点）はいつも満点と嘘の報告をし、先生を喜ばせ、自分も誇らしげにふるまっていたのです。本当は七十点以下だったかもしれません。あまり満点が続くのもおかしいので、たまには九十九とかにしておくのですが、まったく最低な小僧でしたね。平然と嘘をつき、そこに快感すらも覚えてしまう……典型的な詐欺師の性格と言えたかもしれません。

そんな私を総括すれば、大嘘つきで姑息、怠惰なくせに負けず嫌い、臆病なのに目立ちたがり、「彼はデキると聞いてたけど」などと間違っても思われたくない、嘘を嘘で塗り固めた、自意識過剰な醜い小動物と、いやいや、なんとも人聞きの悪い、これが私の正体ですか。ずいぶん的確にポイントをまとめ、我ながら感心しますけれど、しかしどうしてなんでしょう、知らぬ間《ま》にそんな自分が形成され……。

やはりこれは、幼虫、さなぎ、成虫へという、あの遺伝子とされるもの？ すでに私の中に組み込まれた設計図？ と、なんでもそこに持ち込む自体、すでに卑怯者の証《あかし》と言ってもいいですが、でも、まぁ、考えたくもなるというものです。

これでも少しは改心し、最近はもっぱら「正直者のD先生」で通っているのですが、四《し》十《じゅう》を過ぎた現在《いま》でも言い訳や取り繕いの癖《へき》があり、悲しいかな子供時分の性格は、深いところに埋まったままのようなのです。

S

この時期、母と二人、初めてうちで犬を飼うことにしました。名前は「S」としておきますか。親戚からもらった柴犬《しばいぬ》の雑種で、鼻筋の通ったなかなかのハンサムボーイでしたが、彼には本当にすまないことをしました。

普段はとてもかわいいのですが、散歩になると猛然とダッシュするので、私はリードでたたいたり、訓練《しつけ》と称し過激な運動をさせたりもしました。本当につらい話です。実際、彼が嫌いなわけではありません。それどころか、正真正銘大好きなのです。ただ散歩になると、何故か毎回そうなってしまい……(DV男の言い訳?)。

今でも数枚、色あせた写真が残っていますが、この場に彼がいたら、土下座してでもなんでも、本気で謝りたいと思います。どこかで自分が救われるなど、ケチな損得勘定はありません。とにかく謝りたいだけです。弱者に服従を強要する、これも私の正体なのです。

子供なんてのは残酷で、カブト虫は飽きて放ったらかし、祭りの金魚も死なせてしまう、カナブンを糸で結《ゆ》わいたら胴体がもげちゃうし(冷汗)。でもこれって、私だけじゃないですよね?……(何やら微妙な雰囲気ですが)。

話は私が大学に合格した年に飛びます。地方の大学だったので私は家を離れ、一人暮らしをすることになりました。やっとの思いでの合格で、そこはメデタイ限りなのですが、問題はSのことでして。

さぞかし彼は訝《いぶか》ったと思いますよ。それまで曲がりなりにも一緒の私が、ある日突然いなくなったわけですから。なのに私ときたら、キャンパスの浮かれ気分で、彼のことなどすっかり忘れてしまいました。どこまでいっても薄情な男です。家には母がいましたが、毎日内職《しごと》で忙しく、彼の世話まで手が回らなかったようでした。

その後、大学が夏休《やす》みに入り、私も帰省となりました。電車に揺られ五時間半、バスを降りての道すがら、ようやく私は彼のことを思い出していました。帰宅して最初に会うのは外にいる彼ですから、その姿を思いつつ、家への階段を上がっていきました。

すると、それまでなら私の気配がするや否や一気に飛び出してくるのが、「ただいま～」と声をかけても、目の前の小屋からは、ゴロゴロとした鎖の音がやけに重たく聞こえるばかりで……。やがておぼつかない足で外に出てきた彼は、実に覇気のない眼で私を見つめ、両歯をむき出しにしながら、ウ～ウ～唸《うな》り続けるばかりなのでした。

私が身体をなでてやっても、それはやみませんでした。出てきた母も、「かわいそうに。君はどこへ行ってたんだって、きっと怒っているのよ」と彼の気持ちを代弁しました。

その後、休みの間はまた散歩に連れ出したのですが、かつての勢いはまるでなく、私はその姿に嫌な思いを禁じ得ませんでした。休みが終わりしばらくすると、彼が死んだという知らせが入りました。

中学校　その一

かつては教育ママと呼ばれていたのが、近頃はお受験ですか。いつの世も教育熱が冷めることはありません。親子ともども高貴な家庭は、有名中学の受験に備え、さぞかし綿密な計画を立てていたと思います。それに引き換え、団子をこねる愚かな子でも、ありがたいことに義務教育ですから、公立に関しては、うっかりしてても中学に入れてしまうのです。

中学は地域の小学校の寄せ集めで、人数は倍の六クラスになりました。中高に上がるたび、「他校からとんでもない異分子が入り込んでくる」と感じるのは、私だけではないでしょう。しかもそれらは、優れたものよりそうでないほうが圧倒的に多いのです。

まず最初に受けたculture shockは、素行の悪い連中によるオゲレツな会話の数々でした。ヤツらから、「子供はどこから生まれるのか、その過程でいかなる営みがなされるのか」を、突如否応なく知らされるわけですが、にわかには信じられなかったですね。私など四十《しじゅう》を過ぎてまで、子供はお母さんのお臍《へそ》から生まれるものと思っていましたから。

中学一年、そうした荒れた環境の中、クラスの代表委員をやらされたのですが、これも嫌でしてね。「新入生は他校の生徒を知らない。知らなければ委員の選挙が成り立たない。ゆえに小学校からの情報のもと、中学側が任命する」といった理由のはずで、ですからその種《て》の資質を見込まれたうえでのご指名なんでしょうけれど、しかし実際は、散った桜も片付かぬ中、まるで知らない他校の生徒にまで代表ヅラしなければならないという、極めて損な役回りなんですね。

私とて授業の前に、「はいはい、そこのダース・ベイダーくん、着席して」などと言いたくもないのに……って、何ゆえこれがダース・ベイダーかと言うと、まずは相手が悪であることを明確にする、ただしコトを荒立てぬよう実名は避ける、それと少しはシャレも利かせたいという私なりの知恵だったのですが、ところがこれが、「あの野郎、ナメやがって」となり、ヤンキーな生徒数人にですよ、放課後、体育館の裏に呼び出されてしまい……。

私も行かなきゃいいのに、なんで行ったんですかね（知らねぇ〜よ）。それでも何が幸いしたか、「お前も悪い奴じゃない」とか言われ無罪放免。別に上から言われる筋合いでもないけれど、ただあの場で手出しをされなかったのは、実にラッキーだったかもしれません。私も「殴られに行ったんだよな？」と首を傾《かし》げながら家路につくという、まぁ、とにかく、いろんなことが急に変わった時期でしたね。

中学校　その二

その後、勉強はどうなったか。私は小学校高学年からメガネをかけ始めたのですが、当時は「メガネっ子は頭がいい」みたいな迷信めいたものがあり……テレビゲームのなかった時代、もっぱら勉強のしすぎという好意的な見方だったのですが、同時に「ガリ勉」なる皮肉を込めた呼び名もあり、私は自分がそういう目で見られるのがたまらなく嫌でした。

事実、昔から私は成績以上に勉強ができると思われがちで（例のＩＱゆえ）、けど本当はバカなのに、外見だけは利発そうっていうのも、何かといろいろ損ですよ。レンタルビデオ店ではいかがわしい物件は借りづらいし、ところかまわず気軽に猥談というわけにもいかないのです。

それでも長いこと母の期待が刷り込まれたせいか、この頃になると、なんとなく私も「医者なのかな」と思い始めるようになりました。もっとも、身近には関係者などおらず、単にあこがれのようなものだけでしたが……。

しかしですね、いや、何が腹立たしいって、実際なってみるとわかりますが、医学の道もイバラ道、当然苦労も数知れずで、たまには弱音を吐く時だってあるじゃないですか。だってそうですよ、どうしたって治せない患者さんもいるんですから。なのにお母様ときたら、「アタシは医者になれとは、一言も言った憶えはないからね」なんて、しれっとした顔で言うんですけど、まったく開いた口がふさがりません。

化けの皮

中学でも私は愚かな小僧でしたが、むろん世の中、そんなに甘くはございません。世間知らずの青二才、笑う門には落とし穴？ 自信を持って臨んだはずの初めての定期テストで、私は現実というものを、嫌というほど思い知らされることになりました。

最初の国語がわずか八十点だったことは、今でもはっきり憶えていて。解答用紙を見たとたん、瞬時に身体が凍りつき、どこからともなくツィゴイネルワイゼンの不吉な調べが……。「何かの間違いだろう、いや、そうに違いない」と本気で採点ミスを疑いましたが、見直すに従い徐々に作り笑いが消え、身体からは妙な汗が噴き出てきまして。しかも、近所の地味なT君が九十点なのを知るに至り、私の混乱は頂点に達しました。

例の塾の一件と言い、そろそろ化けの皮がはがれてくる頃だったようで。傍目には「なんだ、それぐらい」と思うかもしれませんが、私にすれば、この世の終わりにも等しいほどの心境だったのです。刑事ドラマ全盛の時代、私はそれが大好きでしたが、その後は七時以降のテレビを断ち、毎日四時間以上勉強するようにしました。

が、実際はどれほど身になっていたでしょう。そもそも集中力がないので本を熟読できないし、不出来な答案は見るのも嫌で復習をしないから、つまり進歩というものがないのです。結果、本気のヤツらに次々かわされ、受験乱世の下剋上を……（あんまり高を括《くく》っていると、そのうち腹《はら》を括らされ、最後は首まで括らにゃならんという）。

ちょうどその頃（三年の夏休み）、成績不振の数人が集まり、うちで一緒に勉強をすることになりました。母親同士も仲がよく、「一人じゃ何もしないから」と親を通じて頼まれたものと記憶します。

お互い黙って座り込み、時間になると帰っていく、当初はそれだけのものでしたが、帰省した兄が目付け役になってくれたのと、難問は私が教えたりもして、以後なんとなく「勉強会」といったものが形成されるようになりました。

よくある話、優秀な生徒だと下々《しもじも》の思考がわからないので、却《かえ》って教えどころが上手くなかったりするんですね。わかって当然の頭でこられても、できない側はサッパリなのです。その点、私など、皆と一緒に考えるレベルでしたから、過程を示せるという意味では、彼らにもわかりやすかったかもしれません。

当初、夏休みだけかと思ったら、その後もアイツら押しかけてきて、結果全員が合格できたのはメデタイ限りでしたが（各自別々の高校）、しかもこの時の経験が、将来私にとって意外なところで役立つことになるのです。

異性　その二（中学編）

日常生活は平凡そのもの、いや、平凡以下だったかもしれません。授業が終わると速攻帰宅し、Sの散歩後、夕食を食べて勉強と。部活ですか？　やらないですよ（笑）。だいたい放課後まで学校に縛られたくなかったし、その前にやりたいことがなかったですしね。

そんなある日、Sの散歩で山に行った時のこと。なんとビックリ、同学年の男女二組が、制服姿のまま遊んでいるところに出くわし……お互い相当気まずいのと、それ以上にこちらはショックで（テレビでしか見ない光景だったから）。早めのお友達は、そろそろ愛に目覚める頃だったかもしれません。

が、そんな時に限ってというか、あれほどかわいかった私が、モデルにまでなった私がですよ、あろうことか顔中ニキビで埋まってしまい……鏡を気にする頃でもあったし、容姿については、かなりコンプレックスを感じ始めていたのでした。

しかしそうは言っても、そんな天日干《てんぴぼ》しみたいな私とは申せ、やはりそこはお年頃ですから、女性に対する迸《ほとばし》る passion を、そうは簡単に抑えることはできません。「どのあたりに迸ったか」という細かい問題はさておき、せっかくですからこの場をお借りし、不肖私めの好みのタイプを、余すところなく語らせていただこうと思うわけですが。

これがまた非常にわかりやすく、とにかくべっぴん、美形好き？　一般には面食いとも言われるそうですが、しかしただ整ってればいいってもんではなく、「そこには知性がないとね」なんていう、ガキのくせして図々しい野郎で。けど、すいません、今でもこれはそうなのです。そこに一切の妥協はありません。この際だから、適度に胸板が厚いという条件も付記しておきましょうか(グラビアなどに見るFとかまでは深追いしないにしても)。

当時別のクラスに、エキゾチックな美人の娘《こ》がいまして。私などには高嶺の花で、遠巻きに眺めていただけだったのですが、ところがどうして知れたのか、ある日その娘が、「D君、私のこと好きって本当？」と尋ねてきたのです。それがどういう意図だったか見当もつきませんでしたが、私は混乱しながらも努めて平静を装い、「そんなわけないだろ」と答えるしかありませんでした。

だってそんなきれいな娘が汚《きたな》いチビに興味があるわけないし、正直に答えた揚げ句、「気持ちわるっ、とか言われたらどうしよう」みたいな弱気の虫が出たのでしょう。ダメなんですよ、いまだに女性と向き合うシーンは苦手で。

四十《しじゅう》を過ぎての電車内での実話ですが、ボックスシートの私の前に、推定二十代後半のなかなかの美人さんが座ってきたことがあって。滅多にないことですし、当然うれしはずかしには違いないのですが、しかしそういう場面もダメでしてね。緊張のあまり身体がカクカクしてしまい、うまくチラ見することもできないのです。

しかたなく頬杖をつき、外の景色を眺めていたら、と見せかけ、実はガラスに映る美人さんを眺めていたら（変質者かよ）、まんま首が固まり吐き気を催し、手前の駅でぶらり途中下車せざるを得なくなったという……ね、恵まれない男ってのは、そ～なんですよ。

いるでしょう、目が合うだけで自分に気があると勝手に決めつける男。気色が悪いやら虫唾《むしず》が走るやらで、一歩間違えればストーカーの域なんですけど、困ったことに案外私がそうなのです。たとえば飛行機の棚に荷物を入れるのに、ＣＡさんが手伝ってくれたりすると、「あれ？　この女性《ひと》、俺に気があるのかなぁ～」なんて、つい思ってしまうのですが、あれは仕事なんですってね。それどころか、「邪魔だから、はやく入れろ！」ってことらしいのですが、いやぁ、女の人ってコワイっす。

夢見がちな少年　その一

何が私をそうさせたか。女性にモテない原因？　結果？　いつしか私は空を飛ぶ、夢見る少年になっていました。と同時に、無益なことを考える少年にもなっていました。

たとえば流行歌《うた》を聞いてると、たまにですが歌詞の矛盾に気付いてしまうことがあるんですね。「そういう性格だから嫁の来手《きて》がない」とか大きなお世話ですけど、シャーロック・ホームズが独り者《チョンガー》という設定は、理にかなっていると思います。ともあれ、その例をいくつか挙げてみると……。

楽曲その一、「あなた」（小坂明子さん）。これがきっかけでしたかね、子供心にもおかしいと思ったのは。「もしも～私が～家を～建てたなら～」って、新築物件の紹介かと思ったら、「部屋には～古い～暖炉があるのよ～」って、なんで途中からリフォームなんです？

楽曲その二、「恋」（松山千春先生）。男の元を去る女性の心情を綴《つづ》った詩《うた》ですが、その中の「鍵はいつもの下駄箱の中」という、これにもちょっと……うちは下駄箱が屋内にあるので、女性が鍵を閉めたあと、どうやってそれを中に入れるのか、帰宅した男はどうやってそれを取り出すのか、多感な時期でしたが、ずいぶん悩みましてね（山村美紗の密室トリックか？　みたいな）。

楽曲その三、「傘がない」（井上陽水大先生。のちほどたっぷりお出ましいただく予定）。「学生運動衰退後の時代の空気感」的な、もっともらしい論調で取り上げられる曲ですが、いやいや、これもオカシイのです。

「都会では自殺する若者が増えている。今朝来た新聞の片隅に書いていた」と。この歌の主人公は、「狭いアパートに住む貧乏な若者。社会にはじかれ、やりきれなさを抱えたまま、悶々《もんもん》と暮らす日々。どこかに傘を忘れたか、それとも傘を買う金がないのか」、そんなイメージだと思います。少なくとも、両親と暮らすリッチなボンボンとは誰も思わないはずです。

となると、まさに問題はここですが、はたしてそんな若者に、新聞を定期購読する余裕なんかあるのでしょうかと。「どうして定期なんだ、そんなことわからんじゃないか」と思うかもしれませんが、しかしよく考えてください、今朝新聞が来たんですよ、彼のところにね。ほかの誰に来るんです？　大家《おおや》のところにですか？　おかしいでしょう、彼のところに決まってるじゃないですか。となれば、まさか新聞が来るのがその日一日ってことはないから、やはり定期なんじゃないんですか？　けどそうなると、「新聞を取る金はあるのに、傘を買う金はないのか？」とか、突っ込みどころが満載となり……。

さらにもう一つ、そもそも曲のイメージからすれば、この主人公は、新聞に興味を持つような青年であってはいけないのではないでしょうか。自殺する若者が増えようが、国の将来がどうなろうが、そんなことはどうだっていい、女のところに行くための傘がないことを何より気にする彼が、人との交わりを断ち、社会に背を向け生きていこうとする彼が、新聞なんか読みますかねぇ？……でしょう？

と、まぁ、こういう屁理屈ばかり冴えてしまっても、あとあと不幸な人生を送りそうな気がするし、事実そうだから困ってるんですけど。

夢見がちな少年　その二

最近も愚かなツボにはまったのは、「千の風になって」（二〇〇六年）という歌が評判で、たしかに名曲なのですが、私においては、脳の細胞にありえないネットワークが形成されたんですね。冒頭の「私」という単語から、まったく別の曲が浮かんできて……。

それはかつてのアイドル森高千里さんの「私がオバさんになっても」なのですが、突如「私がオバさんになっても、泣かないでください」という、一応は筋《すじ》の通ったフレーズが構築されたものだから、それが耳についてやまなくなり、さらに「私」という音《おん》から「馬刺し」という語が想起され、「馬刺しの彼は左利き」から「馬刺し祈ってます」、「馬刺しはピアノ」等、昭和歌謡が次々と。で、そうなるともう抑えが利かず、「盗んだバァイクを盗まれるぅ」とか、一人で延々盛り上がってしまい、その日は一睡もできませんでした。

替え歌作りは昔からで、「メーリさんのヒツジ、ヒツジ、ヒツジ、メーリさんも、楽ありゃ、苦もあるさぁ～」に始まり、「ぬかたのぉ～きみぃは（額田王は）」（吉田拓郎先生「旅の宿」）とか、映画「愛と青春の旅立ち」の頃には、「リチャードに、手を挟《はさ》まれた、ギヤ」（魚屋のおっさんの歌）とか、なんのことはない、子供の頃からオヤジ・ギャガーだったというわけです。

しかし私は、この愚かな癖《へき》を憎み、徹底して封印すべきでした。大人になれない致命的欠陥だったからです。なるほどバカ話に享楽し、何がしかのバランスを保ってきたのでしょうが、反面それがぶれとなり、熟慮を妨げるのです。真摯になれないのです。以後なんの通過儀礼もないまま、落ち着きのない中年になってしまいました。

最近も小噺《こばなし》を思い付いちゃいまして（医者なのに）。

A「君んち、お風呂きれいだね」

B「入らないからね」

……って、スイマセン、私は大がかりな笑いは求めていないのです。あとからジワジワくるほうが長続きするって、誰かが言ってました。

ついでにドクター・マン川柳も一句、「おばさんが　おなかこわして　オバンゲリオン」、さらに普通に一句、「ＡＶの　画面にかぶる　カラスの音《ね》」って、これは明け方ＡＶを見ていて、まさにここぞという時、カラスに一声「カァ～」と鳴かれ、一気にテンションが下がってしまったという、中年男の悲哀であったり、卑猥であったりと（高杉晋作へのオマージュ？）。まぁ、そんなこんなで、人生が終わっていくような気がしますが。

音楽

意識して音楽を聴き始めた頃でした。幼少期はテレビの歌謡曲、中学以降は兄貴のレコード（洋楽）と、もしかして「日本全国、これなんじゃないか」と思うぐらい平凡な音楽体験でしたが、長男・長女や一人っ子の存在をすっかり忘れていました。

経済的事情や親の教育方針など、レコードを買わぬ家の子にとって、カセットテープレコーダー（ラジカセ）の出現は、まさに天の恵みでした。見た目や音質《しつ》にこだわらなければ、音楽が簡単に手に入るようになったわけですから。ラジオから録音したものを繰り返し聴くというのが、当時の子供のささやかな娯楽でした。

ただ残念だったのは、うちの兄という人がですね……ビートルズのど真ん中だというのに、いったい何をしてたのでしょう。そのレコードは紹介するのも憚《はばか》られるというか、マッシュ・マカーンの「霧の中の二人」は、まぁ、いいにしても、ウォーカー・ブラザーズの「孤独な太陽」に、ショッキング・ブルーの「ビーナス」って、これどう思います？　中学以降は兄貴のレコードという場合、普通ならビートルズやストーンズが main であり、それがスジってもんですよね。なのにあの頃は、そういう教育が全然なかったものだから。

兄は美大の建築ということで、色や形のセンスには見るべきところもあるのですが、音楽や文学に対するそれは、かなり疑わしいと言わざるを得ません。その昔、俵万智先生の『サラダ記念日』の時も、兄は「なんだ、これ？」とか、「だからなんなんだよ」とか、やたらと機嫌が悪く……（どうやらあれが短歌であることに、気付いてなかったフシがある）。

そんな兄の友人の勧めで、初めて聞いた洋楽のテープが、グランド・ファンク・レイルロードという、これまた微妙なものでした。同級生らは、やれツェッペリンだのディープ・パープルだの、ワーワー言ってた頃で、たしかに知名度からすると、断然そっちのはずなんですけど。

それでもグランド・ファンクは、もともとツェッペリンの前座だったのが、本番でツェッペリンを喰ってしまったという凄腕《すごうで》バンドで、事実日本でも、客の暴徒化に機動隊までが出動した、伝説の「後楽園ライブ」（一九七一年）というのがあったそうですから、相当なグループには違いないんでしょうけれど、だからってその友人とやらも、素人相手に前座を推薦しますかね？

これまで「外タレ」といえば、イ・ムジチ合奏団しか見たことがなかったのが（外タレか？）、最近少しは富も得て、ビリー・ジョエル（二〇〇八年）、ジェフ・ベック（二〇一〇年）、イーグルス（二〇一一年）といった大御所のライブを見に行ったのですが……。

二〇一〇年、六十五歳のジェフ師匠。普通還暦も過ぎれば少しは落ち着き、「定年を迎え、第二の人生を」なんてボンヤリしている時期でしょうに、ジェフったら枯れるどころか、ますます現役バリバリで。その疾走感や躍動感、時折見せる重厚感などは、もう理屈抜きにかっこいいわけですよ。

素因と環境

さて、その後勉強はどうなったか？……「理系イコール頭がいい」との偏見から、数学は勉強してまずまずでしたが、英語はそれほど得意でなく、これものちの人生に大きく響いてきます。親たちも、「日本語もロクに話せないのに、英語なんて（笑）」という極めて牧歌的な時代で。

ただ英語音痴の私にすれば、どうしてそこは書道でなく、英会話にしてくれなかったのかと、それはもう親に対しては恨みに近いものが。

だいたい英語圏の人間と、「This is a pen.」の人間が同じなわけないじゃないですか。おまけに「This is it.」ってなんですのん? それでも少しはどうにかしたいのですが、現在《いま》でも英語（論文）を読んでると、腹痛《はらいた》を起こし下痢することさえあるのです。

リスニングにしても、たとえばボブ・ディラン師匠? 伝説のおっさんか知りませんが、何を歌いなさっておるんだか。加えて「洋画でも見れば少しは慣れるかも」と、その思いはよしとして、けど何を取り違えたか「007」をチョイスしてしまい、「今でもあなたは、枕の下に銃を隠しているの、ジェームズ?」なんて、そんなふざけた会話、生涯ありえませんからね（ジェームズじゃねぇ〜し）。

Functional MRIという機器で解析すると、英語圏の人間と考えながらそれを話す日本人とでは、脳の働く場所が違うのだそうですが、そんな事実を知らされると、ますますやる気をなくしますよね。そういえば兄も英語がダメだから、これも我が家の資質ですかね。

一方ヒトには、資質とともに環境の要因がありますけれど、「親譲りの無鉄砲なら遺伝要因で、本物の鉄砲を譲られたら、それは環境要因だ」なんて、いらないか、そういう話は。

ただし資質に限って言えば、うちは父が職工さん、兄は美大の建築、母などは内職の和裁に加え、喜寿で始めた日本画が市長賞と、だからってそんな大層なものでもありませんけど、うちが学問系か芸術系（職人系）かと問われれば、おそらく後者の家系であって……なのに私は医者ですか？　ん〜、大丈夫でしょうか、私は医者でいいんでしょうか。

裏切り

ところで前にも言いましたが、私は学級委員とか生徒会長とか、人前で何かをするのがイヤでしかたがありません。口下手だし、緊張しいだし、この齢になってもまだ、学会では原稿がないとうまく話ができません。が、そんな苦悩を知ってか知らずか、中二の秋、担任が私に、生徒会長に立候補するよう促してきました。

成績も性格もまぁまぁなので勧めてくれたんでしょうけど、しかし担任も母も兄も、大人はわかってないですね。子供らにしてみればね、会長なんてのはマジメなやつより、少々はずれたお調子者ぐらいがちょうどいいんですよ。

それと、どこか抵抗がありましてね、体制側に就《っ》くのは。生徒会なんて言っても、所詮は学校の手先みたいなものだから、「ちっ、先公の子分が」みたいに思われ、どのみちロクなことはないのです。で、早々私は辞退しましたが、はたして会長になったのは、学校側からすれば最も選ばれてほしくない、軽薄を絵に描いたような男でしたからね。

ところが学期末、親との面談の席上、担任がまた余計なことをしゃべっちゃいまして。「いやぁ、D君が会長選に出なかったのは、実に残念でした」みたいなことをチクってしまったものだから、その晩私は、例の二人にこっぴどく責められました。

「せっかくの推薦をどういうつもりだ」ということなのですが、いつもは寝たフリ、死んだフリ、息を潜めてやり過ごすのを、この時ばかりは大さわぎ。だって向いてないんだもの、生徒会長なんて。せいぜい私は二番手、三番手、もしくは完全なる裏方タイプで、決断力や統率力など、リーダーたる資質はまるで持ち合わせていないのです。しかもそれまで控えめだったのが、急に前に出ろって言われても……当時は周囲の失望に快感すらあったし、どこか強要されるとすかしたくなるという、スレた感覚はありました。

高等学校　その一

高校は、地域の進学校に合格できました（公立、共学、四百五十名）。むろん発表の場面は憶えていて、公立のシステム上、めったに落ちないとわかっていても、自分の番号を見つけた時は、やはり一定の盛り上がりはありました。

担任に報告するのに、中学まではかなりの距離でしたが、その時は仲間数人と歩いて帰ることにしました。なんだか慌てて帰るのがもったいない気がして。穏やかな昼下がり、当座の歓びを噛みしめながら、ずいぶん心地いい、ゆったりとした時間を過ごさせてもらいました。が、私が私の人生で余裕をこいていられたのも、思えばこの時が最後だったかもしれません。

高校でも、直帰《ちょっき》して散歩して、夕食を食べて勉強と。そも受験と部活の両立などできっこないし、母子家庭であれば当然リスクは避けるべきだし。四十代後半、さすがにこの齢になると、医者もパワーのある人にはかないませんが、ただ昔も今も医学部の受験に、フィジカルな科目はありませんから（筋力、持久力 etc.）。

「そんな青春を送って、あとで後悔すんじゃゃねぇの？」みたいな忠告をされても、全然大丈夫なんですよ。ここでもやりたいことはなかったですしね。

それにあれでしょ、青春なんてのは、別になんだっていいわけでしょ？　私などこんなものを書き始めたせいか、むしろ現在《いま》のほうがトキメキを感じてるぐらいだし（キモい中年）、中味にしても、甘酸っぱい・ほろ苦い、駆け巡る・噛みしめる？　溌剌としたのも青春なら淀《よど》むのも青春、青春の定義は人それぞれというわけですが、私もあれこれ興奮しながら、つまりは何をしゃべっているのでしょうか。

しかし反面、「どこか自分が」と思う気持ちも確実にあって、それがまた迷惑なんですよね。小心者は静かにしてればいいものを、なまじ目立とうとするから話がこじれるのです。

たとえば英国の作曲家エルガー先輩の作に「愛の挨拶」というのがありますけれど、私はあれを「朝の挨拶」だと思っていて、最近ようやく間違いに気付いたのですが、当時から吹いてたかと思うと、かなり恥ずかしいものがあります（朝の挨拶って、それじゃぁ、単なる朝礼じゃんみたいな）。

洋楽にしても、友人「ねぇ、キャロル・キングってさぁ」、私「知ってる、ヒゲの長い人でしょ」、友人「え？　女だろ」って……私がこの齢になってもいまだ曖昧なことの一つに、「名前による欧米人の男女の判別」というのがあります。英語の論文でもずいぶんあとになってから、「え？　あの研究者、女性だったの？」なんてこともしばしば。

ですからそのキャロルにしても、当時キャロルといえばYAZAWAさんだし、それに加えてキングでしょ？　キング牧師とかね。誰だって殿方だと思うじゃない。で、結局は誰と間違えたかといえば、当時、音楽誌に出ていたレオン・ラッセルという人で（鬚《ひげ》のおじさん）、「キング？　王様？　王様と言えばヒゲだろ」との瞬時の単純発想が、いつしか動かぬ確信に……ですから本や雑誌にしても、活字を読んでないんですね、どうりで勉強ができないわけで。

話はそれ（性別）に止《とど》まらず、たとえば大物中の大物、Simon & Garfunkelにしても、二〇〇九年Japan Tourという極めて最近に至るまで、途方もないミスを犯していました。

というのも、写真で見ると、向かって左がモジャモジャ頭の長身の人で、右がギターを抱《かか》えた小柄な人なのですが、その下に左からSimon & Garfunkelと書かれてあるので、てっきり左がPaul Simonで、右がArt Garfunkelだと、その齢になるまでず～っと思ってたんですね。

左からSimon & Garfunkel……結構これ、ありがちだと思うんですけど、そうでもないのかな。二〇〇九年東京ドーム、真実を知った時の衝撃と言ったら、それはもう、あたかも新人デュオを見るかのようでした。

高等学校　その二

地方の公立とはいえデキる生徒は多く、私は学年三桁という、もはや毒にも薬にもならない成績に成り下がっていました。とりわけ化学はクラスでドン尻。「およそ化学のできない者が、医者など目指していいのか」という、シャレにもならない話で。

進路指導では、「君は成績がいいから医学部」などと簡単に決まる生徒もいましたのに、私の場合、希望を述べたら、担任が困った顔をしまして（ベテランの男性教諭）。揚げ句、「君は性格がいいから商学部に」などと意味不明なことを言われ……。

勉強は長時間やってましたが、いったい何をしてたんでしょうね。「努力しているヤツが報《むく》われるわけじゃない。（中略）こんなに苦しんでいるんだからというところに逃げ込んでいては、いつまでたっても違う自分は現れない」……イチロー選手の言葉ですが、さすがは一朗さん。それ、完全に私の話です。友人に「運が悪い」と慰めてもらう、もうそのことだけに満足し、とにかく徹底して甘かったですね。

しかし、当時はどうすればいいか、まるで見当がつかないのです。手を替え品を替えやってはみるものの、できるようになる気がしないっていうか。ですからさえない連中の悩みである勉強法ってやつ？　本当はそんなものはないのです。いや、あるのかもしれないけれど、私においてはそれ以前の問題なのです。

何しろ夢想少年ですし、加えて思春期なんてのは、脳味噌の九割がスケベ菌により発酵されている不埒《ふらち》な年頃ですからね。今も九割五分ぐらいかな（増えてる？）。だから、いまだにそうなのですが、わかったつもりがわかっておらず、あとから「あれはこうだったのか」と気付くことがよくあるのです。とにかく基本を外してるっていうか（笑）、笑ってられるのも今のうちなんですけど。

本番の試験では、数学どころか単純計算が苦手だし、漢字も滅法弱くてですね。「先んずれば、人を制す」を、「せんずれば」と読んで、壊滅的な赤っ恥をかいたことがあります。英語もチビチビ訳すから、終わっても全体像がつかめないし……で、焦って舞い上がって、硬直して発汗し、眩暈《げんうん》して嘔気《おうき》した揚げ句、white out して The end と。終わってみれば、凡ミス、ケアレスミスのオンパレードで、毎回それの繰り返しなのです。

だからいきなりですけど、私に子供ができたら？　子守歌代わりにモーツアルトを聞かせ、早くから二〜三ヵ国語に親しませ、速読やフラッシュ暗算なども習得させ、大勢の人前でパフォーマンス（音楽、スポーツ etc.）をやらせ……って、すでにもうそれ自体、基本をはずしてます？　並べてみるとたしかにマヌケな気もしますが、ただそういう能力にはあこがれるんですよ、受験生なんかは特にね。

形から入る

思えば何事につけ、形から入る悪い癖がありました（形から入り、形骸化して終わる）。小説は三島先生などを読んでいましたが、カッコつけてるだけで、中味はまるでわかっていませんでした。

また、岩波新書の精神分析入門？　難しいタイトルに惹《ひ》かれただけだったし、倫理・社会の授業では、「フッサール曰く」などと気勢を上げ、まことにもって汗顔の至りです。

もっとも思い出すのは昔の母の姿で、「新聞は隅から隅まで目を通す」などと自慢気でしたが、ただあのお母様に、当時の社会情勢が理解できていたとは到底思えないんですけど。

一九七一年、ニクソン・ショックから、中国文化大革命の衰退、アントニオ猪木氏による新日本プロレス旗揚げ等、現在《いま》の私ですらあやしいですもの。他人《ひと》との会話で知らないはずの内容でも、「そうですねぇ」なんて相槌《あいづち》を打っていて。だからお母様も、大半がポーズであったに違いないのです。わかったように取り繕っていた……。

けど、やってるんですね、私も。仲間内では、さもわかったように頷《うなず》いたりして。あれこれバレぬよう流してしまうのですが、本当に悪い癖です。

ヨースイ・イノウエ　その一

「いやぁ、ビートルズには」との音楽体験があるように、思春期とは、音楽、小説、絵画等、理屈を超えた何物かに出会える、きっとそんな時期なのだろうと思います。忘れもしない十七の夏、私は「井上陽水」という正体不明の人物に巻き込まれ……（FM東京）

一九七五年、アルバム「氷の世界」が本邦初のミリオンを記録し、カーリーヘアにサングラスという胡散臭い風体の若者が、あの美空ひばりさんを抜き、長者番付一位になったということで、それは当時、大変な騒ぎだったらしいのです。

しかしその後、若干のブランクがあり、私が曲を聴いたのは、陽水さんが最も低迷していた時期に当たるのですが、私がその人生で唯一自慢できることがあるとすれば、それは「世間が氏から離れた時期に、逆にハマっていった」ということですかね。いやぁ、見る目があったんじゃないでしょうか、そこに目をつけたヤツはいなかったですから。

基本、呼び捨てにできない性格なので、以後「先輩」とさせていただきますが……。

当時いくら力説しても周囲の態度はにべもなく、苦《にが》い思いをさせられたものですが、それでも私は先輩一筋で。関連番組はほとんど録音《テイク》し、今でもそれは保存されています。

「ベスト1は？」と聞かれれば、道を誤るきっかけとなった「なぜか上海」（一九七九年）をはじめ、「氷の世界」、「ミスキャスト」等、いいんです、一曲でなくても。ファンなんてのは、そんなもんです。「なぜか上海」は、ポップな中にも抒情を匂わす切ない歌で、何度聴いても飽きないのです（一万回は聴いてると思いますが、いまだにわけがわからない）。

当時のインタビューには、ずいぶん笑わしてもらいました。怠惰、無思想、テレビ好き？「『いかに苦労をせず食べていくか』を考えるのに、相当苦労している」など、ナメた発言の連発で。小室等さんの「今後どうするんですか？」の質問に、先輩「食えなくなるのを待つんですかねぇ」などと軽～く流してたのを聞き、それはもう撃沈でした。

何しろ力の入れどころがおかしいというか、たとえば一九九八年、アルバム「九段」ですが、まずCDを見た時、「え？　九段？　何が九段なんだろう？」と、まぁ、多くの人が疑問を持つと思います。つまり、そういう曲があるでもなければ、歌詞が出てくるわけでもない。九段といえば、靖国か武道館のイメージですが、だからどうしたと思わないでもなく……。

ところがのちのインタビューによると、「将棋だと九段の上は名人でしょ。名人とは言わないまでもさ（笑）」みたいなことらしく、知らされたこっちにすれば、「へ？」って。それってよくよく考えれば、八割九割、自慢話じゃないですか。っていうか、普通アルバムタイトルに、自分の能力を表示しますかね……。

が、何しろこれが受験前ですから、例の二人は私の動向を大変苦々しく思っていたようです。以来、三十年を経てもなお、その名はタブーとされていて。特に兄がダメなのです。体育会系のせいか、「あんなわけのわかんねぇの、どこがいいんだ」なんて言ってますけど、あの人、本当に美術大学を出たのでしょうか（笑）。わかるものって、おもしろいかなぁ。

思えばストイックであるべき時期に、怠惰を公言する人に憧れてしまったわけで。後年バックバンド「安全地帯」のデビュー（一九八二年）とともに、再び先輩も日の目を見ることになるのですが、その時はうれしい反面、一抹の寂しさもありましたかね。まぁ、私が育てたわけでもないから、大きなお世話ですけど。

思うに先輩は、玄人受けする芸人さんではないでしょうか。作品は常に実験的だし、曲ごと、アルバムごとに響きを変えてくる。それと説教臭くないのがいいですね。メッセージ性は極力表《おもて》に出さないし、歌で世界が変えられるなど、これっぽっちも思ってない。メディアとの距離感も絶妙だし、極めつけはあの「声」ですが、どうでしょう、重要無形文化財にでも。

最近は「切なく毒づく」という新たな分野を開拓され、また「どうでもいい曲を深刻に歌わせたら日本一」みたいな？　唯一不満なのは、歌詞に「月」とか「星」という単語がやたらと多いことで、あれほど変化を好む人が、何故か言葉に詰まると月と星なのです。

ヨースイ・イノウエ　その二

それでも先輩が面白いのは、歌で時代が語れるというか、フォーク期、バブル期、バブル期以降と、それぞれをイメージさせる曲があり、人は無意識にそれを耳にしているのですが、ふとした拍子に鼻歌の一つも出るようになれば、あなたも立派な陽水ファンです。

それと、意図的なのか天然なのか、やることとの予想がつかず……昨今のミュージシャンは、やれ武道館だのドームだので観客動員を競うような見苦しさがありますけれど、先輩は「客は一人がいいよね。お座敷かなんかで相手の顔色を眺めながら、好きそうな歌を歌ってるほうが楽だよね」なんて言ってて、いやぁ、極めたなぁと。

しかも、それらしいことをやってしまうのがそそられるところで、以前BSの番組では、菊地成孔《なるよし》さんをバックに、「日銀」で歌ってましたからね。日銀ですよ、日本銀行。普通、誰がそこで歌おうって考えます？　その意外性もさることながら、これ一発で武道館やドームでやるより金のニオイがして、ヤラシイ感じがしますもん。ドームでやる歌手はいても、日銀でなんて、そのやられた感もハンパじゃないし。

センスがいいとか悪いとか、ＮＨＫ向きとか民放寄りとか、そういう枠に乗っからない？　あれほどわかりづらい芸人さんも珍しいのではないでしょうか。加えてあの方、上手なのは、その時の旬《しゅん》な人を巻き込み（若手ミュージシャンなど）、自らの価値を高めていくんですけど、勝ち馬に乗るっていうか、あの小市民的せこさがいいですよね。しかも、そんなに働いてるふうには見えないのに、常に高額納税者に名を連ね……。

先輩のビートルズ好きはファンの間では有名ですが、ディラン師匠にも傾倒されているようで。孤高のイメージを含め、お二人には共通点が多いように思うのですが、たとえば詞やメロディーに不自然な箇所がある、どう考えてもシングルじゃないと思う曲がシングルになる、ありえない曲がベスト・アルバムに入っている……そうやって聴き手の心を惑わす一方、「珍しくいいじゃん」なんて曲が思いっきりコケたりする？　セールスという点では、お二人の中で売れそうな曲って、全体の二割にも満たない気がするんですよ、クセのある曲が多いですからね。けれど、世間がその何かに気付いた時には、そこでとてつもないムーブメントが巻き起こり、しかもそれは当人すら想像もしない出来事という……。そういう要素を数多く持った人を天才と呼ぶのだと思いますが、恐るべし陽水、恐るべしディラン、ほとんどくさやの干物状態なのです。

ですから、チャート一位の曲がないのもお二人に共通の特徴ですが、つまりシングル、アルバム一枚だけでなく、五年、十年、凡作、駄作を含め、なお面白いと思えればいいのであって。まぁ、「そういう、できたファンがあってこその彼らだ」と言えなくもないのですが、世知辛い世の中、目先の些事《さじ》に捕らわれず、物事を大局的に捉えることができれば、世界も平和になろうというものです。

ヨースイ・イノウエ　その三

結局先輩は、生前より没後に評価されるアーティストではないでしょうか。偉大な芸術家って、死んでから売れるようなところがありますし、先輩にしてもあとから効《き》いてくる曲が山ほどあって……。

たとえば私イチ押しの「なぜか上海」（一九七九年）ですが、「海を越えたら上海、どんな未来も楽しんでおくれ」というサビの部分、これはまさに現在の上海を予見したかのごときフレーズなんですね（人への言葉かもしれませんが）。すなわち単なる芸人の域にとどまらず、ある種「予言者」と言ってもいい……。

特に二〇一〇年は上海万博の年だったので、「もしやリバイバルに？」なんて密かに期待していたものを、これが見向きもされなくてですね。まぁ、そうやって期待を裏切られるのも先輩らしいというか。また、そもそも歌詞に不可解な点がありますので、それが相手の国民感情を逆なでし、「新たな日中関係の火種に」なんてことが懸念されなくもなかったので、まぁ、下手に売れずによかったとも言えますが。

しかも最悪だったのは、ライブのMCで、「上海には一度も行ったことがないんですよ、ムフ」などと驚愕の事実をカミングアウトされ、聞かされたこっちにすれば、頭の中は真っ白。「俺の三十年はなんだったんだ（怒）」って感じで。

この先、亡くなられた際は、追悼番組の類《たぐい》が目白押しで、「また一人、音楽界の巨星がこの世を去りました」に始まり、親交のあった人もなかった人も、「え？　五十年も前に、もうこんなこと言ってたんすか？」みたいな会話でしめやかに盛り上がるという……。まぁ、先輩の話になるとキリがないのですが、殺しちゃマズイよなぁ。

こうまでコケにしていると、「アナタ、本当にファンなの？」とか疑問を持たれそうですが、いやいや、ホントにファンなんですよ。どれぐらい好きかといえば、将来私が大成し、競走馬でも持てる身分になったら、その時の名は「ヨースイ・イノウエ」にしようと本気で考えてるという、それぐらいの力の入れようなのです。

性格の変化？

そういえば、影響を受けた中にもう一つ。当時FMの番組に、「井上陽水 人生相談」というコーナーがあり……その知名度ゆえの安易な企画だったと思いますが、それでもリスナーの皆さんは、ちゃんとした質問を送ってくるんですね（事実、深刻なお悩みもあったと記憶しますが）。しかし、そんな中でも先輩は、相手を煙《けむ》に巻く、本気とも冗談ともつかぬコメントを連発し、まぁ、聞いてるぶんには面白かったというか。

でまた、影響されやすい年頃だったのでしょう。徐々に私は、自分が回答者であるような錯覚に陥り、「ふんふん、それで？」とか、「ははぁ、それはねぇ」などと、上から目線のしたり顔が妙に快感だったりするのですが、ただ形はどうあれ、まずは私もヒトの話に耳を傾けることをし始めたのです。しかも「皆さん、大変な悩みを抱えておられる」など、甚《いた》く神妙な思いにさせられたりもして。

が、そうは言ってもこちらは回答者ですから、常に冷静でなくてはいけません。沈思黙考、泰然自若、いずれもただのポーズでしたが、以来、私は物事に過度な反応をしなくなり、その尖った性格が徐々に削《そ》がれていったのでした。

高校生なんか、荒削りで突っ張ってこそ魅力なのに、私にはそれが見苦しいことのように思われ……。ある時、「騒いでいるお前はどれほどのものか」と自分に疑いを持ってしまったんですね、「お前はそんなに偉いんか」と。

以後、強気な性格は鳴りを潜め、どう言いますか、早春の陽だまりのような、ほっこり、まったり、もっこりとした青年になってしまい……（家では「不甲斐ない」と泣かれるわで、それはもう大変でしたけれど）。

感情を表に出さぬ美意識。ここまでそんな感じできましたから、ですからたとえば不機嫌な医者を見るにつけ、そうまで世間を狭くしたいかと。スタッフがギクシャクし、迷惑するのは患者さんですから。

「やって見せ　言って聞かせて　させてみて　褒めてやらねば　人は動かじ」（山本五十六元帥）と、やはり偉い人は違いますよ。医者なんか、「やりもせず　言ってもくれずただやらせ」、それで怒るわけですから、どうにも始末が悪いのです。

「すべては運命《さだめ》のこと。誰も怨みはすまい」と、普段から私も短慮を慎むよう心がけておりますが、怒りの発露は、己の恥部を晒《さら》すに等しい、このうえない醜態に思われるのです。図らずも私が憤怒《ふんぬ》してしまうのは、その未熟さゆえ、主に自身を責めるのであり、他者《ひと》に当たることは滅多にないのですが、しかしそうは言っても、皆も愉快じゃなかろうから、「いや、アナタのせいではないので」とか、一言添えるようにはしています。愚かなプライドは捨て、しかし誇り高く生きたいものです（誰なんだ、お前は）。

というわけで、十七歳のあの日あの時、ラジオを聴いていなければ、我が人生はまるで違うものになっていたということです。良くも悪くも、運命だったと思うのですが。

異性　その三

思春期といえば、女性のアレコレに異様な興味を示すものですが、級友に主要科目は今一なのに、保健だけ最高点を取った博識がいて、それは男子の喝采を一身に集めておりました（好きこそものの上手なら、あいつはどんだけ好きなんだと）。ところがこれが私はといえば、歴代の最低を記録してしまい……「保健のできないやつが、医者など目指していいのか」という、どこかで聞いた話のパートⅡだったのです。

珠玉の変態、磐石の変態、次世代型変態と、変態にも様々種類がありますが、私も生粋ではないにしろ、下半身のみ独り立ちした陰《いん》にこもったエロ校生で、まぁ、「いくら人間様でござい」とふんぞり返ったところで、所詮オトコは有袋類ですから。家内制手工業によるエコな自家発電から、「千利休の弟子で千津利休でござる」なんていう下《しも》の芸風を織り交ぜながらの、思えばなつかしい日々だったわけですが……（わからない淑女の皆さんは結構です）。

だからって、やれ月経だの排卵だの、教科書の説明じゃ全然わかんないし、といって、若手女性教員による private lessen などあろうはずもないし（女性教員がいないし）。

水泳を休む女子を見て、「風邪でも流行ってんのかな。あいつらみんなバカだぜ。学級閉鎖かもしんねぇぞ」なんて喜んで触れ回ったりして。夏風邪だと思ったんですね、お前がバカだろうって。友人が埴輪《はにわ》顔《がお》で固まったのも、そのせいだったかもしれません。

が……ところがそんな私にも、またも憧れの女生徒が（別のクラスの超美形）。

帰宅途中、狭い本屋で立ち読みをしていると、わざわざ後ろを通るやつがいるので、「なんだよ」と思い振り返ると……。

いや、もうそれは、「雷にでも打たれたような」って、雷に打たれたら普通死にますので、この場合どう言いましょう、「初めてのマックのピクルス」というのもあまりに貧相なたとえですが、何しろただならぬ衝撃に、しばし時間が止まりましたもの。いやぁ、いるんですね、日本にも、ロイヤルストレートフラッシュが。かつては「〇〇中学のクィーン」と呼ばれていたそうですから、誰もが認めるウワサの彼女だったというわけです。

当時の女子は、それはもう素敵でした。進学校のせいもあったでしょうが、楚々とした振る舞いの、気品に満ちた美しさがありましたよ。キャッキャしてても、恥じらいというものがありました。それに引き換え、ひと頃の女子高生？　とりわけガングロ。あれはいったい、なんだったんでしょう？（単体《バラ》のトーテムポールみたいのが街中《まちなか》にウヨウヨ）。

かと思えば、二〇一〇年、まだやってるんですか、メイド喫茶。「萌え〜」か何か知りませんが、まったくもって世も末で。自慢じゃないけど私なんか、中学高校、一度も喫茶店に入ったことがないんだから。ご存知かどうか、喫茶店というのは悪の巣窟なんですよ。

というわけで、話がそれてしまいましたが、そのクィーンの彼女は高校の茶道部で、唯一の接点が年に一度の文化祭でした。模擬店に行きましたら、実に幸いにも彼女がもてなしてくれる巡り合わせに……よかったんですよ、これが、着物姿で。何が素晴らしいって、草履だったか下駄だったか、歩行が内股《うちまた》でしたからね（普通かな）。

やがて、彼女が私の前に立ち、抹茶を差し出し、「どうぞ」と。ところが千載一遇のチャンスだというのに、やはり私はダメなんですね。小声で「どうも」なんて言ったきり、顔を赤らめ俯《うつむ》いたまんまで……。そこですかさず、「いや、アナタこそ結構なお手前で」などと切り返す鷹揚《おうよう》さは、私にはないんですね。「やっぱ、生徒会長やっとくんだったかなぁ、でもそんな、中小企業のエロ社長みたいな口説き文句もイヤだしなぁ」なんて。

それで、頭に血が上り、心臓がバコバコしてる間に、彼女は去っていってしまいました。私は何を思ったか、「ちょっと待っちゃ」（抹茶？）とつぶやいたらしいのですが、でも結局はそれっきり。私には、受験と恋愛をパラレルにかます、実力も器量もないのです。

浪人　その一

受験は「共通一次」が導入された一大転換期でした。中・高、予備校を巻き込んでの大騒ぎで、ある種、社会現象と化していました。

そんな中私は、某大学の医学部を受けたのですが……。あの頃はどう言うんでしょう、受験生特有の歪《ゆが》んだ意固地さ・頑《かたく》なさ？　自分の殻《から》に閉じこもり、目の前の現実を見ようともしない。月並みな恐怖に空回りする興奮、ありえない確信に陥りがちな自嘲と。

一縷《いちる》の望みに賭けるものの、所詮、夢物語であることは十分すぎるほどわかっていて。ならば、どうして医学部なんか受けるのかって？　わかるでしょ、ここまできたら、通る通らないの問題じゃないんですよ。要は、それを受けるというメンツ？　話は複雑なようでいて簡単なのです。

結果は当然のごとくあしらわれ、身のほど知らずにも限度ってものが。ところがどうにも途方に暮れる中、「歓迎、浪人生御一行」とでも言わんばかりに、さっそくS台やYGゼミナールが手ぐすね引いて待っていて。

S台には入学試験があり、私の成績なら少しは上のクラスにも入れたようですが……しかしまた肝心な時、どうしてそっちを選ぶかなぁ。「ここは基礎からじっくり」などと、当時四谷に新設された、偏差値がそうでもないクラスを選んでしまい。

思えばそこはS台と言っても、みんな仲良く和気藹々、受験戦争どこ吹く風の、まるで癒しの空間だったのです。私も物見遊山とは言わないまでも、東京に行くのが楽しいみたいな軽めのノリで（明らかに物見遊山）。あれから三十年近く経ちますけれど、あらためて「お母様、ごめんなさい」と心からお詫び申し上げる次第なのです。

また、「お兄様も二浪だし」という甘ったるい考えが、なかったと言えば嘘になりますか。一年目はまったくのところ進歩のない日々で。不撓不屈《ふとうふくつ》、不惜身命《ふしゃくしんみょう》等、真っ当な浪人生らしさは、それこそ微塵もありませんでした。

思えば、それまで部活なんかしたこともなかったのに、その時ばかりはエロ本屋のハシゴという独自の活動を始めたこともあり、二度目の受験も五～六校すべて不合格（医学部以外も含む）。受験料は一校二万円もしたのに、お金のありがたみなんかちっともわかってなかったですね。っていうか、むろんそれも大事かもしれないけれど、実は「一般の理系にも通らぬ成績でした」という、そのほうがよほど大問題であって。

浪人　その二

二浪の時はさすがにショックで、呆然としながら机に向かったのを憶えています。今度はS台の上のクラスに入り、一年目の四谷、二年目の御茶ノ水と、二時間かけてよく通ったと思いますけれど、五時半に家を出る私に、毎朝母は食事を作ってくれたわけで……。(ちなみに医学部系の市ヶ谷にしなかったのは、京葉線への乗り換えが面倒だったため)。

当時はさすがにつらかったのか、今でも私は受験の夢を見ることがあり、直前なのに古文が全然わからないとか、物理は丸々一年分手つかずとか、相当追いつめられ焦ってる夢で、目覚めればなんのことはない、単にオシッコが近いだけなんですけど……。

三度目は、遠く離れた地方の医学部を受けました。電車を乗り継ぎ五時間半、積雪七十センチという完全アウェーの中、初日が筆記、翌日が面接という二日がかりの日程で。

終わったのは晴れた日の午後でしたが、会場を出たとたん、正面に聳《そび》える雪山の白と、空の青とのコントラストがあまりに鮮やかで、私にはそれが合格の吉兆に思えたのかもしれません。その場に寝転びたいような、無上の喜びに浸っていました。確信はなかったものの、とりあえず「終わったんだ」と思いました。

合否の結果は、母と二人、家のコタツで連絡を待ちました。三月末《まつ》、春の訪れを感じさせる穏やかな日でしたが、むろん二人は朝からまるで落ち着きません。「電話がこない」と立ったり座ったりって、当たり前ですよ、発表の二時間近くも前なんですから。仏頂ヅラが二人、突如乱闘でもしかねない張り詰めた空気から、一転うつぶせに寝転がり、畳の目を数えるようなしみったれた空気まで……。そんな状態のまま、あと一時間も持つはずがありません。二人とも倒れてしまわぬとも限らない。そこで気分を逸《そ》らすべく、受験の総括とやらをしてみると、案外そうなのかもしれません、今までにない冷めた見方をし始めて。

三度目はまさに運頼み。共通一次以降、受験は一人一校のみ。志望校も決して難関とは言えず、何より試験科目の少ない穴場中の穴場。低迷する私に、奇跡の偶然が重なった一発逆転狙い。出生が前後数年ズレていれば、医学部などかすりもしなかったかもしれず……。いやしかし、予備校の授業料、大学の受験料を加味すれば、えらくコストの高い二年だったに違いないムニャムニャ……。

午後三時、電話のベルが鳴りました。

何はともあれ

鳥たちは歌い、花々は愛をささやく。浪人生活に終止符《ピリオド》が打たれ、拾ってくれた大学には心から感謝しています。例のアレ、campus lifeってやつですよ。それは圧倒的な解放感で。いっぱいのソレイユに、わが世のプランタン、今日のあなたはコマンタレブ～？

浮かれてましたねぇ～。これまでだって十分なのに、さらに輪をかけて浮かれてました。ただ同じ浮かれるにしても、気分が違うんですよ、とにかく晴れやかなんですよ。晴れやかついでに、誰彼かまわずやさしくしてあげたくなるんですよ。

たとえば子供が転んでいたら、砂をはらって立たせてやるとか、車道にお年寄りがいたら、一緒に渡ってあげるとか、まぁ、私の場合、どちらもやりませんでしたが、たとえて言うなら、そういう気持ちになるということです。

もっともいいことばかりでなく、慣れない土地での独り暮らし。下宿は大家さん宅の離れの六畳で、トイレは外の汲み取り式。雪国で吹きっさらしだから、冬場はケツがさみぃ～のなんのって。

さらにここでもクラブやサークルには所属せず、気の合った者同士、各自のアパートでウダウダとか、近くの河原に寝そべっては、とりあえず石なんか投げてみたりして(笑)。そんな感じで一気に呆けた私ですが、さすがにこれ以上、留年なんかできないので、講義だけは真面目にきちんと受けました。

また、それまで見向きもしなかった海外の小説にも手を伸ばし、『戦争と平和』、『カラマーゾフの兄弟』、『赤と黒』、『ボヴァリー夫人』、『ゴリオ爺さん』etc. ……。ところが相変わらずというか、当時は図書館で耽読したつもりが、正直ほとんど憶えておらず、「ボヴァリーという、あけっぴろげなオバサンが」とか、「ゴリオという、煮え切らない爺さんが」など、こうなるともはや物語でもなんでもないのですが。

また秋には、友人七人(女子二人)と、車数台で旅行に出かけました。二泊三日のノープランでしたが、今でも楽しい思い出です。免許のない私はギター担当で、狭い車中、リクエストに応じる「流し」のような役をしていました。で、あれこれ歌っていくうち、最後は「昴」の大合唱と、まぁ、そんな時代だったんですね。

唯一悔やまれたのは、M子と二人、湖の畔《ほとり》を歩いた際、その美しい青に魅せられ、「いやぁ〜、百円ライターのブルーみたいだね」って、およそ海外の文学に親しんだとは思えない貧相なたとえをし、ムードを壊してしまったことでした。せっかく二人だったのに、まともなセリフも言えなかった私……。

というわけで、あらためて思いのたけを述べますと、「絵葉書の色彩に違和を感じていた私に、それを超越した自然のそのものの美は、事実新鮮な驚きであった」と、まぁ、言ってても言わなくても変わんねぇか。でもね、あの時でしたよ、人生で一番楽しかったのは。

車

大学二年、はなはだ不器用でアガリ症の私は、免許を取るのも一苦労でした。教習所は私の嫌いな運動部に似て、とにかくよく怒られました。まぁ、どの世界にもいるじゃないですか、頭では考えるけど、手足の動かない使えないヤツって。

どうも私の場合、一度に二つというのがダメみたいで、たとえばクラッチを踏んでのギアチェンジにしても、手足がバラバラだから車が悲鳴を上げちゃうし、車庫入れにしろ縦列駐車にしろ、何しろすべてがぎこちないのです。

一般道の教習では、十字路を右折する際、対向車が止まると、それはもうドキドキしちゃって。「ん？　なんで止まったんだろう？　えっ、もしかして譲ってくれちゃうんですか？　いやいや、こっちは仮免風情《ふぜい》の若造なんだから、何もそんなに気を使っていただかなくても」なんて、もうここまで来ると完全にダメで。

譲り合いにかけては一歩も引かぬ私ですから、「いえ、とんでもございません、ささ、どうぞお先に」なんて身振り・手振りで相手に伝えようとしたんですけど、そしたら、「バカッ、時差式信号だ！」って教官に怒鳴られ……。あれは本当に打ちひしがれました。善意が裏目に出た時ほどショックは増大するのですが、私の人生、そんなのばっかり。たしかに的外れな気遣《きづか》いほど、迷惑なものはありませんけどね。

ところが世の中間違ってて、そんな私でも免許が取れてしまうのです。当の本人が、「こんなんでいいんすか？」と疑うぐらいですから。だいたい命に関わるライセンスにしては、基準が甘すぎやしませんかね。夜中に仲間と車で出かけ、事故った揚げ句、全員即死。他人を巻き込まなかったのがせめてもの救いだなんて、まったくシャレにもならない。

ですからそう、ここは思いきって、免許も大学受験並みにしたらどうでしょう？　まずは面接から始め、髪の毛は耳にかからない、お辞儀は四十五度の角度で三秒、靴下は白のワンポイントまでで、必ずソックタッチで止める等……（茶髪やパーマは論外）。ヤンキーには教習を受けさせないし、最低でも微分方程式が解けないと、車に乗せてやんないとか？

いやいや、笑いごとではありません、一番危ないのはこの私で。元来、不器用な者が、なまじ「基本」なんてものを意識すると、かえって動きがおかしくなり、結果ボケに転ずるみたいなことが、往々にしてあるようで。

たとえば車に乗って最初にすることに、「シートの位置を自分に合わせる」というのがありますよね（運転における基本中の基本）。ところがここだけの話、私はチビのくせしてアソコはメチャメチャ大きいので、正直座席が狭くてですね。なのでシートを下げようと、「アムロ、行きまーす」のかけ声のもと、近くのレバーを引いたのですが……そしたら何故か、後ろのトランクがカパッと開《あ》いちゃって。せっかく慣れないギャグまで披露したのに、そんな時って首をひねるしかなくてですね。

それからというもの、もう一生乗らないと決めてたのに、医者になって十年、転勤先が不便なところにあったので、あらためて念を押しますけどメチャメチャ大きいので、本当はアメ車じゃないと乗れないのですが、経済的な理由でやむなく「軽」を購入してですね……。しかし三十代半《なか》ば、およそ十五年ぶりにハンドルを握った時の恐怖と言ったらそれはもう、皆さん、車って想像以上に動くんですよ。

バイト

医学生のバイトといえば家庭教師ですが、私もやりました。お相手は「女子高一年」という前情報で、ここ、うっかりすると見逃すトコなんですけど、つまりそれは「女子高の女子高生」ということですから（もう共学としては抑えが利かない）。

ところが実際お目にかかると、これが、まぁ、ぽっちゃりとした、ふくよかかな。いや、ブーちゃんが悪いと言うのではなく、けど愛想の悪いブーは許せないというか、しかも今回のブーは、いろんな意味でかったるくてですね。

初日、玄関でお母様と挨拶をしていると、何故か当人は風呂上がりの赤い顔で、ノーブラの上にTシャツ一枚。頭をシャカシャカ拭きながら、目の前を通り過ぎていったのです。衝撃の first contact であると同時に、そんな遅い時間でもないのに、「なんで、勉強前に風呂なの?」って感じで……（けどノーブラだけはありがとう）。

居間で対面した時も、困ったオーラ全開で。ろくに挨拶もできないどころか、全身湯立ってるし、息はハァハァしているし、やっぱりどう見ても太ってるし、思わず「今場所はどうですか?」とマイクを向けたくなるような。でも、まぁ、そんなこと言っててもしかたがないので、さっそく二階でお勉強となったわけですが……。

ところがいざ数学をやらせてみると、これが案の定、中一まで戻らねばならぬ深刻な状況で。かつての勉強会もありましたから、こう見えて、「わからない生徒の何がわからないのか」が少しはわかっているつもりの私が、その時ばかりは、「ブーの何がわからないのか」がさっぱりわからなかったんですね。

それだって、やる気があればいいですよ。打てば響くとか、ツーと言えばカーとか。なのにもう、ぜ~んぜん、返事はないわ、流されるわで、逆にこっちが遊ばれてるみたい。

バイト代は二時間四千円。お金より何より初めての経験だったし、珍しくこちらもやる気になっていたのですが、ところが後日、仲介者から、「両親は絶賛なんだけど、子供がついていけないらしく、この話はなかったことに」という耳を疑う連絡が。

「飛ばしすぎだよぉ～、もうちょっとやさしくしてあげないとさぁ～」とは、モテ男友人Sの苦言ですが、いずれにせよ予期せぬ結末に、ただただこちらはボーゼンとするばかり。それっきり家庭教師のオファーはないし、いい加減、私もふてくされてしまい（大学時代、バイトはたったの三回。必殺驚異のすねかじり）。

ただ言い訳がましいのですが、箱入り息子の私としては、バイトってなんだか遊びの臭いがしましてね、車を買うとか、旅行に行くとか。既婚の学生は別にしても、「医学書買うのにバイトしてます」なんてのがいたら、お目にかかりたいぐらいで。

そんな中友人Mが、日活の映画館でもぎりのバイトをしてたのですが、これはうらやましかったですね。私の基準では、喫茶店はダメだけどポルノ映画はいいのです（ポリシー不明）。ただ、漏れ伝わる声に気が散ってしょうがないので、仕事に適性がありません。まったく家庭教師からポルノ映画まで、何をやっても使えない……。

そういえばもぎりの彼ですが、風の便りでどこぞの教授になったとか。過去をネタに、小遣いでもせびりに行きましょうか。案外一番いいバイトになるかもしれません。

腹痛

専門課程（大学三年）に進み、本格的に医学の勉強がスタートした、ちょうどその頃のことでした。何がきっかけということもなく、胃腸の不具合を感じ始め……食事の乱れや勉強のストレスも考えましたが、どうもそれだけではないようなのです。

そこで近医を受診すると、若い身空《みそら》でまるで無縁と思っていたのが、アレヨアレヨと胃カメラの予定が組まれてしまい……自分で受診したのだからキツかったには違いないけど、でもまさかそんな大ごとに発展しようとは。

それからおよそ十日後、薬品臭が鼻を突く検査室の隅にいて、もちろん私はビビっています。威嚇的な fiberscope（長さ一メートル強）を前に、検査着一枚にされたせいもありますが、冷えた気分はそれだけのものではありません。もはや何をされるかは明白で、それを思い描くたび、さかんにこみ上げてくるものがあるのです。

看護婦さんの説明のあと、まずは肩の近くに筋肉注射が打たれます。次にシロップの薬と、さらにノドの奥にスプレーをかけられるのですが、これはキシロカインいう表面麻酔で、しばらくするとノドの感覚が奪われていきます。唾液《つば》を飲むにも筋肉がおぼつかず、冷汗《れいかん》とともに、いよいよ緊張もピークというまさにその時……これが本当に嫌味なタイミングで、医者が現れるんですよね。

少し高めの台に横向きに寝かされるのですが、その姿勢になると後ろが見えないので、さらに不安が増してきます。ホントに何も見えないので、その気になればスタッフ同士、ちちくり合うのも可能なぐらいなのです。

そしてここからが本番で、患者が力《りき》み、カメラを喰いちぎってしまわぬよう、硬いマウスピースを噛まされるのですが、これが思った以上に大きく、しかも魚みたいにま～るく口を開かされるので、「これがまな板の上の鯉ってやつか」と、長年の疑問が解けたのもつかの間、突如目の前に漆黒のファイバーが現れ、ドクターの「始めますよ」の声を合図に、無理やりそいつが私の中に押し込まれてきまして。

表面麻酔されているとはいえ、ノドへの圧迫は予想以上に強く、しかもそこを過ぎると、次は咽頭《いんとう》という部分にさしかかるのですが、若いとそれだけ反射が強いのか、もう「ゲェ～ゲェ～、オェオェ」、それは経験したことのない苦痛で。

さらに細いとはいえ、やっぱり太いファイバーが、身体の中を進んでいくのがわかり、そこを抜けたかと思うと、今度は腹部の重みに移行するのですが、引き続き「ゲェ～ゲェ～」の状態は変わらず、マウスピースの口からは、止めどなく唾液が流れ出てくるのです。

でまた、「ゲェ～ゲェ～を我慢してくださいねぇ～」との看護婦さんの声に、「アイ」と答えようとして、「ゲェ〜」と鳴ってしまう始末で、もうホント、つらいやら情けないやら。検査後あらためてポスターを見ると、「少し太めのうどんぐらい」と書かれてあるのですが、「おいおい、ちょっと待て」と。もう少しマシな嘘があるだろうと。別に胃カメラの撲滅を主張するつもりもありませんが、だいたい一九八五年頃の話です。

結果は十二指腸潰瘍の診断で、薬が処方されました。まずは原因がわかってホッとしたのと、「そうか、潰瘍の痛みってこうなんだ」と、さも医学生らしい感想をもらしていたまではよかったのですが……。

ところが痛みは治《おさ》まるどころか激しさを増し、ウンウン唸って夜も眠れぬほどなのです。また一口食べても痛みが始まるので、食事もほとんど摂れなくなり……。で、結局一年苦しんだ揚げ句、六十キロの体重が四十二キロに激減し、どう考えてもおかしいので、途中から自分の大学に通院したのですが、ある日、主治医が首をひねって、

「D君、こりゃあ、入院かな」と。

入院（鼻から管）

入院は専門課程の二年、大学四年の六月のことでした。何しろ実家《いえ》から遠かったので、

母が私のアパートに滞在する形をとり……（専門と同時に大学近くのアパートに転居していた）。「母がいつ来るかもわからぬから、しばらく君は来ないほうが」と、そういう影のないところが、かかる事態に陥った原因と言えなくもないのですが、まぁ、余計な話は置いといて。

初めての入院なのでどうしていいかわからないし、医学生とはいえ、胃腸の病気としか想像がつきません。ところがそうした不安の最中《さなか》、さしたる説明もないまま行われたのが、「経鼻胃管《けいびいかん》」という聞き覚えのない処置でした。それは、直径数ミリの管を鼻から胃まで入れるものですが（五十〜六十センチ）、そうと知ったのは終わってからのこと。

ですから看護婦さんに、「鼻から管を入れますね」と言われても、こちらは「管を入れるのか」と思うだけで、傍目にはこれほどマヌケなやり取りもないのですが、ただ医学生というのは、身体のしくみや病気のあれこれを学ぶのが先で、現場で使う管のことなど、卒業するまで習わないです。ゆえに、こちらが無知だったのはしかたないにしても、だからよけいに？　管を入れられた時の衝撃と言ったら、それはもう……。

手早く済ませたいのでしょう、医師は否応なく進めてくるのですが、こちらにすれば胃カメラの時のさんざんな記憶が蘇ってくるのと、ましてや今度は鼻ですからね。鼻から連想されるものには鼻血がありますけれど、痛みのほかにも鉄の臭い、ノドに滴《したた》る血の流れなど、考えただけでも身の毛がよだつというもので。

ですから管がきた時も、特異な臭いと刺激とで、もう最初からダメなんですね（鼻の中は大さわぎ）。さらにそこを抜けても、次はあの咽頭ですから、もう「ゲェ〜ゲェ〜、オェオェ」、やっぱりどうにも耐えきれず、思わず管を引っこ抜き……。

慣れっこなのか、向こうは再び入れてくる、こちらも即座に手が出てしまう、そうした攻防を繰り返すのち、ようやく処置を終えたのか、哀れ瀕死の私を残し、医師はその場を立ち去っていくと。しかも最後の最後、ダメ押しとばかり、看護婦さんが私の顔に、テープで管を張り付けるという、あまりと言えばあまりの仕打ち？

まぁ、処置自体はそれで終わりで、慣れればほんの一〜二分ですが、ただし入れられた側はそれに止《とど》まりません。ほっとしたのもつかの間、少しでも動こうものなら、咽頭部分の管がずれ、即座に「ゲェ〜ゲェ〜、オェオェ」ですから（慣れるまで忍の一字）。そんな私を見かねたのか、来てくれた友人らも、知らぬ間にとっとと帰ってしまいました。

その後私に与えられたのは、腸への刺激が少なく、しかも腸から吸収されやすいという特殊な栄養薬剤で。一日二〇〇〇ccを二十四時間かけゆっくり注入するのですが（これを「経管栄養」という）、それを毎日続けるのと、とても飲める味ではないことから、何ゆえ鼻から管なのか、ここに来てようやくわかったような次第で。

栄養は点滴棒につるされ、四六時中どこに行くにも（トイレにも）持ち歩かねばなりません。もうそれだけでも十分なのに、さらに寝耳に水だったのは、その先私は一ヶ月半、薬以外何も口にしてはいけない、長期絶食を強いられることになったのです。

告知？

不幸を負った人間の心理は、およそ決まっているのではないでしょうか。まずは衝撃のあまり、喜怒哀楽の感覚が飛びます（いわゆる「絶句」に相当すると思いますが）。

やがて我に返ると、次は「何ゆえ自分が？」との怒りや疑問がこみ上げてきます。この間《かん》は最悪で、石のように黙り込み、ヒトとの接触を断とうとするのですが、これこそが「腫《は》れ物に触る」という、まさにあの状態なのだろうと思います。

しばらくすると、今度は過去のあやまちについて回想し始めるのですが、「子供の頃、神社でウンコを」とか、「合格祝いの図書券でエロ本を」など、もういらぬことまでが次々思い出され、再び怒りに立ち戻る、そうした悪循環を幾度となく繰り返すのです。

さて一週間経っても、医師からはなんの説明もありませんでした。何か理由があったのかもしれませんが、だとしても、あの時の対応はなかったと思います。言うまでもなく患者は不安だらけですから、その時点での病状や今後の日程など、諸々説明があって然《しか》るべきで、その後も相手の気持ちを量《はか》りつつ、信頼関係を構築していくのが当たり前の道筋に思われたのですが、あの時はそうしたアプローチが、ただの一度もなかったのです。

成人とはいえ学生ですから、ならば親への説明があるかと思うと、それもないんですね。現在医師である私などは、会えないご家族がいると、逆にこちらから連絡を取り、面談の日程を組んでしまうのですが、たしかに「説明しないと不安でたまらない」という私個人の小心さもありますけれど、しかしそれは医師として、最低限の義務だと思いますけどね。

一九八〇年代、「告知」という行為は、現在《いま》より何倍も重みがあったと思います。難しい病気はなんでも癌が連想されたし、当時はまだ、「癌イコール不治の病」のイメージが強かったですから。事実「説明がないのは」との不安から、にわかに私は落ち着かなくなりました。布団をはいだりかぶったり、いても立ってもいられない……。

しかたなくその日の夕方、廊下で主治医に声をかけ、病気について尋ねてみました。するともともと口数の少ない人でしたが、「知らないのか」とでも言わんばかりの表情で、なんの前置きもなくぼそっと、ある病気の名を私に告げました。患者にすれば最も大事な場面だというのに、それはものの三十秒にも満たない、廊下での立ち話に終わりました。

その呆気なさとコトの重大さがどうしても結びつかず、私はすぐに反応することができませんでした。それは癌ではなかったものの、原因不明の難しい病気で。

私はその場に立ったまま、全身血の気が失《う》せるのと、廊下の色が黄色く変わるのを感じました。正式には、厚生省（現厚労省）の「特定疾患」と呼ばれるものですが、今も難病という言葉は存在し、場合によっては手術も要する油断のならない病気なのです。

講義で習い、少しは私も知っていて、速攻手近の教科書を読みあさったのですが（医学書持参の真面目な入院）、「冷たく書いてくれるよな」と。専門書とはそうかもしれませんが、その形式的な記述からは、すがる者に対する拒絶が感じられたのです。希望を抱かせる内容が何一つなかった。

どうやらこの病気は「一生もの」のようなのです。消化管のどの部位にも発症し、長期の経過をたどる、治療法は確立されておらず、手術を繰り返す例もある（当時の認識）。

放心状態で病室《へや》に戻った私は、布団をかぶり、ヒクヒクするしかありませんでした。本を数冊かじっただけの無垢な医学生にしてみれば、悪いほうに考えるのも無理からぬことだったかもしれません。この先いったいどうなるのか、はたして医者になれるのか、なれたところで仕事はできるのか。結婚については不思議と考えなかったけれど、それより「あと何年生きられる？」とか、もう目の前は完全に真っ暗クライクライ……。

もっともこの程度は、不幸のうちにも入らぬどころか、以後こともあろうに三十年以上生き長らえてしまったという……が、そうは言っても、リアルタイムの不幸というのは、その時のその者にとっては、間違いなく人生最大の不幸なのです。

「もうダメかもしれない、いや、ダメに違いない」と崖っぷちに立たされた、そんな時でした。同室の患者さんがＮＨＫを見ていたのですが、たしかトップニュースだったと思います。「七時のニュースです。俳優の石原裕次郎さんが亡くなりました」とのいきなりの音声《こえ》に、私はベッドから飛び起き、他人のテレビに釘付けになってしまいました。そりゃあ、そうですよ、我々刑事ドラマ世代にすれば、かけがえのないボスですから。

それからはもう大変でした。連日マスコミが大騒ぎで、私も自分どころじゃないんですね、完全にそっちが気になってしまい……。ですからそう考えると、ある意味私は、石原裕次郎という人に救っていただいたのかもしれません。そういう形で救われるというのも大変失礼な話ですが、それでも私は救われたに違いないのです。

空腹

入院して一ヶ月、治療が功を奏したのか、徐々に痛みが和《やわ》らいできました。病気自体が治るわけではありませんが、何やら憑《つ》きものが落ちていく感じで。

ところが改善してくると、ホント驚いたのは、今度は極度の空腹という想定外の敵が攻めてきて。いやぁ〜、あれにはまいりました、もうハンパない腹の減りようで。特に夜、消灯は九時なのですが、だいたいいい若いモンが、そんな時間に寝られるわけないじゃないですか。近頃は慣れたせいか、小型のテレビを買い、夜も布団をかぶって見ているのですが（医者なのに）、当時はそんなものはないし、母に「小さいラジオ買って」とも言えないし、ですから夜は、寝返りをうつか、ため息をつく以外、することがないのです。

もう頭の中は食い物だらけ。ラーメン、焼きそば、カレーにギョーザ、カツ丼、から揚げ、ナポリタン等、とにかくあらゆる食が頭をよぎり、長時間悶々とするも、だけどやっぱり眠れない？　さすがにあの時だけは、食欲が性欲を凌駕しました。

今だから白状しますけど、「薬を飲むのだから、粉っぽいものなら許される」と思い、隠れて「ふりかけ」を食べたことがあったんですよ、ふりかけだけをね。少量を口にあおり、十分噛んで飲み込むのですが、「俺は何をしてるんだ」と思いながらも、そのふりかけは涙が出るほどうまかったですよ。「ふりかけを噛みながら、涙も噛みしめた」ってやつですかね。まぁ、どうでもいいんですけど。

メニュー

およそ評判の悪い病院食とはいえ、何せこちらは絶食ですから、食事が再開された時は、「やっと食える」という以外、なんの思いもありませんでした。「食への感謝？　この際どうでも」なんて、普段はそんなバチ当たりなこと、絶対考えないはずの私が、あの時ばかりは切羽詰まっていたのでしょう、生理的欲求とはつくづく恐ろしいものだと思います。ところが初日のおもゆですが、これがガンガンいけると思いきや、身体が受け付けないのか、それは不思議と食べられないもので。やがて三分から五分、全粥になるにつれ、徐々に食欲もアップしたのですが、いやいや喜んでる場合ではありません、私に祟《たた》ったこの病気、そんな甘いものではなかったのです。

よく糖尿の人が食事の不満を口にしますが、まったく何を言っとるんだって。私のそれなんか次元が違いましたもの。つまり、主治医に言われた内容はこうです、「この病気、消化の悪いものはNGだから、昼は粥かうどんにして、それだと栄養が足りないから、あとは経管で補いなさい」って、初めはなんのことやらさっぱりでしたが、要は「少しは食べてもいいけど、夜寝てる間に経管を流せ」ってことらしいんですよ、しかもこの先、ず～っとね。

そのうえ身体にいいとされる繊維性の食物、主に野菜や果物にしても、その未消化物が刺激になるので、それすらダメだというんですよ。ね、シャレにならないでしょ？　最近二〇一〇年、ダメ男の代名詞みたいに言われる草食系男子ですが、私なんかそれすらもなれない「離乳食系男子」？（しかも草分け）。もうホント、天を仰《あお》ぎたくなるような話で。

長期入院の果てに、まさか「粥＋経管」などという鬼のようなメニューが待ち構えていようとは……。が、そこは病人とはいえ医学生ですから、その意味は十分理解しましたし、納得もしました（というより無理やり自分を納得させた）。ところがよくよく考えると、病院内は管でいいのですが、問題は退院以後のことでして。

つまり外の生活で「鼻から管」というのは、ビジュアル系の私としては、無論そうでない人でも、当然人目がはばかられるというか、どう考えても基本無理なわけですよね（応用でも無理）。となると、実生活では、「外出時には管を抜き、帰ったらそれを自分で入れる」という作業をせざるを得ないわけなんですよ、必然的に。

事実、退院前、その練習をさせられたのですが、さすがにあの時ばかりは、情けないやら酷《むご》たらしいやら。とにかく刺激を避けるべく、あちこち身体をくねらすものの、やっぱりどうにも耐えきれず、思わず管を引っこ抜き……。

こっちはいたって真剣なのに、見た目かなりアブナイ人になってるみたいで。まぁ、痩《や》せこけた若者が鼻から管を入れ、一人悶絶してるのですから、それは奇怪《きっかい》な絵ズラには違いないでしょうけれど。

異才？

退院間近のある日、経管栄養を携《たずさ》え、中庭に散歩に出た時のことでした。しばらくすると小さい男の子が近づいて来て、「お兄ちゃん、それ、なあに？」と不思議そうに訊ねるのです。不意を衝かれながらも、「お兄ちゃん、これでエネルギーを補給してるんだよ」と、何故か私も言葉が出て。するとその子は、「へぇ〜、お兄ちゃん、サイボーグみたいだね」と言い残し、また元のほうへと戻っていきました（母親と思《おぼ》しき女性《ひと》には気付かれぬ、ほんの一瞬の出来事で）。もとよりそれは病人には、タブーの言葉に違いなかったけれど、むしろ私は感心させられまして。「へぇ〜、うまいこと言うなぁ」と。

と同時によぎったのが、例の「欠落か、異才か」の問題で。むろんその時の私は一〇〇パーセント欠落の意識で、とても割り切れるものではなかったですが、しかし「言われてみれば、違う見方もあるんだな」と。エナジー・チャージが鼻の穴というのだけは、スマートなサイボーグにあるまじきというか、たぶんギルモア博士の設計ミスだと思いますが、今回の論点はそこではなく……。

たしかに私は、稀なケースかもしれません。たとえば、「子供の頃、大病を患《わずら》い、医者を目指すように」とか、逆に「第一線の医師が倒れ、その後の人生観が変わって」など、いずれも頭の下がる思いですが、けどすいません、それってある意味、普通ですよね（笑）。ありがちっていうか、わかりやすいっていうか。

そこいくと私なんか、「医学部に入ってやれやれ」なんていう、人生至福の時にコケたんですから。普通そのタイミングでやれって言われても、なかなかできるもんじゃありませんよ。つまりそういう意味では、私も十分異才かもしれないし、この物語の数少ないポイントになるのかもしれません。

事実、今だから言えるのですが、仕事をするうえで、今回の件が役立つことは多いですね。入院はおろか絶食や経管など、どこを探したって医学部の指導要綱にはありませんから（経験する以外、知りようがない）。

ですから管轄の文科省ですか、医学・看護学部のカリキュラムに、「入院体験実習」なるものを取り入れてみてはいかがでしょう？　学生を四～五日入院させ、病院食に九時消灯、点滴や胃カメラは必須とし、望みとあらば鼻から管をも……。あながち冗談ではなく、多少ともこれらを経験すれば、少しは患者を気遣うスタッフも育成されるのではないかと。

夜中、一ヶ所だけ明るいナースステーションから、キャッキャした笑い声が聞こえてくれば、メシの話かカレシの話か、寝てる側からすれば、そりゃあ頭に来ますわね（それぐらい患者はnervous）。もしそこに学生が寝ていれば、少しは考えようという気にもなるのではないでしょうか。

一方、褒められた手口でもありませんが、弱点を逆手に取ることを覚えたのも、この時期だったと思います。実際仕事をしてみて、今回の経管にしろ、のちに出てくる「中心静脈栄養」にしろ、何せこちらは経験者ですから、これ以上ない説得力で相手に説明できるのです。「先生に患者の気持ちはわからない」など、決して相手に言わせない、それはもう徹頭徹尾、完膚なきまでに……。

いや、失礼しました。いい気になりすぎました。これがイカンのです。ここが落とし穴なのです。というのも、病気の経験それ自体、別に偉いことではないのであって……（だってそうですよ、いつかは全員なるんですから）。ひと皮むけた、箔《はく》がついた、渋味が増したなど、いずれも大変な誤りですから、くれぐれもお間違いのないよう。また、必要以上に己《おの》が不幸を前面に出す者もおりますけれど、迷惑なんじゃないかなぁ（私ですか？）。病気なんか、しないほうがいいに決まってますよ。病気をしたって、せいぜい粉薬を飲むのが上手くなるぐらいで、いいことなんか一つもありゃしません。たまにどういう経緯か、看護婦さんとゴールインなど、ふざけた話を聞くこともありますが、私なんかそんな空気の欠片《かけら》すらなかったし。

なるほど病気のことなど普段あまり考えないので、意味はないとは申しませんが、ただ「病気をしたから、病気について考えた」というのも、これまた全然普通であって……。

病気に限らず不幸全般は、どうしたって本人じゃないとわかりませんから、つまりここで学ぶべきは、人々に対する慈《いつく》しみ？……私もさんざんしゃべってなんですが、しかしとにかく、病気をしたとて偉くはないことだけはわかった気がします。

復活？

さて、心ある人は、苦難を糧《かて》に成長していくものですが……まぁ、私の場合無理なんですね。っていうか、そも凡夫《ぼんぷ》の一生にたいした展開は期待できないのと、病《やまい》の克服どころか、それとの付き合いの始まりでしたから。先は見えない、気分は滅入る、これまで以上に悶々とする等で、明るい未来など何一つ見出せなかったのです（まずは川への投石からの再スタート）。

そんな中、大学ではポリクリ（Poliklinik）と呼ばれる病院実習が始まり……どこの施設も同じでしょうが、一班五～六人ごと、およそ二十の科をローテートするもので、外科では手術に立ち会ったりもします。

ところが、この実習というのがことのほか身体に悪く、学生には居場所がない、忙しい主治医はそっけない、患者さんには疎《うと》まれる等、それらはすべて私の胃腸に不幸をもたらすのです。現に教授回診中、腹痛で倒れ、診察室に担《かつ》ぎ込まれたこともありました。

最も緊張を避けたい時期に、さらなるそれに追い込まれ……「いったん休んで」との声もありましたが、この期に及んで留年など、とても耐えうるものではありません。これ以上、置いてかれるのはゴメンです。是が非でもここは乗り越えるしかない、なんとしてでも、這《は》ってでも、折れたらあとがないのです……。

が、苦境に立つと、ホント救われるというか、捨てる神あれば拾う神とも違いますが、この際なんでもいいでしょう。その頃巷《ちまた》に「家庭用ビデオデッキ」なる奇跡のマシンが登場し（一九八〇年代後半）。

「映画が見れるの？　録画もできちゃうの？　嘘でしょ？」などと疑いながら、その実、興味津々で。何しろあれほど萎《しな》びた私が、一気に回復できたのですから。合格以来、久しくなかった興奮に、せっかくだからこの場をお借りし、「我が国の優秀なる技術者の皆さん、本当にありがとう」と、心からの賛辞・御礼を申し上げる次第なのです。

ところがそうまで持ち上げながら、もっぱら私の関心はデッキ本体ではないんですね。だいたいそんな高価な商品、母子家庭の病み上がりに買えるはずはないのであって（当時平均十万ぐらい？）、ですからその種のハード機器は誰かに任せておきつつの、まぁ、およそ察しはつくでしょうが、私の興味は一にも二にもビデオソフトのほうにあり……。

要は、下半身に基づく一連の行動？「いいのか、そんなモチベーションで」との批判は甘んじてお受けするにしても、ともあれ先が見出せたのは喜ばしい限りでした。

友人にデッキを購入させ、成人モノを借りてきては、一同まとまって興奮するという、同じ暇つぶしにしても、内容が激変した epoch make な出来事でありました。そういえばあの頃は、大勢で興奮してたんですよね。今考えると到底ありえない話で。街頭テレビの力道山もどきだったのかもしれません。違うのは、裸が女性というだけで。

勉強会

とは言えそんな輩《やから》でも、試験前ともなれば一応は勉強するのです。下《しも》の同輩五〜六人がアパートの一室に吹き溜まり……元より不埒《ふらち》な連中ゆえ生産性はないのですが、それでも講義を検討する中、私にとってはなつかしい、中学時代の勉強会らしきものが形成されていったのです。動機が下だけに説得力はないものの、だからの結束というのもあるわけで、部屋にはやたらと妙な空気が漲《みなぎ》っていました（節操なき医師団）。

過去の経験から私が進行役になったのですが、意外にこれがハマりまして。その頃私は、講義を一言も漏らすまいと、教授の話はすべて、雑談から何から、半ば脅迫的にノートを取ることをしていました。単なる写しではなく、流れを意識しての筆記でしたが、それでもあとで見直すと、「ガーッ。これは黒板を上下させた音」なんてことまで書いてある。字は大きくて汚かったけれど、それでも三十枚のノートを毎日一冊使いきるほどで。試験の前にはそれのコピー（清書）が、クラスに出回ることもしばしばでした。

全部書いてあるので、わかりやすかったのでしょう。普段、接点のない体育会系の男子が、大挙してうちに押し寄せ、そんな中、一人蒼白い顔の私が授業を再現し、これでもみんなが単位を取るのに、少しは役に立っていたと思います。

が、やはり私は基本をはずすんですね。とある試験で私のヤマが九割当たり、みんなからは称賛の嵐でしたが、ただ私が八十五点なのに、たまたま会に参加した女子が九十点以上で、「なんで俺よりいいんだよ（怒）」って。まぁ、お人よしの正直爺さんを尻目に、デキる学生はポイントを掴《つか》めてしまうのでしょう。

のちに三十五過ぎて気付いたのは、私は知識を詰め込む input ばかりを重視し、それを引き出す output のトレーニングをしてこなかったんですね。どうりで試験ができないわけで（試験は主に output ですから）。つまり参考書を熟読し、眼精疲労を患《わずら》うばかりが能ではなく、内容を諳《そら》んじ、それを表に出す能力も必要なわけですよ、受験生諸君。思えば何ゆえ、こんな道理に気付かぬかといえば、要するに私もバカだからなのです。

いい人らしい

実質、職業訓練校のためか、医学部は卒業論文ではなく、卒業試験（卒試）の方式がとられています。前年の秋から卒業の前まで約二十の科目に試験があり、卒後には医師国家試験（国試）も控えているので、この時期の学生はどこも皆大変だろうと思います。

単位を落とせば留年だし、仮に卒業できたとしても、何せ六年もの間、医学の勉強しかしてこないわけですから。我ら医学生には、国試に落ちると潰《つぶ》しが利かないという厳しい現実が待ち構えているのです（特に私のような人間は、生きていく術《すべ》がない）。

が、その時期、少々困っていたのは、「もともとそんな友達だっけ？」という何人かが、そんな時ばかり、「教えてくれ」ってうちに来るんですね（手ぶらで）。ただあまりそっちに関わっているとこっちの身も危うくなるので、悪いとは思いつつ居留守を使ったりするのですが、しかし何ゆえ私が自分のアパートで、コソコソ匍匐《ほふく》前進せにゃならんのですかね。そこでやむなく地元出身のT君の家にお邪魔し、心静かに勉強させてもらっていたのでした。

ところがある日、そのT君宅に電話があり……むこうは五～六人の女子だけで勉強していたらしいのですが、どこで知ったか、「D君、そこにいるのはわかってんだから」という、少々イライラしたお電話で。しばらくすると一人が車で迎えに来て、無理やり私を某アパートの一室に連行したのです。

ドアを開けるとなんとビックリ。そこは両脇に女子がひかえおるという、さながら「大奥華の乱」のごときで、みんなからは、「きゃぁ～、はくしゅう～、パチパチパチ～」なんて、結構喜ばれたりなんかして。で、アメとかクッキーとかをもらい、適当にチヤホヤされながら、私がその会の進行役を務めることになったのです（サーカスのクマちゃんかよ）。

むろんスミにも置かない超ＶＩＰな待遇で、いわゆる6〜7Ｐですか？ 偏差値の高いキャバクラみたいな。おさわりは不自由でしたが、もう気分はニョキニョキ、とても勉強なんかに集中できるものではありません。

「ふぅ〜ん、Ｄ君て、いい人だったんだぁ〜」とかしみじみ言われ、適当にたぶらかされてるんでしょうけど、その機に乗じて、「いや、いい人でなくていいから」みたいなことを口にする勇気とかはないいんですね、やっぱり。まぁ、体《てい》のいいぼったくりだと思います。

試験の終わった夜

卒試はすべて通り、いよいよ国家試験モードとなったある日、あれもどういうイキサツか、とある女子と二人だけで勉強することになり……私から誘うなんてできるはずもないから、むこうが声をかけてくれたのだと思いますが、いやいや、これはまいったな。

彼女は、そう、なんて言うか、思わず尾行したくなるような艶《つや》っぽい娘《こ》で、顔もスタイルもいいどころか、勉強だってできましたしね。要は、「私ごときがどうすることもできない女子」と言えば、おわかりいただけますでしょうか。

互いのアパートとか、そういうシーンはなかったですが、二月三月講義も減るなか、誰もいない視聴覚室で勉強した時には、そりゃあもう、さしつさされつ……なんて、そんなことするはずないじゃないですか。いやしくもお勉強中にご法度でございますよ。「まぁ、思わせぶりな彼女でもなければ、思い過ごしの私でもなかった」なんて気取ってはみたものの、さっぱり意味が通じません。

以来、幾たびか、そんな逢瀬を繰り返しましたが、かたや試験のストレスからか、また も病魔が潜行していたようで、国試の前には食事も摂れず、経管のみの生活になっていました。したがって、彼女とのお食事や、その後の＋αも、一度たりともなかったのでした。

試験は二泊三日の日程で、地方の中心都市で行われました。我が校だけでも百人以上、移動から宿泊まで、さながら国家試験ツアーといった様相を呈していました。大学側の手配でその点は楽でしたが、やはり私の場合、問題となるのが三度の食事で。出された弁当で腹痛《ハライタ》でも起こそうものならすべてがパーですので、普段は飲まないドリンクタイプの栄養薬剤を山ほど持参し、なんとか態勢を整えました（二泊三日、固形食なし）。

本番はまずまずの手応えでしたかね。幸い腹痛・嘔吐といった壮絶なアクシデントもなく、午後の日差しには悩まされたけれど、「まぁ、行けたんじゃないかな」と。

その晩、皆は飲みに行ったようですが、私は速攻帰宅し、コタツの中でグッタリしていました。「そんな余裕があんなら、試験で全力を出しゃあいいのに」なんて、ブツブツ、モニョモニョ。テレビでは寅さんがやってたのを、ボンヤリ見た記憶があります。

ところがしばらくすると、部屋のチャイムがピンポ〜ンと。「まったくこんな日の、夜の遅くに誰なのさ」と気だるいカラダで出てみると、驚いたことに例の彼女が立っていて、「借りてた本を返しにきた」と言うのです。いきなりの訪問に、私も「どうも」なんて言ったきり、「あがる?」でもなければ、「どっか食べに行こうか?」でもなく……(だいたい調子が悪くて何も食べられないんですから)。で、手持ち無沙汰の沈黙の中、「じゃあね」なんていう軽い言葉を残し、彼女は田舎の闇に消えていきました。

……いやもう私も渾身のバカ、常軌を逸した大バカ野郎で、数分後、頭がギアチェンジした時には、「え? これは何、もしかして、あれか?」と。それまでは思いもしなかったけれど、傍《はた》から見れば、「あいつら、できてる」ってことだったのかもしれません。

たしかに、いくら試験のためとはいえ、それだけで相手は選びませんものね。「吐き気がするけどしょうがない」なんて、いくらなんでもそんな……。しかも、それほど優秀でもなかったから、彼女にすれば、私と組んでもなんのメリットもなかったはずなのです。

ただ私など、そういう場での持っていき方がわからないんですよ。以前、仲のよかった娘《こ》に、「俺たち、付き合ってんのかな」とつぶやいたら、その日を境に、その娘が私の前から姿を消したということがあり……。いや別に「殺されて埋められてた」とかそういうのではなく、なんとなく疎遠になったというわけですが。

けど、要するにアレですよね、モテる男は何をやっても許されるけど、「モテない男は何にもするな」ってやつですよね。先日も仕事中、「しゃべると迷惑かな」と思い、半日ぐらい無口でいたら、「黙ってられると、よけいにキモイ」みたいな言い方をされ……ねぇ、いったい私は、ど〜すりゃいいんです？

そもそも私はマメでないのと、そういう男に限ってなのですが、「小股の切れ上がった娘は、うちの家風に似合わない」など、家柄や世間体をも含め、とにかく女性には求めるものが多すぎてですね（サイテー）。彼女についても、ホントのことは何も知りませんでしたが、ただあの時も、無意識のうちになんらかの抑制が働いたのかもしれません。

こう見えて私は一途《いちず》ですから、当時から酒が入ると、「恋愛イコール結婚でしょ？」みたいな無粋な持論を振り回し……。最近も昔の仲間と飲んだのですが、「お前、言ってることが大学の時と変わんねぇなぁ」なんて言われ、だけど、ブラボー私、ビバ私、そんな私が大好きです（めんどくせぇ〜ヤツ）。

数週後、慣れ親しんだ土地をあとに、就職先のある東京近郊の街に移り住みました。ひたむきな愛ゆえの哀しい結末といったところでしょうか。たぶん違うと思いますが、毎度のことながら小股の彼女とはそれっきりです。

研修　その一

「センセイと呼ばれるほどのバカでなし」、さんざん兄に揶揄《やゆ》されたものですが、平成〇年、めでたく私も業界の末席を汚すに至り……ただ、安堵の一方、労働経験のない者にとっては、不安のほうが圧倒的に強くてですね。

何しろ時期が悪すぎました。学生から社会人へと、誰にとっても人生最大の転機といえる場面でしょう。しかも、引っ越しその他《た》の厄介ごとに、私の胃腸が破綻するのは、もはや目に見えていました。

が、仮にも初の仕事ですよ、人生、晴れの舞台ですよ。そんな場面に言い訳なんか許されるはずもないし、ましてやその理由がハライタだなんて、ふざけんなって話ですよね。しかも、まったくの新天地だったから、誰一人相談相手がいなかったのも不幸な話でした。

勤務先は地域の基幹病院で、各科を回る研修制度を設《もう》けていましたが、むろん私は消化器内科から始めることにしました。事情は部長先生にも伝《て》えていたし、「まぁ、その種の病気を扱うんだから」という甘い考えが、なかったと言えば嘘になりますか。

ところが話が通らなかったか、部長がアバウトすぎたのか、こちらの事情などお構いなし、他者《ほか》となんら変わらぬ扱いで、当たり前のように研修が始まってしまったのです。数日前、先輩医師から引き継ぎがあるのですが、まぁ、チンプンカンプンですわね。国試に通ったぐらいでは、現場ではまるで歯が立たないのです。

たとえば私が学生の頃は、輸液（点滴）や抗生剤（抗生物質）の講義など、まったくと言っていいほどありませんでした。一口に輸液といってもその種類はさまざまで、病状による使い分けが必要なのですが、そういう話は一切なかった。にもかかわらず、目の前の患者さんには点滴が繋《つな》がっている？　あるいは抗生剤もその使用は難しく、おそらくこの二点（輸液と抗生剤）は、新人が最も苦労するところだと思いますが、とにかく大学ではそういう講義がなかったのです。

さらにグレますと、だいたいどの職種にも、「仕事は盗むもの」という雑な教えがあるのですが、ただ医療の現場でそれはどうなんでしょう？　そうおっしゃる先生も、自分が病気になった時、そんな手さぐりの医者に診てほしいとは思わないでしょう。甘いとかそういうのではなく、そこはご指導いただかないと、患者さんに迷惑がかかってしまいます。

むろん、新人が一人でやれるほど医療というのは甘くはなく、研修はグループ制で行われるのが一般的です。「オーベン」（ドイツ語で指導医の意）との二人体制や、オーベン、ミッテン（中堅）、ネーベン（新人）による三人体制など、施設や科によっても違いますが、うちはオーベンとの二人体制を敷《し》いていました。敷いてはいたのですが……。

研修　その二

　さて、いよいよ研修が始まると、これはもう当然と言えば当然、学生の頃とは雲泥の差があり、それは大変厳しいものでした。仕事は入院患者を受け持つことに始まるのですが、問診、診察、カルテの記載、伝票、文書、検査に治療等、何をどうしていいのか、右往左往もできぬ状態なのです。

　また、それ以前に重要なのが、病院内のしくみやしきたりで。施設の構造、診療の日程、看護婦さんとの連携など、それらシステム面のほうが、実は意外に難しかったりするのです。

　病院内は複雑で、レントゲン、超音波、内視鏡でそれぞれ部屋が違ったり、検査によっては科ごとに曜日が振り分けられ、外科の曜日に内科は検査ができないなど、それはあとから聞けば当然なのですが、初めからわかってやれる新人など、めったにいないと思います。

　それどころか研修というぐらいだから、診療のごく基本から入るのかと思いきや、「病状悪化、早期に外科と連携」とか、「心肺停止、ＩＣＵ管理」といった壮絶な場面から始まることもあり、そうなるともう、しくみも何もあったものではありません。

ただ普通に研修するうえで大事なのは、やはり看護婦さんとの連携だと思います。時に連携が恋愛に発展するなど、周りにもふざけた野郎が何人かいましたが、逆にそこでの対応を誤り、ダサい、キモい、エロい、タカビー、使えない等、一度ダメ医師のレッテルを張られると、その先延々、針のむしろを強いられることになるのです。

またその看護婦さんにしても、勤務が三交代（日勤、準夜、深夜）というのは、一般の方は知りませんよね。というわけで、私も初めは知りませんでした。

しかもわかりにくいのは、その中の日勤帯（八時半〜十七時）を例に取ると、たとえば一病棟四十名の患者さんを看護婦六人で対応するとした場合、その一人一人が患者さん全員を把握しているわけではないんですね。だいたい「○号室から○号室までは○○ナース」というように、部屋別すなわち患者別にその日の受け持ちが決まっていて。

ですから、ある患者さんのことを別のナースに聞いても、「わかりません」と言われてしまい、当初は「バカにしてるのか」とむくれてしまったのですが（すなわち愛に発展しない）、つまりそういうシステムであることを、こちらはまるで知らないわけです。

実はその日一日、病棟を統括する「リーダーさん」なるナースがいて、その人に聞くとたいていのことはわかるのですが、やはり初めはそんなこと知らないし、それよりまず、二十人以上いる看護婦さんの顔と名前を覚えぬことには……。

研修　その三

当時、研修医が受け持つ患者は、一人四～五名だったでしょうか。その後、五年ぐらい経つと十～十五名。さらに上になると、それこそグループの長として患者は二十数名と、その数は施設や科によっても違うでしょうが、それでもだいたい二十五名ぐらい？

ところが、どうしてそうなるのか、現在（二〇一〇年）私は、とある施設で六十余名を任されていて……（後述する療養型ですが、だとしてもあり得ない数）。ですからそう考えると、あの頃は楽だったはずなのに、今もなお、つらい思いしか残っていません。

何しろどうしていいか、まるでわからないんですね。たとえば採血にしろ注射にしろ、どんなに上手い先生だって、最初は初めてなんですから。おそらく私に限らず、初めから熟練した新人などいやしないし、あまり注射に慣れてたりすると、「オマエ、どこで覚えたんだ？」なんて、危ない話にもなりかねませんからね。

むろん、新人のせいで、仕事が滞《とどこお》るなどあってはならないので、その指導・育成のためにオーベンたる先生がいるのですが……。たしかに、医師のすべてが教育者の資質を兼ね備えているとも思いませんけど、でも、それにしたってねぇ。

想定内とはいえ、実践肌でない私はてんで使いものにならず、いつまでたっても独り立ちできない、「クララのバカ！」みたいな硬直状態で。しかもそのクララに対するオーベンの視線（蔑《さげす》み）も、さらなるストレスとなりました。またその先生が露骨に顔に出るタイプで、もとから評判はチョメチョメでしたが、仕事から何から、とても話せる雰囲気ではなかったし、とにかく私の胃腸には差し障りのある人でした。

また当時は、バブル期後半のまだまだ景気もいい時代で、各製薬会社さんが新人ドクターを接待してくれる慣習があったのですが、ところがそういう場での高価な食事も、私にとってはヨロシクないのです。新人が四〜五人いる中、一人だけ欠席なのも気まずいので、たまには顔を出すのですが、すると翌日には腹痛・嘔吐の繰り返しで、昼間から当直室で呻《うな》っているという、そう、まさにあの時は地獄でした。

ところがそんな状態だというのに、私ときたら、「これが当たり前なんだ、みんなこの苦難を乗り越えていくんだ」とか、「病気とて言い訳にはならない、患者さんにはなんの関係もないんだから」なんて、まさにそのとおりには違いないけど、そんな時ばかり不慣れな根性論に走ってしまい……。だいたい、いい大人なんだから、周囲に迷惑をかける前に対処するのが責任ってものなのに、やはり力の入れどころが違うんですよね。

ただ、仕事を始めたばかりだし、スタッフは全員忙しいし、だけどオーベンはチョメチヨメだしって、とても「具合が悪い」なんて言い出せる状況じゃなかったんですよ。今でこそ、院内の健康管理システムも整いつつあるようですが、当時は決して十分ではありませんでした。それどころか、まだ小学生のほうがいいと思ったのは、まさに灯台もと暗し、病院には保健室というものがないのです。

またもや

数日もらえる夏休みの頃には、体重四十キロに逆戻りしてしまいました。研修後、初めての休暇だというのに、やはり私は臥《ふ》せっているしかなく……が、「休めば少しは」と思いきや、その時は経管も嘔吐してしまい、一向によくなる気配がないのです。

そこでやむなく病院（職場）を受診し、アバウトな部長に診ていただいたのですが……ん〜、まずい。結果は部長が真顔になるほど、重度な「腸閉塞」で（そのまま職場に緊急入院）。仕事のこと、将来のこと、先立つ不孝をなど、痛感すべきは諸々あったはずですが、しかしそんな余裕もないほど、あの時の私は最悪でした。吐きながら仕事しなくて済むという、その安堵のほうが大きいぐらいで……。

ところで腸閉塞とはよく聞く言葉ですが、誤った理解をされている場合も少なくないので、少々解説を加えます。すなわちそれは、「腸が狭くなり食物の通過障害をきたす状態」

を言いますが、強調したいのは、腸閉塞そのものは病名ではないということです。腸が狭くなるには、①炎症や癌、②腸捻転や腸ヘルニア、③手術後の腸の癒着《ゆちゃく》などがありますが、実はこの原因のほうこそが病気そのものであり、腸閉塞とは結果として腸が詰まった状態を指すにすぎないのです。私は持病があるのでわかりやすいのですが、一般に腸閉塞という場合、原因のほうが重要ですので、何とぞそこはご注意ください。

さて検査によると、今回は複数の病変が見られ、初回の時よりはるかに悪い状態でした。治療は従来どおり、腸の安静を保つことに始まるのですが、ただし今回は経管が使えません。というより、毎日続けていたにもかかわらず、悪化してしまったわけですから。腸閉塞のところに「食事＋経管」ともなれば、腹痛・嘔吐も当たり前というわけですが、それを知らずにやってた私も？（まぁ、医師としての常識云々《うんぬん》の話になるんでしょうけれど）。

ところで、今回の腸閉塞や胃腸の術後もそうですが、消化管に長期の安静が必要な場合、その栄養管理はどうするのでしょう？　むろん経管が使えない以上、点滴に頼るしかないのですが、しかしここで問題となるのは、食事に匹敵する高いカロリーの点滴は、一般のものとは種類も方法も異なるということです。

皆さんも体調不良の時など、点滴を受けたことがあると思います。私も幼い頃から、ずいぶん針を刺されてきました。ところがそれは、言わば点滴の初歩というか、多くは病気の初めに、主に水分を補うためのもので、カロリー自体はほとんど高くないのです。

一本五〇〇ccでも、通常一〇〇～二〇〇キロカロリーで、一日三本入れたとしても、わずか六〇〇キロカロリーにしかなりません。短期間ならそれを用い、徐々に食事も開始できるのですが、長期になると、食事に代わる高いカロリーの点滴が必要となります。それが「高カロリー輸液」と呼ばれるもので、一日一〇〇〇キロカロリー以上投与可能となりますが……。

しかしこれには制約があり、通常の点滴のように腕などの細い血管から入れることができません。高いカロリーを入れると、血管が破綻し液が漏れてしまうからで、したがってそれは、心臓近くの太い静脈に、カテーテルを入れる処置が必要となります（首や鎖骨の下から十数センチ挿入）。

中心の静脈に栄養を入れるので、これを「中心静脈栄養」と言いますが、二度目の入院は、それを入れることに始まりました。その時は鎖骨の下でしたが、再度絶食を含め三ヶ月の入院。まったく神も仏もあったもんじゃありません。

復活？（仕事編）

その後、仕事に戻ったものの、すべて一からやり直しでした。と言っても、ここで河原に戻ったら本当のバカですから、半年遅れの研修開始といったところでしょうか。が、同期《みな》が仕事をこなす中、病み上がりの私は引き続き話になりません。でまた、そういう時のナースなんかは、鬼も鬼！　ちきしょう、肉球みたいな顔しやがって。

たしかに私は石橋をたたいて戻る人ですから（優柔不断）、そういうところが皆をイラつかせるんでしょうけれど、ただ処方した薬が人様の体内《からだ》に入ると思うと、初めは怖くてしかたがなかったのです。今でこそこの恐怖心たるは、医師にとって不可欠とさえ思うようになりましたが、当時はそんな余裕などあろうはずもなく……。

むろん我々新人もナースに指示を出すのですが、初めからデキすぎなのも嫌味だし、私みたいなポンコツは相手にされないし。で、結局は、笑顔の明るいイケメンだけがチヤホヤされるという、まぁ、世の中だいたいそんなもんですかね。思えば子供の時分から、ギターにしろ学級委員にしろ、ことあるごとにイケメンにしてやられてきたのですが、どうやらこれも私に課せられた宿命なのかもしれません。

まぁ、何にせよ私は底辺の新人でしたが、「一年目がこれなら、さすがに二年目は……（ジンクス）」との穿《うが》った見方もできるわけで、単なる屁理屈にしろ、それを逆手に開き直るしかありません。唯一の救いは、その素直さゆえか患者さんからの受けはよく、時に励ましの言葉もいただきながら、ずいぶん勇気づけられたことなのですが、しかし仮にもプロなんだから、患者に救われる医者っていうのもなぁ。

そんな中、初めて当直をした夜は、とにかく緊張しました。最初こそオーベンと泊まるものの、あとはすべて任されるので、その時が最大の試練でした。それでも各科に当直医がいる基幹病院（当院）はいいのですが、これが他院《そと》になるとそうはいかず……。

おそらくどこもそうでしょうが、大病院の若手は近隣の施設から当直を頼まれることがあり（アルバイト）、土日を通じてだといいお金になるので、進んで受ける者もいたのですが、極力私は避けていました。っていうか、医師に成り立てで経験も浅いのに、怖くないんですかね。しかも中小の病院は、内科・外科合わせて当直医が一人というのも珍しくないので、内科といえどもケガを縫うぐらいは、最低限必要とされる技術なのです。ですから昨日や今日の新人には、そもそも無理な話なのです。

それでも断りきれずにやる時は、マニュアル本を山ほど抱え、未知なる患者に怯《おび》えながら、眠れぬ夜を過ごすのでした。まだ一つの科もままならぬのに、胸痛、肺炎、脳卒中ほか、あらゆる患者が来院するので、そのつどこちらは途方もない緊張を強いられるのです。

難しいケースは他院《ほか》に送ることもできるのですが、そこへの連絡や救急車の手配など、むろん今の私なら右から左ですけれど、当時の慌てぶりは尋常でなく……（一一九番って何番だっけ？　とか）。

外来は引きもきらず、病院の電話は鳴りっぱなしで、あれ以来私は電話ノイローゼになりました。当時はポケベルというのもありましたが、もちろんあれも嫌いでした。現在《いま》はケータイも大嫌いです。救急車のサイレンはことのほか心臓に悪く、遠くにそれが聞こえただけで緊張し、離れていくと安堵する。翌朝は達成感もあり、たしかに気分もいいのですが、いまだに当直はイヤでしかたがありません。

しかも私の場合、睡眠不足は覿面《てきめん》で、翌日は決まって腹痛なのです。自分がダメな分、徹夜ができる人ってうらやましいし、セクシーだし、それだけでもひれ伏してしまうぐらい。ただ少しひねくれると、当直を厭《いと》わぬ者の中には、夜な夜な、夜もすがら、あわよくばナースと、なんていう不埒《ふらち》な輩もいますからね。でなきゃ、医者と看護婦が結ばれるなんて到底ありえませんよ。昼間はアレコレできないから、やっぱり夜なんですよね。

門出の年だったはずが、最悪の一年になってしまいました。その後も戦々恐々で、艱難《かんなん》辛苦《しんく》は尽きぬのですが、前にも言ったとおり、偉人の苦労話ほどつまらぬものはありませんので、この辺で切り上げることにしますね。

入局

医療の施設で、ある科を専門とする医師のグループ、もしくはその部署のことを「医局」といい、そこに所属することを「入局する」と言います。入局はさまざまな分野から自らの専門を選ぶに等しいので、そこは重要なカギとなります。

医師が専門を決めるのに、特に制約はありません。デキが悪い、女グセが悪いで、入局を断られることはあっても、各自好きな科を選ぶことができます。私も使えぬことでは人後に落ちませんでしたが、それでも少しは磨かれたか、当時複数の科から入局の誘いをいただいていました。むこうにすれば単なる数合わせ、枯れ木も山のにぎわいといったところでしょうが、ともあれ研修も終盤にかかり、決断の時が近づいていました。

どの科を選ぶかで将来も違ってくるので、そこは思案のしどころですし、トコトン悩んでいい場面です。時間をかけてゆっくりと、それこそ優柔不断だって構わないのです。私も真剣に悩みました。よくよく考えたつもりでした。が、のちに周囲の話を聞くと、我ながらその幼《おさな》さ稚《いとけな》さに、ほとほと呆れるばかりで。

周りのみんなは、それはもう先を見据《みす》えているんですね。労働条件はもちろん、研究のテーマ、留学の機会、果ては現在《いま》の教授の任期に至るまで……加えて人生設計（結婚、子供）をも視野に、驚くほど緻密な計画を立てているのです。

しかもそれって一部の野心家だけでなく、案外みんな考えることらしく、知らされたこっちにすれば、「へ？」って……。ただ、たしかにそれって大事かもしれないけど、なんだか滑稽なようにも思えましてね、「そこまでする？」って。でも、そういうヤツらがきっと偉くなり、「私なんかがコキ使われるんだろうな」と思ったりもします。

一応、発表しておきますと、学問的な興味と、やっていけそうかどうかという、私の注意はその二点だけで。しかも私の場合、どう考えても外科はないので、「とりあえず内科」という居酒屋の注文みたいになってしまうのですが、ただ内科といっても種類はさまざまで（循環器、呼吸器、消化器 etc.）、その中の選択に迷うことも多いのです。

もっとも私の場合、持病が持病だし、おまけに「父も肝硬変でした」という、偶然にしてはできすぎの経緯もあったので、それだけ条件が整えば、「いくらなんでも消化器だろう」という予感めいたものもなくはなかったのですが、ところが世の中、そうそう筋書きどおりとも限らぬみたいで。

いくつか研修をする中、自然とある科に興味が持たれ、消化器ではないその科を専門とすることに決めました。意外な気がしましたね。当初はまるで考えていなかったし、試験では最も苦手とする分野でしたから。

その科は細かい診察を旨《むね》とし、学問的にも興味深く、今考えても悪くない選択だったと思います。しかもそこは医局員が少なく、結婚式に人を呼ばずに済むというせこい理由もありましたが、最近はやたらと人数が増え、私のブライダルの著しい妨げに？……。

ともあれ、紆余曲折に満身創痍、今後も前途多難でしょうが、まずは自分の専門が決まり、新たなスタートを切ることができました。私にとっては久々の黎明《れいめい》で、それなりの感慨もありましたけれど、しかしこの新たな船出の先に、世にも恐ろしい連続殺人が待ち受けていようとは、その時の私は知る由《よし》もありませんでした……って、なんでやねん。

白い病室

入局して一年、少しはまじめな話もしませんと。患者さんが転院するにあたり、手配した車に同乗し、次の病院まで付き添って行ったことがありました。

車で約一時間、山間《やまあい》の寂しいところで、お年寄りや寝たきりの方が中心の、いわゆる老人病院（現在の療養型）と呼ばれる施設でしたが、初めて訪れた時のショックは今も忘れることができません。

もともと我が施設は急性期を対象とする一般病院で、患者さんには若い人も多く、病衣や日用品、雑誌やラジカセなど、病室もそれなりにカラフルなのですが、ところが行った先のそこは、何もかもが白、すべての色が白だったのです。

内装、寝具、クリーム色の長着《ながぎ》。雑誌はもちろん、コップや歯ブラシもない。余分な装飾の一切ない中、患者さんはひたすら動かず、そこに横たわっているのです。私は自身の仕事もままならず、急ぎその場をあとにしました。

得体の知れない恐怖。駆け出しの頃とはいえ恥ずかしい限りですが、それでもあの空間は、私には重すぎました。ただあの時は、あれでよかったのかもしれません。初めてあの状況に接し、なんら動揺することのない人間が、この仕事に適しているとも思えませんから。

遭遇

単に自意識過剰なだけでしょうが、外での私は、自分が医師である気配を完璧に消します。いざとなったらやるでしょうけど、正直、倒れている人に手を差し伸べる勇気もないので、街では極力目立たなくしているのです。

ところが医師の中には、混雑したエリアでも、大声で話す無神経な輩《やから》がいるんですよ。で、これが上司だったりすると最悪で、無視するわけにもいかないし……。ですから私は公共の場では、なるべく同業者と距離を置くようにしているのですが、それでまた偏屈呼ばわりされてるんでしょうけど、どう見たって私のほうがマトモです。

が、そうまで気を配っているというのに、なぜか私は、駅でうずくまる女性に出くわしたり、デパートでは見知らぬ子供が痙攣し始めたりと、それはもう呪われてるとしか思えない場に遭遇することが多いのです。

極めつけは、親戚の葬儀の最中《さなか》、長老の爺さんが椅子からズルズル崩れ落ちまして。周囲が騒然とする中、従姉《いとこ》が私を呼び、「医者がいるから大丈夫で～す」なんて能天気に仕切るんですけど、まったくこれだから素人は困るんで。「医者がいて大丈夫なら、病院で死ぬ人はいないだろ」（ごもっとも）とかブツクサ言いながらも、まぁ、診るわけですが、どうやら糖尿の薬による低血糖だったようで。

ただ皆が棺《ひつぎ》を囲む中、私だけ爺さんの介抱をするという、何やらコントさながらの？しかもどうしてか、すでに酒の入ったオヤジなどは、「一緒に入れてやれ～っ（笑）」なんて大声で叫ぶノリだし。

学会　その一

入局二年目、ついに恐れていたものがやってきてしまいました。人前での芸事《げいごと》が大の苦手な私めに、学会発表のお達しです。関東地区の会で、若手の登竜門のようなものですが、それでも参加者は五百人強？（二部屋同時進行でも一部屋およそ二百人）。大勢の前で壇に立つのは、おそらく中学以来のことで。

小心者の私にすれば、学会なんてのはトコトン人を貶《おとし》め、辱《はずかし》めるための悪魔の祭典にしか思えず、その緊張感たるや、本番までには一ヶ月近くもあるというのに、もう腹《ハラ》の具合がおかしいとか、仕事の合間にスライドや原稿を作るのも、とにかく難儀な作業でした（発表にはスピーチとポスターがあり、その時の私はスピーチ部門）。

それと、何しろ私はものを知らないんですね。学会で発表するには、まずはそれへの入会が必要なのですが、そんなのは偉い人だけかと思ったら、「会費《カネ》さえ払えば誰でも」と知ったのは、かなりあとになってのことだし、プレゼンも今ならPowerPointで簡単ですけど、当時はブルーのスライドを写真屋さんに作ってもらうという、まだまだアナログの時代で。そんな中いつもの私は、「これ、ブルーフィルムにしてください！」なんて店員さんに大声で……（それブルースライドですから）。

肝心の発表にしても、そもそも若手にやらせるなら、まずはその会に出席させるとか、マイナーな舞台（地域の談話会等）で場数《ばかず》を踏ませてから本番に持ってくとか、あるじゃないですか、順序ってものが。なのに当時の上司は、そういう配慮が全然なかったものだから……。ですから私は現場の空気もまるで知らない、ぶっつけ本番のスーパー初心者だったというわけなのです。

何しろ不安はつきぬのですが、中でも何が一番かというと、やはり聴衆の先生方の反応なんですね。発表が松、竹、梅のどのレベルか、もちろん私にわかるはずもないし、上司《うえ》もそういう大事なことを教えてくれないから、当日どんな評価を受けるのか、まるで見当がつかないのです。

もしや恐ろしく低レベルで、会場のそこかしこから嘆息《たんそく》が漏れ伝わってこないかとか、何が怖いって、これ以上怖いものはありませんよ。「まったく、発表するほどのもんかね」みたいな全体を包み込むゲンナリ感？　現在《いま》の私ならわかりますけど、何も知らない新人は相当ヘコまされるのです。

学会　その二

発表は、医学の分野では最も初歩に当たる「症例報告」と呼ばれるものでした。稀な疾患や病態につき、病状、検査、治療等を、およそ五分でプレゼンするというものです。

が……そんな時に限って思い出されるのが、たしか大学五年の秋、私は例の病気の一患者として、研究会で報告されてたことがあったんですね（したのではなく、されていた）。自分が扱われるのも妙な気分でしたが、めったにない機会ですし、当日私も会に赴《おもむ》き、その発表を聞いているのです。

「症例は二十四歳・男性。医学部の学生です」という患者（私）の紹介に始まり、病歴、検査のスライドのあと、突如腸の写真が大映しされたのですが、そのあまりのひどさに、あらためて「ゲッ」なんて驚かされたりして。
さらに「経管で体重が増加した」との凡庸なグラフが提示され、シメは「そこそこ治療が効いたかも」的な、なんともゆるい内容だったような……。いずれにしても、発表する前にされていたという、これまた極めて珍しい、ともすれば、「それ自体、学会報告モンだろ」などと揶揄されかねない？……。

無駄話をしていると、なんだかわけのわからぬまま、当日を迎えてしまいました。が、当日は当日で、これもアガリん坊の性《さが》でしょうか、間際《まぎわ》になると余計なことをし始める？緊張緩和を求めるあまり、かえって墓穴を掘りまくることが往々にしてあるようで。

かくいう私も、「よくこういう場面で、口から心臓が飛び出しそうだとか言うけど、そんなこたぁ、解剖学的にありえない」など、とにかく力を抜こうと必死なのですが、ところがいかにも医者らしい、甚《はなは》だつまらぬツッコミに、かえって自責のドツボにはまり、緊張状態が倍加したという自滅の経験は数知れず……。

「臆病は自意識過剰の裏返し」と念仏のごとく唱《とな》えるものの、「会場およそ二百人」と気付いてしまった刹那、胸の鼓動は max の状態に。「オノレは縄文式か」（ドキドキ）と再度つっこむものの、「うゎ、やっぱりおもしろくない」って、まさかのオウンゴール。余計追い詰められた緊張の中、ついにその瞬間《とき》がやってきてしまい……。

ぎこちない歩調で壇に上がり、あとは原稿にしがみつくだけ。怒涛の発汗、極度の口渇。

自分が自分とも思えぬ浮感《ふかん》の中、異様に長い五分が終わり、「やりきった」との実感とともに、安堵の余韻に浸っていた、まではよかったのですが……。

まったくなんなんですかね、そんなものが用意されていようとは。本当に固まったのは、発表直後の「質疑応答」という、いわゆる質問コーナーのほうでして。

そもそも発表だけでも手一杯だというのに、その周辺知識までカバーしておくなんてのは、もぉ〜無理。何せこっちは駆け出しですから、相手の質問の意味さえわからず、哀れ棒立ち、凍結状態。会場がざわつき始めた頃、ようやく答えを絞り出し、ボロボロの状態で撤収したという、だから言わんこっちゃない、やっぱり悪魔の祭典だったのです。

国際学会　その一

子供の頃の門限が四時半、「かわいい子には旅をさせてやんない」という、我が家の家風の賜物《たまもの》だと思います。それまで海外渡航は一度もなく……。

どうも外国はダメですね、疲れに行くような気がして。英語が苦手、荷物が重い、土産に気を使う等、理由はさまざまですが、そもそも私はそれ以前に、飛行機というものがダメなのです。

まず密閉空間がイヤ、機内における作法がわからない、それに、飛んでるものはいつかは落ちると……。また、仮に現地に着いたとしても、喫茶店が悪の巣窟なら、海外なんかでは間違いなく運河に浮かぶでしょうしね。

が、そんな中でも一番の理由は、「帰ったらまた仕事がある」と思うとダメなんですね。「快楽のあとには苦難」というのが世の常ですから、どうにも気分が突き抜けない、トコトン旅情に浸れないのです。何事か楽しんだあとには、必ずや大きな災難が待ち構え、「苦しむとわかっているのに、何もわざわざ出ていかなくても」と、まぁ、こういう人間が何事も成し得ないのは、なんとなくわかる気がするのですが。

それでも留学経験のある上司に誘われ、牛に引かれて善光寺？　たしかに、自国から一歩も出ることなく人生を終えてしまうのもなんですから、国際学会の名のもと、生まれて初めて外国の地を訪れることにしました（一九九六年）。行き先は、オランダ、ベルギー。「学会なのにどうして二ヶ国なんだ」とか、そういう細かい突っ込みはなしにして。

それで初めての海外旅行は、旅行じゃなくて出張は、思ったとおり災難続きで。出発は成田からでしたが、人生初の国際線？　緊張しましたねぇ。チケットは上司が手配してくれたのですが、当然隣の席かと思いきや、これがえらく離れた遠くの席で。

もう、それだけでも心細いのに、まったくどうしてなんでしょう、数あるシートの中、何故か私のだけが壊れていて。装置がゆるんでいたのか、勝手に倒れる状態だったらしいのですが（リクライニング）、ただ座っただけではそんなことわかりませんから、それがまた、のちの災難につながっていくという……。

ＣＡさんのアナウンスのあと、機体がゆっくり動き始めました。と同時に、私の不安も動き始めます。とにかく私は airplane の一挙手一投足が嫌いで、滑走路に進んだ機は、発進地点に到達すると、そこでいったん止まるのですが、あの偉そうに停止するがなんとも言えず嫌味なところで、あたかも飛行機嫌いをいたぶるかのような、そうした根性の悪さが見え隠れするのです。

で、いよいよ機体が滑走路を滑り出しって、この滑り出しというのも実はとんでもない嘘っぱちで、機は思った以上にガタガタ揺れましてね。遊園地のミニコースターのような、超リアルな振動を体感させられるのです。もうそれだけでも股間が縮んでしまうのに、さあ、運命の take off と思った瞬間！……問題はここだったのですが、機体の上昇とともに、あれよあれよとシートが後ろに？　そこで初めて座席の不具合を知ることになった私の身にもなってごらんなさいよ、Ｋ◯Ｌオ◯◯ダ航空。

股を開いて踏ん張ったところで、何Ｇ？か知りませんが、飛行機相手にもちろん勝てるはずもなく、後ろの欧米人に怒られやしないかハラハラドキドキという、そもそもこれがケチのつき始めで。

しかし、そんなことには構っていられない、何せ相手は国際学会ですから、ここは気合いを入れ直しと思ったのが、私としたことが実に迂闊《うかつ》でした。英文雑誌を開いたまではよかったのですが、そしたら隣のオバサン（欧米人）が、「オイシャサマデスカ、エライデスネーッ」って、絶対周りに聞こえるぐらいの日本語で話しかけてきやがりましてね。

突然の出来事に、No. No. You are welcome. なんて、「いえいえ、とんでもございません」と言いたかったのだと思いますが（意味わかんね〜よ）、これ以上ない Japanese English で謙遜しながらも、その実《じつ》、「オバハン、首絞《し》めたろうか」みたいな。こっちは身分を伏せたいんですよ、飛行機なんかでは特にね。

国際学会　その二

幸い病人も出ず、およそ八時間のフライトを経て、最初に降り立ったのがオランダのスキポール空港でした。初めてのせいか時差のせいか、何しろおかしなテンションで、ど〜せ欧米人《ヤツら》にはわからんだろうと、「ポキール、ポキール」って、その辺をスキップしてやりましたけれど。そこから学会会場のあるハーグという都市に移動し、宿泊はすぐそばの田舎町だったのですが……。

今でもはっきり憶えているのは、昔のクイズ番組で、「実際にある外国の地名は、次のうちどれでしょう？　①〇〇、②〇〇、③スケベニンゲン」という三択が出題され。正解は③のスケベニンゲンで、当時は「フフン」なんて鼻で笑ってたんですけど、なんの因果か、最初に我々が泊まった街が、まさにそのScheveningen《スケベニンゲン》だったんですね。

たしかに日頃の行いが行いだし、後日のアムステルダムでは、知る人ぞ知る「飾り窓」というところにも行ってはみましたよ。ウィンドウの中にいるシュミーズ姿のお姉さんと目が合っちゃって、「おいで！」みたいな顔をされたから、怖くなって逃げましたけれど。だからって何も、初めての海外がスケベニンゲンなんて、そんなのあります？

肝心なことをしゃべっていません。学会に行ったのです。日本でも同規模の会は行われますが、会場には数百枚のポスターが掲示され、しかも期間中は毎日それが張り替えられるので、大きな会になるとポスターだけでも千枚以上？　加えてスピーチ部門もありますので、何しろ世界中、どこに行っても勉強好きが多くて困るのです。

しかも迷惑なのは、どの会もポスターの前でdiscussionをする時間が設けられ、当たり前ですけど今回は欧米人がやって来て、内心「来るんじゃねぇ～よ」とか思いながらも、笑顔で応対したのですが（いつにも増してトンチンカン）……呆れ顔で去っていくドクターの背中に言ってやりましたよ、Thank you, niko niko pun！って。

Hb 6.0

　翌年も同じ学会に向け、日々がんばっていました。当時は朝の四時半に起床、始発の電車で一時間弱、ほぼ六時には仕事という朝型の生活を送っていて。脳の働きや体調面など、諸々利点は言われますが、私においてはいたって簡単、「満員電車が大嫌い」という。だって通勤帯だと、学生《ガキ》はうるさいし、大人は殺気立ってるしで、行くまでに疲れてしまうんですもの。だからって朝型が絶対かというとこれがそうとも言いきれず、結局は「行かないのが一番なのかな」とも……。

　朝型の人はわかると思いますが、早朝の電車は乗る人が決まっていて、なんとなく知った顔の集まりになります。それがその駅始発ともなると、誰がどこに座るかまで暗黙の了解で、しかもそれへのこだわりから、その者の性格までおよそ見当がつくというか。

　そんな中、私はこういう人間ですから、毎朝決まった場所に座りたい、そこは誰にも譲りたくないという、極めて自己中心的な者の一人、つまりはそういう one of them なのですが、私の目当てはただ一つ、車両の一番隅《すみ》っこの、例の楽チンな席であって。

　ところがほかにもう一人、そこを目的とする中年のオヤジがいたりするから、話がややこしくなるのです。おそらく二人は似た者同士で、相手に先を越されると、もう片方は「ちっ」なんて感じで、きっとあのオヤジもそうだと思いますよ、同じニオイがしますからね。

ただ、よくよく考えると、お互い朝っぱらからまるで意味のない精神的緊張を強いられてるわけで（これほどバカな話もないのだが）、それでも私はオヤジを疎《うと》み、オヤジを制圧せんがため、毎朝駅の階段を全力で駆け上がるのですが、ところがいつの頃からか、走り始めてしばらくすると「ゼ～ゼ～ヒ～ヒ～」ひどい息切れで、それが毎日続いてどうもおかしいのです。

制圧したはいいけれど、座ると息も絶え絶えで、そんな時、後《あと》から来たオヤジに、「お前、何やってんだ？」って顔をされると、それもまた無性に腹が立つというか。ですからこの国の夜明けも、決して平和とは言いきれないのです。

そんなある日、病院内でのこと、突如大きく床が揺れ、近くの棚が倒れかかってきまして。とっさに「地震だっ！」と叫び、思わず首をすくめたのですが……。ところが看護婦さんらは微動だにせず、シーンとしたままこちらを見てて。で、私も再度確認するも、たしかにまったく揺れてないのです。

やがて彼女らが不敵な笑みを浮かべ、「そういえば顔色が悪い」などと採血をしてくれたまではよかったのですが……。およそ五分後、それは一同、慌てたどころの騒ぎではありません。血中のヘモグロビン（Hb）という物質が6.0g/dlという極めて低い値で、さすがにこれは冗談では済まされない、かなり重度の貧血だったのです。

成人男性が14～17ですし、月一でも10ぐらいですから（誰がじゃ）、普通に考えても半分以下の値です。私の患者さんにもそんな人はいません。地震と思ったのは、私がふらついたせいだったのです（消化管出血の疑い）。

それからというものは、もうヘロヘロ。ああいう時って不思議なもので、悪くても知らなければ働けるのに、いざ本物の病気とわかると、一気に力が抜けるんですよね。

たしかに、勝手に朝型にしたのが間違いのもとで、病院って夜もやってましてて（今頃？）。結局は毎晩遅くまで残り、当直以外にも泊まることがあって、別に医師としてそれは珍しくもないのですが、私には難しかったとみえ……。本来なら即日入院でもおかしくないところ、なんとか休み休み、一ヶ月ぐらい働きましたかね。その間《かん》、鉄剤を打っての強行でしたが、やはり身体が持たず三度目の入院。件《くだん》の国際学会も見事ドタキャンです。

この頃からでしょうか、我が肉体と精神の不協和音が始まったのは。よくドラマの主人公が、「同情なんか、してほしくないっ！」とか叫ぶシーンがありますけど、「えらいなぁ～」なんて感心したりして（笑）。

ただあれも私にすれば不思議な話で、なんで同情されたくないんですかね？　同情ってそんな嫌ですかね。「試験に出る英熟語」に例文が出てたと思います、Pity is akin to love.（同情は愛情に似ている）って……。ですから同情ってのは、愛なんですよ。わかります？　愛なら受けたっていいじゃないですか。

私の場合、一見普通なので、皆と同じに扱われるのですが、正直かなりキツイんです。当時のドラマ、土曜グランド劇場「家なき子」（一九九四年、安達祐実大先生）の名ゼリフをもじりますと、「同情してくれ、金もくれ」ということになります。

異動　その一

他の施設同様、うちの医局も、数年ごとに若手の職場をローテートする人事のシステムがあります。大学ともなると、都内から隣県にかけ関連病院が多数存在し……（大学の診療科がそこのポストを占めるという関係）。

それだとなんだか豪勢な天下りみたいですが、実際は医師を派遣する昔ながらのシステムであり、上のポストで行く者もいれば、研修で行かされる若手もいて……。って、「それだってやっぱり天下りじゃねぇか」って、ちが〜うっ！　必要な病院《ところ》に必要な医師を送るだけで、ポストを得るのに新しい施設を作るなど、絶対にしな〜いっ！（と思う）。

ですからたとえば、都内の施設で研鑽を積み、他県《よそ》でその手腕を発揮するといったような。職場については、一応希望を募ってくれる医局もあれば、教授の「鶴の一声」といった厳しいところもあるようで（一九九八年、幸いうちは前者）。ある意味、修業の旅ですし、システム自体はやむを得ないと思いますが、慣れたと思うとまた異動の繰り返しで、若手にしてみれば、結構慌《あわ》ただしいものがあるのです。

そんな中私も（医師歴九年）複数の施設を経て、もとの職場に戻っていました。当初あれほどつまずいた私も、あれこれ下に指導するようになり……。ですから次の人事では、そこそこ希望が通るだろうと、まぁ、高を括ってたと言いますか、おりしも我がアパートが、医学書、エロ本、エロビデオの散乱で手狭《てぜま》となり、ちょうど転居を考えていた時期でもありました。

で、そこで登場するのがうちの兄（建築関係）なのですが、「お前も賃貸なんかにしてねぇで、マンションを買ったらどうだ」と言ってきたんですね。「医者なら先の見通しもつくんだろうし、家賃の分、それを元手に買っちまったほうが早いだろう」という、表はやさしい兄の顔と、裏は自社の物件を売り込もうとせんがための、ビジネスライクの顔と？　まぁ、九割方は後者と思われますが、何しろそういう耳触りのいい提案をしてきたわけです。

ところが私という人間も、大事な場面になるほど逆を行きたがるというか、「ならばお兄様の顔を立てて」とか、「親代わりをしてくれた恩返しの一つも」といった常識的な線みたいなものが……今考えればあったような気もしますが、それでも私の関心は、親族より何より購入価格最優先という、家を売り込む兄も兄なら、情けを解さぬ私も私？

というわけで、お兄様の申し出は丁重に断り、自ら選んだ物件を購入したのですが（三十年ローン）、手続きから何から、家を一軒買うというのは実に面倒な作業で、こういう際は、独り身の侘《わび》しさを身にしみて感じます。

が、そうまでしてのマンションが、汗と涙の分譲が、住んで一年とたたぬうち、まさに青天の霹靂？（私の人生、そんなのばっかりなのですが）新年早々、他県の病院への転勤辞令。しかもそれが笑ってしまうほど遠くの施設で、うちからそこに人を出すのは私が初めてとか。おまけにこの人事、知らなかったのは私だけという究極のオマケ付き。連絡ミスというのは表向きで、実は飛ばされたんと違いますかね。

異動　その二

汗と涙はそのままに（又貸しなどはせず）、転勤先の近くに安いアパートを借りました。日の当たらない、すえた臭いのするワンルームで、新築物件から一気にそれですから、再度引っ越しやら何やら、それはふてくされて大変でしたけれど。ところが実際行ってみると、案外これがいいトコで。景色は豊かで気候も温暖、仕事もしやすかったですしね。

しかもまた、きっかけは憶えていないのですが、現地の女子と付き合うことに（喜色満面）。当時私は三十五すぎ、彼女は一回り下ぐらいで、まぁ、年の差カップルっていうか、一部では犯罪ともささやかれておりますが、そんなもん、愛の型にはこだわらず……。

彼女はたとえて言うと、江戸時代の町娘系とか、天真爛漫なほのぼのアイドル系って感じで、「何言ってやがんだ」と思うかもしれませんが、でも本当にかわいかったですよ～だ。夏、誰もいない河原で、遠くに上がる花火を見たりなんかして（青春の体育座り）。ただ、どういうわけかあの時も、幸せすぎて怖いとか、愛と哀しみの果てにとか、さよならの向こう側とか、なんとなくこれも「ぽしゃるかな」という予感めいたものはありました。

何度目かのデートで、「映画にでも」とシャレ込んだまでは上出来でしたが、当時大ブームの「マトリックス」が満員で、「じゃあ」って言って入ったのが、「金融腐食列島」という社会派すぎる日本映画で。これはもう最悪でしたね。いや、映画が悪いと言うのではなく、仮にもデートなのに、どうしてそれを選ぶかなぁ～って。「お互い役所広司さんのファンだったから」とか、そういう問題じゃなくてですね。株主総会とかのシーンで、どうやって彼女の手を握ればいいんですか（知らねぇ～よ）。

事実、その日を境にお決まりの展開？　彼女はだんだんつれなくなり、しまいには「木で鼻をくる」っていうか、「初めから付き合ってなんかないもん」とか、いちいちかわいいんだけど、不可解なことを言い始め……。

え？　それってもしかして、まんまと術中にはまり、もてあそばれて捨てられたってことですか？（気付けよ）うろたえるのも見苦しいので、別れ際はさりげなくと気取ってはみたものの、もう未練タラタラ、ずいぶん長いこと引きずりました。

新居を得たかと思えば、見知らぬ土地への転勤、そこが楽しいかと思えば、町娘には袖《そで》にされ……。「人間万事塞翁が馬」などと申しますが、ただこれ「happy end ならいいけど、そうでない場合、どうしてくれるんだ」という、実に放ったらかしな故事ですよね。ここで私が死んじゃったら、帳尻の合わせようがないじゃないですか。

やがて茫《ぼう》たる一年が過ぎ、また東京方面に戻ることになりました。思えばこの章は、「転勤しました、女ができました、別れました、また転勤です」って、それしかしゃべってないですね。もう少し何かあったような気もしますが、まぁ、いいでしょう。それにしても、私も甲斐性がないっていうか、港港《みなとみなと》に女は作れず、島の娘と契りも結べません。

医者くずれ

ショックをかき消す意味も込め、話は急に硬くなりますが、医学には「臨床」と「基礎」という二つの分野があり、おおむね独立した役割を担《にな》っています。

臨床とは、実際患者さんを診る医師の仕事と思っていただければよく、大学から開業医まで、診療科を名乗る施設はいずれも臨床に相当します。

対する基礎とは、身体のしくみや病気そのものを解明する医学で、一般には博士《はかせ》・博士《はくし》のイメージがありますが、ほとんどそれは間違っていません。患者さんに接することは稀で、主に実験やリサーチを専門とする分野です。

中には、「臨床の傍ら基礎も」というパワフルな先生もおりますが、私には二足のわらじは到底及びもつかず。ただ、幼稚な性格はそのままで、難しい顔をした研究者の姿に、なんとなく憧れを感じていた部分はありました。

が、地味に暮らしていても、あるんですね、めぐり合わせというものは。詳しい経緯《いきさつ》は省きますが、思わぬところから基礎研究の誘いをいただき……医師歴十余年の三十代後半、平均寿命のおよそ半分だったから、「残りの人生、かけてみようか」と思ったのと、二〇〇一年、まさに節目の年だったので、まぁ、受けちゃったんでしょうね、神の啓示ってやつを（魔がさしたと言うのが正解）。

泣く子も黙る世紀末、猪木氏の引退（一九九八年）から、ノストラダムス（一九九九年）にミレニアム（二〇〇〇年）までと。で、また猪木さんが、「この道を行けばどうなるものか。（中略）迷わず行けよ、行けばわかるさ。イーチ、ニーッ、サンッ、ダァーッ！」なんて言うもんだから、こっちもつられて「ダァーッ」ということで、私としては珍しく即決でした。そりゃあ、そうですよ、アントン先生に言われれば、そこは行くしかないじゃないですか。こう見えても私は、猪木イズム（ゲノム）の継承者でもあるのです。

某大学の大学院に席を置き、臨床《しごと》は週に一度のバイトのみ。収入はそれまでの四分の一にも満たぬほどでしたが、この際トコトン覚悟を決め、新たな道を踏み出すことにしました。逃亡人生の中、初めてじゃないでしょうか、腹を括《くく》って突っ込んでいったのは。ただ四十《しじゅう》を目の前に、初めてのお使いみたいのも情けない話だし、学割が出たことにウキウキしてしまう有様で、もはやアラフォーバカに付ける薬ありません。

しかも行った先は、それこそIQの高い研究室で、何も知らない医者くずれの私に、試薬の調合から最先端の知見まで、すなわち理科の実験からノーベル賞級の話までが、TSUNAMIのごとく一気に押し寄せ……私としては一日十九時間を約二年、人生で最も働いた期間でしたが、半端な闘志と付け焼刃の知識では、まったくもって歯が立たず……。

さらに無理が祟《たた》ってまた入院。「迷わず行った先がこれか」というオチまでついて。最終学歴、大学院中退。中退って言うと、「教授でも殴ったか」とか聞かれますけど、そうじゃありません。高校時代、そんなファンキーな道に憧れた時期もありましたが、むろん今回はそうじゃありません。院生になったのも、思い出作りとか、そんなふざけた理由じゃありません。正真正銘、真っ向勝負で、死ぬほど苦しかったのです。

イグノーベル賞？

そんなわけで、ノーベル賞どころかミス北関東にもなれませんでしたが、緊張がとけた反動でしょうか、例の一気に崩れる悪い癖？「だったら、イグノーベル賞はどうだろう」なんて、あの頃はほとんどヤケクソでしたかね。

イグノーベル賞とは、さまざまな分野で、とりわけ風変わりな、ともすればマトモじゃない研究に贈られる賞で。かつては日本も「カラオケ」や「バウリンガル」の平和賞がありましたけれど、ただあれなんか全然いいほうで、医学賞は、ホント、しょ〜もないですよ。「遠心力を利用した出産促進マシン」とか、「ダッチワイフを介した淋病の伝染について」など……（その多くが下《しも》の内容）。

しかしそうとわかれば、こちらも黙っていられない、長年私が温《あたた》めてきたテーマに、「卑猥なことを考えるとくしゃみが出るメカニズムについての考察」という、若干インパクトに欠けますが、先達の理念を踏襲した下に関するライフワークがあり。

けどこれ、私だけでしょうか、スケベなことを考えると出るんですよ、くしゃみが（笑）。これが万人共通であれば、十分研究に値するかもしれません。将来は「くしゃみが出そうで出ない時、卑猥なことを考えると、くしゃみが出せてスッキリする」といった応用が考えられ、悩んでいる人には大きな福音となります。皆さんも騙されたと思ってやってみてください、くしゃみが出ない時、ひじょ〜にスケベなことを考えてみる！

あるいは、「コトに及んでそれが出てしまい、せっかくのムードが台なし」との理由でお悩みのアナタ。ご心配には及びません。将来この分野の研究が進み、新薬が開発されたとなれば……商品名は、そう「ノンヘクション」とでもしましょうか、バイアグラとノンヘクションを併用するなんて時代が、すぐにでも来るかもしれないのです。パテントも夢ではないのです。何十億という金が動くかもしれないのです。

問題は大規模スタディーですが、これは大がかりですよ。くしゃみが出そうで出ない人を二千人集め、千人はオーロラビジョンでＡＶを、あとの千人（正常対象者）は寺にこもって瞑想を？　って、バーカ。

夢の実現

学問でもなんでも、物事に行き詰まると、決まって過去を振り返り、一人たそがれ涙にくれるという、おそらく凡人共通のセンティメントが私にもあり……。

思えば小学校の夏休みなどは、午前のうちに勉強し、午後は表で遊び回るとか、休みを通じてだと、前半に宿題を仕上げ、後半に余裕を持たせるなど、なんのことはない、「初めのうちは我慢して、あとになったら楽したい（寝て暮らす）」と思う気持ちがあったのを、屁理屈をこねて説明したかっただけなのですが。だから「後半生を研究に」などと考えたのは、そもそも無理があったんでしょうね。

そんな年の暮れ、またも体調を壊し入院していたのですが、何せ患者はヒマですから、年賀状でも考えようと横になったところ……「そういえば、楽をしたいと思っていたけど、ホントにゴロゴロしてるじゃん」という驚愕の事実？　理想とはかけ離れた形だけれど、たしかに寝ながら暮らしている、夢を実現してるんですねぇ、まったく困ったもんで。

でまた、人間一度ひねくれると、誰彼かまわず絡《から》みたくなるというか、「皆が年始で多忙のところ、拙者は寝て暮らしておる、どうだ、羨ましいだろ」みたいな、とても年賀状とは思えぬ内容で攻めてみたんですけど、さすがに年頭のご挨拶にはまずかったですかね。

時代おくれ（二〇〇三〜二〇一〇年）　その一

すべて言い訳にしかなりませんが、あらためて振り返ると、今さらながら「研究には不向きかも」と思い当たるフシがありました。

一番の問題は、神経質なのに几帳面ではないという、これはもう最悪でして。というのも、研究者は日々の仕事を実験ノートに記録するのが常で、その蓄積が研究の生命線と言っても過言ではないのですが、どうも私はそういう作業が性《しょう》に合わないらしく。加えて私は昔から、取説《とりせつ》（取扱説明書）の類《たぐい》を読むのが苦手で、一種のアレルギーというか、整然と書かれたものを順序立てて読むのがダメみたいで。ですからケータイの分厚いのなんかは推して知るべし、別に最初から読む必要もないのでしょうけど、逆にどこから読めばいいのか取っかかりがつかめず……。

冒頭の「安全上のご注意」なんて、ケータイってそんなにヤバいブツなんですか？　まさか耳元で爆発したりしませんよね。それやこれやで、あれら取説には、どこか研究者の過度な目線が感じられ、ゆえにそれが読めない私は、やはり研究者たりえないのかなと。

もとより不器用な男ですから、要は「シリコンバレー」より「おっぱいバレー」ということですが（技術の粋《すい》より人のぬくもり）、今や警戒すべきは、おっぱいがシリコンの時代ですからね（なんの話でしょう）。

さらに私は、「仮に今、技術の進歩が止まったとして、何か困ることでもあるか？」と考えるような癖《くせ》があり……。時代が加速し、対応が困難になった己《おの》が現実と、それに対する負け惜しみもあったでしょうが、しかし世を見渡せば、日用家電にライフライン、陸海空の交通手段と、大半のものは揃《そろ》っているし、街には娯楽が溢《あふ》れています。ですから「ほかにほしいものは？」と問われても、「強いて言えば、嫁さんぐらい」としか思えない、この向上心のなさが研究には向かないんでしょうね。

待ち合わせの内容を伝言板に記《しる》した頃がなつかしく、少しぐらい不便なほうが人間幸せに思えてならない、私も昭和の枯れすき？……なんて、もはやそんなノスタルジーには浸っていられないというか、人が機械に操《あやつ》られ、それが嫌なら干《ほ》されるだけの時代ですからね。でもねぇ、母子《おやこ》が電車に座ってて、母はケータイ、子供はゲーム、お互い無言で会話なしというのは、どう考えても異常ですよ。脳味噌が溶けていく一方じゃないですか。

時代おくれ（二〇〇三～二〇一〇年）　その二

欲望渦巻く電脳都市、メトロポリタン東京の近郊に居《きょ》を構えながら、とことんアナログでアナクロな私は、世にも稀なるパソコン・ケータイ音痴でして。身近な者に教えを請《こ》うても、医者《インテリ》は説明がうまくないし、量販店の若手ともなると、これぐらい常識との前提で捲《ま》くし立ててくるから、こっちは恥のかき通しで。かかる場面でも、このやんごとなき風貌はマイナスというか、店側も「こいつ、見かけより思いっきりバカだぞ」みたいな。

ケータイの買い換えの時も、私「カメラ付きって、別にカメラとかいらないんですけど」、docomo の女店員さん「今はどの機種にも付いてるんですよぉ～」だって。「じゃあ、しょうがない」ってんでテキトーに買って、せっかくだから写真を撮ってみたのですが……。

ところがこれがシャッターを押しても、全然何も写らなくてですね。で、「おっかしいなぁ～」とあれこれ格闘していると、実はケータイを持つ手の人差し指が、レンズの穴を塞いでいたという……。指を伸ばすと、ちょうどいいところに窪《くぼ》みがあったので、思わず指を当ててしまったのですが、これ二〇一〇年一月の話です。

ですから非常にありえないというか、まさかの告白なんですけど、私はハイテクのメッカである秋葉原というところには、行ったことがなくてですね。何かこう、イヤでしてね、「パソコンができずんば人にあらず」みたいな街全体の雰囲気が（へーケかよ）。

基本的にはOfficeが使え、写真（図）や動画をこねくり回し、あとはネットでお買い物なんていう、「今ぐらいでも、さほど不自由はない」と開き直るのが精一杯で。

ゆえに、それらハイテクへのジェラシーは尋常でなく、先方がＩＴ関連の人だったりすると、「ムフッ、いかがわしいテクニシャンってやつですね」などと卑屈なギャグをかましているのですが、軽蔑の眼差しで見られることが多いです。

それと余談ですが、行ったことがないと言えば、実は私、東京ディズニーランドにも行ったことがなくてですね。あとは吉野家さんとStarbucksさんも未体験なのですが、特に吉野家さんは言わないといけないんでしょ？「並っ」とかね。アレが苦手なんです。「汁《つゆ》だくっ」とか、声が上ずっちゃってダメなんです（「汗だくっ」とか？ 言わね〜よ）。

とにかくアキバとスタバと、それとお台場というところにも行ったことがないのですが、周囲に言わせると、それは非常に稀な人生なのだそうで、ややもすると小バカにされている空気すら感じるのですが、いいじゃないですか別に、絶滅危惧種みたいで。「アタシさぁ、アキバージンなのよね」とか、「あら、アタシはスタバージンよ」とか、「何言ってんのよ、アタシなんか、お台場ージンなんだから」なんて、この話、ヤメましょうかね。

文明糖尿病への警鐘（二〇〇三〜二〇一〇年）

ありきたりかもしれませんが、現在《いま》の日本を、①テレビより前の世代、②テレビ全盛の世代、③生まれながらのパソコン世代に分けた場合、私は「テレビはありのパソコンなし」という真ん中の世代に当たるのですが。ハイテクは苦手だけれど、年長者から苦労話を聞き、団塊でもなければ高度成長も当たらない、ただ少し受験戦争に引っかかっただけの、なんとなく情緒的で不器用でウブい？……。

我々はパソコンがなかった分、まだ下の世代より「動物的勘とかが残っているんじゃないか」と思うのと、逆にテレビが出てきた際、一億総〇〇とまで憂《うれ》いたほどのお堅い世代でもないから、なんとなく融通のきくところもあって……。

現にポータブル機器で四万曲（収録）とか言われても、そんな聴きたい曲が四万曲もありますかね。一曲平均五分としても、全部で二十万分？ ＝三三三三時間で、毎日三時間聴いたとしても、一一〇〇日ということは、およそ三年？ 一曲を一回しか聴かなくても、三年かかるんですよ。

好みの曲は何度も聴くだろうから、より長い期間使うことになるのですが、しかし三〜

四年の間にはおそらく新機種が登場し、新しもの好きは絶対そっちに買い替えるんですけど、でもそうなると、全曲聴く前に手持ちの機器はお払い箱ということになり……。むろん写真や動画が入るにしても、音楽のプロでもなければ、そいつはよほどのヒマ人ですよね（まぁ、持ってますけどね、○Pod classic）。

ケータイにしても、病院以外かける相手がいないし、メールもそんなにやらなければ、附属のツールよくわかりません。あくまで私の経験則、もしくはプロファイリングによると、街中でケータイを凝視する女性に、いわゆるいい女はいません。有名人にそれを掲げる群衆はまるで品がないし、ナチのハイル・ヒットラーさえ彷彿とさせます。さらに旅行にしても、宇宙ですか？　海外はおろか、喫茶店にも行かないのに、宇宙に行くわけありません。

が、そうはいうものの、私もハイテク音痴をよしとしているわけではありません。「やっぱ俺はレコード派でさ、音楽配信なんてあんなモン、邪道にしか思えないわけよ。わかる？　ヨロシク、ロッケンロール」などとノンキなことを言ってる場合ではないのです。もっと時代の変化に呼応しないと、いずれは社会に見放され、果ては生活無能力者に？……。システムが複雑化し、自分の預金《カネ》も下ろせないなんて、妙に現実味のあるストーリーなのです。

虚脱？

基礎の仕事で結果が出せず、針のむしろの思いでしたが、背に腹は代えられません。二〇〇三年、籍を置く大学で、臨床の仕事に戻ることにしました。

が、たかが二年と思っていたのが、その代償はあまりに大きく……。つまりこの業界も怒涛の日進月歩、気付いたら置いてきぼりというも珍しくないのですが、当時はまさにそんな状態でした。臨床にも新たな知見が加わり、ならばまた改めて勉強すればいいのでしょうけど、どういうわけかあの時は、暖簾《のれん》に腕押し、ぬかに釘、笛吹けど踊らず、陰日向《かげひなた》なく働かず？……そう言えば、知らぬ間に四十代に突入していましたしね。

幸い手術には至らなかったものの、就職してからの入院が十回。そのつど、周囲に迷惑をかけてきた経緯もありますから、「少しは仕事をセーブしよう」という甘ったるい考えが、起きなかったと言えば嘘になりますか。

また大学は、臨床、研究、教育の三つが基本で、それだけでも大変なのに、やれ電子カルテだの、医療制度改革だの、わけがわかんなくなっちゃいましてね。今さらでもありませんが、日がなボンヤリすることが多くなり……。

ただでさえ病気のところに精神的な負荷も加わり、それでも二十代、三十代はなんとかカバーできたんでしょうけど、最近は自分の身体がどうなのか、自分でもよくわからなくてですね。朝の目覚めがいいとか、出勤時の足取りが軽いとか、そんなゴキゲンな日は、月に一度あるかないかぐらいなのです。

冬なんか特に大嫌いで、毎年決まってインフルだのなんだのって。ですからクマさんやらヘビさんらの「冬眠」というシステム？　あれはホント羨《うらや》ましくてですね。年末・年始にちょっとだけ顔を出し、クリスマスやバレンタインetc.は一切なかったことにする……現に私など、新年早々、カレンダーの木曜ににんべんを書き加え、気分だけでも（休）にするのを毎年恒例にしているぐらいで。

ⓐ医者と素人のキメラ、ⓑ健康体と病人のキメラ、さらにⓐとⓑのキメラともいうべき私みたいのは、何かと面倒でして。なまじ知識があるだけに、私（医者）は私（患者）をどうすればいいか、とりわけ自分の扱いには苦労させられるのです。

もしそんな疲労中年が来院すれば、医者の私は「無理しないほうがいいですよ」なんて諭《さと》すんでしょうけど、患者（私）にしてみれば、「どうすれば無理をしないで済むんでしょう？」と突っ込みたくもなるわけで。「明けない夜はない」と言われれば、「暮れない昼もないでしょ」なんて、とにかくやりづらいったらありゃしません。

励ましなのか気休めなのか、無病息災をもじった「一病息災」なる言葉があり、話をまとめるにはもってこいなので、私も患者さん方に連発しているのですが、ところがそれを話しているということは、自らそれを聞いてることにもなるわけで、徐々に内なる患者が目覚めるのか、言ってる自分にだんだん腹が立ってきたりしましてね。

帰りは遅いし、帰らなれば経管もやれずじまいだし、だからせいぜい「無理をするのはやめよう」とか思うのですが、すると即「お前は病気を盾《たて》に取る卑怯者ではないか」と別の自分が登場し、かたやまた「仕事に穴を開けたら？」なんていう悪魔の囁きも聞こえてきたりして、難しいんですよ、自分にdoctor stopをかけるのは。

健康体の皆さんは、こういうウジウジした手合いを見ると、いい加減ウンザリするんでしょうけれど、まぁ、倒れてみればわかりますよ。私みたいな腺病質はチマチマしながらもなんとなく生きていくんですけど、「風邪一つひいたことがない」なんていう人に限って、案外大きな問題を抱えていて、「気付いた時には」みたいな不幸もありますから、皆さんも定期的に健康診断を受けてくださいな。

雨ニモ負ケル

雨ニモ負ケズ　風ニモマケズ　雪ニモ夏ノ暑サニモマケヌ

丈夫ナカラダハナク
欲ヲカキ　シカシミノラズ　イツモメソメソナイテイル
一日コンビニオニギリト　病院食堂ノキツネウドンヲタベ
アラユルコトヲジブンヲカンジョウニイレ
ヨクミキキセズワカラズ　ソシテワスレル
風俗街ノネオンノソバノ高層マンションノ上ニイテ
ヨルニ病気ノコドモアレバ　アシタ小児科ニイキナサイトイヒ
ヨソニツカレタ看護婦アレバ　行ッテソノケータイノ番号ヲキキ
病棟ニ死ニサウナ人アレバ　コハガラナクテモイイトイヒ（自分ニ）
外来ニウルサイジーサンイレバ　ツマラナイカラヤメロトイヒ
ヒトリノトキハナミダヲナガシ　血ノナイナツハヨロヨロアルキ
ミンナニAVマニアトヨバレ　ホメラレモセズクニモサレズ
ソウイウモノヲ　コトシハヤメタイ

危険回避

臨床に戻った時は、とにかく危うい状態でした。打たれ弱い中年が勝手に煮詰まっただけかもしれませんが、それにしても出口の見えない重苦しい気分で。いわゆる「うつ」という病気がありますが、知人の精神科医に相談したいと思ったこともありました。が、そういう時に限ってまた、妙にがんばる自分がいて、「逃げようとしてません？」とか、「自分にあてはめようとしてたりして」とか、「要は言い訳にしたいだけなんでしょ」などと疑ってしまうともうダメで。落ち込む自分にもう少し素直になればいいものを、そうした揚げ句の自己嫌悪というのがまた、精神衛生上ヨロシクないのです。

行動を回避する者が、いざ必要に迫られた時、それができなくなっていた。したくてもできない身体になっていた。事実、身体が持たなかった。今度はそれを言い訳にし始めた。自らも病気に寄り添っていった。今では病気と一体化しつつある。背後にはナルシスの影も見え隠れする……。

医師とはいえ、悩める人間。これが内臓系ならまだしも、心の問題となりますとね。ただ、この時期逆に、「うつ」とか「不安」といった精神症状に興味が湧き、自分なりに調べたことがありました。皆さんもご存知かもしれないドパミン、セロトニン、ノルアドレナリンetc. の「神経伝達物質」を入口とし……。

ある文献を読んでいると、novelty seeking と harm avoidance というワードが出てきました。novelty seeking とは「新しいことへの探究心」、極端な例では絶叫マシンなどをガンガンやろうとするタイプで、一方の harm avoidance とは「危険からの回避」という、良く言えば慎重、悪く言えば少し悲観的なタイプのことなのですが、ところがそれら性格は、「すでに遺伝子レベルで決まっているかも」という、実に残念なレポートなんですね。私なんかは言われるまでもない、究極の harm avoidance にして king of pessimist……。

まぁ、それがすべてでないにしても、「性格は生まれながらに」なんて言われると、さすがにそこは崩れますよね。今までの生き方が全否定されたみたいで。

ただし問題はここからなのですが、以上の話を聞き、①瞬時にそれに流されるタイプと、②そうであっても克服しようと努めるタイプと、③「それって何?」みたいな無知であったり無邪気であったりと……。ところがご案内のとおり、私は完全に①のタイプで。私のような卑怯者は、この種《て》の話にすがろうとする、言い訳の材料にしようとするのです、「決まっているなら、しかたあるまい」と。

なまじ調べたりするからいけないんですよね。世の中、知らないほうが幸せってこともあるじゃないですか、妻の浮気とか、惑星の大接近とか。

よく二時間ドラマの決めゼリフに、「真実が知りたいだけなんだ」というのがありますけれど、あれはホントのことがわからないと話が済《す》まないからであり、「素人探偵が大きなお世話だ」とか思いつつも毎回楽しく拝見しているわけですが、ただ知らなくていい真実も、この世にはたくさんあるのではないでしょうか。

しかし「このままではいけない、単なるチキンで終わりたくない」と自らを鼓舞し、なんとかその novelty seeking をモノにすべく、なかばショック療法の意味も込め……って、ここからの発想が短絡的でバカなんですけど、厄年すぎて一念発起、生まれて初めて絶叫マシンに乗ってみた（よみうりランド）、まではよかったのですが、それはもう、こぇ～のなんのって、終わったあとも放心状態。おまけに少しちびってしまいました。

ノスタルジー？

とにかくここから抜け出たいと、あれこれジタバタしました。よく青春ドラマの主人公が地元の中学に舞い戻り、本来なら不審人物として扱われるべきところ、まるで無警戒な教職員に温かく迎えられ、そこで失った自分を取り戻し、最後は夕陽に向かい猛然とダッシュ！　なんていうお約束のシーンが……最近はあるのかどうか知りませんが、私もそうまでコケにしながら、結局は二十数年ぶり、高校《ぼこう》の文化祭を訪ねてみることにしました。伝統校と言えば聞こえはいいですが、廊下には塵《ちり》や埃《ほこり》が堆積し、場所によっては暗いわ湿っぽいわで、心霊スポットとしても十分通用するぐらい。それでも当時をたしかめるべく、校舎から校庭にかけゆっくり歩いてみたのですが……ダメですね、全然胸に響かない。思えばそこには、部活とか彼女との経験もないのだから、端《はな》からモチベーションの要素はないのであって、そんなところに行ったって気分が盛り上がるわけがない。「どうして気付かなかったんだ?」って、行ってから気付くような始末で。

曇天の中、追い討ちをかけるようにもう一つ。書道部のコーナーを回った際、「人生はかけ算だ、君がゼロなら意味がない」という書が展覧されていて、当然これは読み手の発憤を期待してのメッセージなんでしょうけれど、私「俺はゼロだから意味がないんだぁぁぁ~」(心の叫び)って、さらに落ち込む結果になりましてね。母校に何しに行ったんでしょう? ただただ不幸の連鎖です。

半生?

基礎の仕事で、科学の精緻を見せられたせいでしょうか。よくある話のリバウンド?

一転、私も非科学的なアレコレに興味が向くようになり……。この逆向きのベクトルが過激だと危険な場合もあるようですが、私においては無邪気なもんで。己《おの》が半生を振り返ったが運の尽き、またもつまらぬことに気付いてしまったのです。

「この子は出世する」と言われながらもこうですから、私は易《えき》を信ずるほうではありませんが、それでもその中の、仕事、金銭、恋愛、健康というのは、よくできた分類ですよね（ヒトの興味の大半は、ここにあると言っていい）。ところがこれが易ではなく「半生」として見た場合、私のそれは真っ二つに割れることになる。すなわち、仕事運、金運はまずまずにしても、恋愛運、健康運はガタガタなんですね。

一応、希望する職には就けたし、この齢でシングルともなれば、そこそこ小金はありますよ。掃除機なんか dyson ですしね（掃除せんのに）。思えば子供の時分から、「お前は金で苦労しない」と言われてきて、たしかに母子家庭なのに二浪までさせてもらい、だけどバイトは三回きりでしょ。

世の中うまくできていて、最後はチャラと考えれば、おそらく私には、独居・寝たきりという悲しいシナリオが待ち構え、結果ますます萎《しな》びてしまうわけですが……。しかしこういう時って、中途半端なブルジョアはダメですね。あきらめが早いというか、もだえ苦しむことをしない。しょうがないとさえ思えてしまう。これで綺麗な嫁さんでももらったら、間違いなく早死にすると思う。

半生？

というわけで、雨降って地固まらず、一路私は退廃の荒野を彷徨う運命に……いやいや退廃《デカダン》とか気取ってますけど、なんのことはない、単に働くのがイヤになっただけで。人間、積み上げるには苦労しますけど、堕ちる時には速いものです。

検証

以上、健康運はともかく、恋愛運に縁がないとは何事か。運命のイタズラか、はたまた北の謀略かということで、己《おの》が半生、コトの発端から顚末に至るまで、縷々《るる》検証してみたいと思うのですが、これまで同様、お気楽な茶飲み話が展開するであろうことは、皆様も薄々気付いていておいでしょう。Bingo!です。

以下、目くるめく甦《よみがえ》る、ブルー、ブラック、ピンクetc.、これまで起こした数多《あまた》の愚行につき、若干の考察を加え、報告してみたいと思います。

考察　その一　前世？

不幸の元が前世の場合。前世は誰？　守護霊は何？　といった話題は、いつの世も人々の興味の的となるようです。結局は「未知の自分が何者か」とほぼ同義であり、サイエンスからすればナンセンスなんでしょうけれど、案外私も嫌いじゃないのです。

特に私の場合、長兄の命日が誕生予定日という奇跡の偶然もありましたから、一応はその生まれ変わりと考えるのがスジでしょうが、ただ「出生のズレを考えれば、前世はまるで別人かも」というナンセンスなうえにもナンセンスな発想が、一度浮かぶともうダメで。しかもそこから話は飛び、「歴史上の人物なら、私の前世は誰様か」と。

よく子供の頃、好きな偉人について聞かれることがあり、別に親戚筋じゃないからホントのところはわかりませんけど、結局はドラマや本の影響で、「信長公」に「龍馬さん」という定番の二人に落ち着いちゃってます。

ただ私など、確固たる信念もなければ、一度ストレスがかかると三週間は引きずるタイプですから、こういう場合は自分にない像に憧れるだけで、どう考えても私の前世がお二人のはずはありません。だいたい医者の前世が、「殺してしまえ」じゃマズイでしょうし、海援隊を「かいめんたい」と言い間違えたぐらいですから。

というわけで、もう少し対象を整理してみましょうか。前世を士農工商で分けた場合。まずは屋外《おくがい》がダメだから農民じゃなさそうだし、儲《もう》けに疎《うと》いから越後屋でもなかろうし。異人へのコンプレックスを考えれば、もしや尊皇攘夷派の浪人？　しかし、そんな気骨もないとすれば、げっ、単なる町人？　それとも職工さんのせがれの前世は、やはり職工さんでしかないんでしょうかね。

ところが、そうこうするうち一人気になる人物が。第十五代将軍、徳川慶喜公？　聞くところによると、「勝手に将軍職に祭られ、長州征討から大政奉還までは結果オーライにしても、鳥羽・伏見の戦いでは船で江戸まで帰っちゃう（家来置き去り）。三十代で隠居を強いられるけど、生活には何不自由なく……」って、すいません、知ってる逸話をつなげると、とんでもねぇ野郎になってしまいますが、けど私、これなんじゃないかなと……。上様ならではのバックレ・ヨロシクに、強い親近感を覚えます。

考察　その二　血？

深刻な話ではありません。合コンなどの席上、血液型の話題になると、必ずや「Aでしょ」なんて言われる、結構不満なOの私ですが……。なるほど古い家に育ったせいか、これでも所作にはうるさいほうで。だからってアレですよ、女の子相手に、「君の態度はなってない」とか説教をたれるほどバカじゃありませんけど、いずれにせよ普段の細かい言動がAにみられる所以《ゆえん》のようですが、断じて私はOなのです。

まぁ、血液型はなんだかんだでOでしょう。Oは体育祭や文化祭など、大きなイベントを盛り上げようとするタイプ？　若干照れながらも、高らかに人間賛歌を歌い上げる「いいヤツ」なタイプでしょう。

たとえばルパン三世だと、次元はBで、五右衛門はAですよね。不二子ちゃんはたぶんABで、やっぱりルパンはO（B）なんじゃないでしょうか。一芸では次元や五右衛門にはかなわないけれど、彼らを束《たば》ねる総合力は、なんだかんだでルパンでしょう。

磯野家においても、まぁ、Bはいないでしょうね。フネさんとマスオさんがAぐらいで、あとはみんなOでしょう。「いや、サザエはBなんじゃない？」なんて、じゃあ、サザエはいったい誰の子なんだよ。

怪獣にしても、ゴジラはBかABで、キングギドラはB、ラドンとかアンギラスとか目立たないのがAで、なんと言っても健気《けなげ》なモスラはOでしょう。ガメラもO、ギャオスはB、バイラスはAと、まぁ、ここまで熱く語りながら、結局血液型なるものは、ほとんど信じていないんですけど……（この話は何？）

考察　その三　キャラクター？

天然ボケとか天然キャラで、なんとなく成立できちゃう人って羨《うらや》ましいですよね。私もペディキュアなどを知らなかったウブな頃、女性の趾爪《しそう》が紫なのを見て、「ゲェッ、つまずいたの？　何それ、全部血マメ？」みたいな、年に一度ぐらいはそういうこともあるのですが、ほか九割九分がいけませんで。陰では「新月面失敗」などと揶揄《やゆ》されるやに聞き及びますが（ひねったのにコケる）、いい加減グレてやろうかと思います。

ただ、これなんか少し天然だったでしょうか。私はさほど泳げもしないのに、何故か海水浴が大好きで。「UVカットし、ミディアム・レアにサンタンする」というのが表向きですが（普通、死にますが）、周囲に目を転ずれば、流線形のセクシー・ダイナマイトがワンサカという、それは楽しさいっぱい夢いっぱいの海水欲情というやつなのです。

受験を終えた大学一年の頃は、よく三浦や湘南へ遊びに行ったものですが、当時そこには特設ステージがあり、毎日誰かしらアイドル歌手が来て、浜にも活気がありました。そんな昔を懐かしみ、自称エノラー、約二十年ぶりに単身江ノ島に乗り込んでみたのですが（なんて寂しい）、やはりそこにもステージがあり、うれしかったですね。今でも夏になると毎年設置されているらしく、それで「なつかしいなぁ、何かのイベントかなぁ、ちょっと見てみたいなぁ」と近くに陣取ったところ……。そしたら始まっちゃいましてね、仮面ライダーショーが（怒）。

　でまた、司会のおねぇさんのテンションが異様に高い。「みなさ〜ん、こんにちわ〜っ……あれあれぇっ？　みんな元気がないぞぉ〜、もう一度最初っから〜っ、みなさ〜ん、こ〜ん・に〜ち・わ〜っ！」って、うるせぇな、この野郎！　こっちはのんびりしに来てるのに。

「それじゃぁ、みんなで、仮面ライダー・ブレードを呼ぼうね。せぇ〜の、ブレ〜ド〜ッ！」って、ご苦労なことに猛暑の中、ライダーと怪人がバトルを始めまして。これにはまいりましたね。もうすっかりブレード三昧で、そこそこ詳しくなってしまいました。

　そんな記憶の冷めかけた翌年も、再び江の島に乗り込んだのですが、いやぁ、やっちゃいましてね、また。寝ている横で仮面ライダー・響鬼《ひびき》ショーが……で、司会のおねぇさんも、前年と同じか知りませんが、思いっきりのテンションで、「ヒィ〜ビキ〜ッ！」って、もうゲッソリで（まったくの偶然とはいえ、私の進歩のなさがここに集約されている）。

　それにしても話は変わりますが、真夏の海で着ぐるみというのは、かなり危険だと思いますよ。実際、某タレントさんなどは、（着ぐるみの）中で吐いたってことがあったらしいですから。つまり営業の最中《さなか》、「ライダー、熱中症に倒れる」なんてこともありうるわけで。それでまた、「どなたかお医者様は〜」みたいなことにでもなれば……。

事態その一。ライダーが倒れた場合。地獄の軍団にすれば、ここぞとばかり息の根を止めるべきところ、心配そうにライダーを覗《のぞ》くのは、やはりおかしな構図であって。ちびっこ「あれぇ、どうして心配するのかなぁ。みんなは仲良しなのかなぁ」などと余計な疑念を抱《いだ》いてしまうのではないか？……そぉ〜なのだ、そのとぉ〜りなのだよ、ちびっこ諸君。ライダーと怪人は極めて仲がいいのだ。事実、営業が終わると街に繰《く》り出し、一緒にナンパすることだってあるんだ。怪人よりライダーのほうが「お持ち帰り」が多いんだ。だから、大人なんか信用しちゃいけないんだ。

事態その二。怪人が倒れた場合。これはこれで困るんですね。もともと倒される役回りだから、演技か病気かわかりにくいし、急遽私がステージに上がり、応急処置でもしようもんなら、ちびっこ「どうして助けるんだぁ〜っ」「そぉだ〜っ、おかしいぞ〜っ」などと悲鳴に近いブーイングを浴びせられ、しまいには「帰れコール」の大合唱。

司会のおねぇさんが、「みなさ〜ん、このお兄さんは立派なお医者様で、怪人さんを助けてくれるんですよぉ〜っ」などと説明しても、ちびっこ「なんで助けるんだぁ〜っ、どうせそいつは死ぬんだろ〜っ」なんて、お前ら、シャレにならねぇぞ。そのうち大人世代からは、「がんばれ、死神博士っ！」なんて激励の声が飛んだりして（たしかに医学博士だが）。

例によって頭の使いどころが違うというか、よくもこれだけ無駄なシーンを思い描けたものですが、しかしそうした不安がよぎり、結局は真夏の海を満喫できずに終わるのです。

私「ちびっこ諸君、実はお兄さんもライダーなのだよ」、ちびっこ「ウソだ～い」、私「いや、嘘ではない。お兄さんはバッタモンと呼ばれたことがある」、ちびっこ「？・？・？」

まぁ、いいか、そういう話は。ちなみにその年の水着は、バンドゥタイプが多かったような……その方面に死角はありません。

考察　その四　ビバ江の島

「朝焼けに　工場地帯の　シルエット」、これも日々の習慣でしょうか、たかが海水浴だというのに、やはり私は朝型の人間で。午前四時前に起床、すでに八時半には現地江ノ島に到着という、普段あれほど出不精の私が、何故か真夏の海には気合いが入り……。

客引きのお兄さんに誘われるまま、海の家の料金が千五百円、サマーベッドを借りるのに千円。まだ人気も少ない浜辺にくり出し、およそ一年ぶりとなる完全脱力。

しばらくは適度な日差しが心地よく、罪な奴だぜ南風？　右手に江の島を眺めながら、「あぁ、今年も来れたんだ」と感慨もひとしお。持ってくるＢＧＭは、決まってジェフ・

ベック会長。使い方が違うかもしれないけれど、江の島といえばジェフ・ベックです。

その後、ヤンキーの一団がナンパの算段を始めるのも、毎年なじみの光景で（ヤツらも早起き）……。九時の時報を合図に海辺の夏が始まり、いよいよ気分は高まるものの、スピーカーから流れるあまりに無残なJ－POPだけは、トコトン勘弁してほしい。

日差しも強まる十一時、「そろそろ行きますかぁ〜！」とタオルを取っ払うと、前列に菩薩《ぼさつ》の彫り物をした茶髪のお姐《ねえ》さんが座っており、いきなり「ゲッ」なんて驚かされ。

かと思えば、「アッツイ、アッツイ」言いながら、砂を蹴散らす裸足《はだし》の小娘三人組。瞬時に跳ね起き、笑顔の白い歯で、「こいつぅ〜っ、やったなぁ〜っ！」などと、そのあとを追いかけたりしようもんなら、いくら恋愛ドラマのマネゴトとはいえ、見ず知らずの女の子にそれは本物の変質者であろうし、それどころか、当然周囲は私にとっても灼熱の砂地獄なので、ここはしっかりビーサンを履き、波打ち際までトボトボと。

踵《かかと》が波にさらわれる、あの妙な感覚を味わいながら、その年初の湘南の海に浸《ひた》るのですが、浅瀬とはいえ、七月の海は思った以上に冷たく……。それでもなんとか屈《かが》み込み、ジワジワ首まで浸《つ》かってみるも、そこは中年男の化けの皮？　腹の底から絞るような声で、ひとしきり「ん〜〜っ」と唸ってしまい、要は銭湯のじ〜さんとなんら変わりはないのです。

が、初海《はつうみ》に浸《ひた》るのもつかの間、ビーチは至るところに危険が潜み、次の瞬間、背後からアックス・ボンバーのような荒波を受け、そのままうねりに呑まれ全身打撲という、まったくもって油断のならない……しかもすいません、準備体操を忘れていて。一応、水中にて屈伸運動を試みるも、浮力によりいささかの効果もありません。

さらに短時間、泳ぐマネごとをしたあと、これも毎年恒例、仰向けの大の字で水面《みなも》を漂うリラックス・タァ〜イム（私は木の字）。浮き出た顔面に真夏の直射日光は当然お肌によろしくないし、貧血の者が日焼けをすると不気味な顔色になるのは、例年熟知しているところですが、しかし何しろ心地いい時間・空間なので、毎年これだけはやめられません。が、いつの世も平和は永くは続かない、いい気になって浮かんでいると、突如鼻から水を飲み、手足をバシャバシャ大いに慌《あわ》て、危うし、渚のオオカミ中年……。

昼時、海の家に戻り、畳のゴザに寝そべれば、気分はアラン・ドロン先輩の「太陽がいっぱい」。焼きそばにビールで、一息「ゲフ〜ッ」なんてして、前歯に青のりがひっついてたりするんでしょうけど、それやこれやもひっくるめて、「まぁ、夏かな」と。

考察　その五　趣味、その一

些細なことで気分が乱高下する私は、趣味や嗜好を問われると、やれバイオリズムだのなんだのと屁理屈をこねながらも、若干自嘲ぎみに「衝動買い」と答えてきました。比較的気分のいい時、いくらなんでも何百とか何十とか、そんなバカ高い金額ではありませんが（つまりは数万）、衣類や書籍、ＣＤやＤＶＤを、しこたま買い込んでしまうのです。

そんな若気の至りの買い物患《わずら》い、これぞまさしくdoctor shoppingといった冗談からもひとしきり冷め、ようやく私も大人の階段を上り始めた矢先だというのに、まったくウチの医局には、「石の上にも三年」という言葉はないのでしょうか。例の人事でまたも他所《よそ》への転勤辞令……（厄年過ぎてもこの処遇）。

最近は、「移ったほうが新鮮だし、しがらみも断ち切れてちょうどいい」ぐらいに思えるようになりましたが、ただ新しい職場はどこも初めが仰々しく、慣れるまでが面倒でいけません。だいたい初日には全体朝礼があり、「え〜、過分なご紹介、ありがとうございます。本日付けで当院に赴任することになりました、○○内科のＤでございます」などと真顔で挨拶するのも、この齢になると、いい加減薄ら寒いものがあるというか。

私もベテランの域になり、新人を迎えることが多くなりましたが、それは看護婦さんたちの期待が手に取るようにわかるんですね。「どんな先生が来るのかしら」という、そわそわした盛り上がりで、皆非常にうれしそうなのですが、ところが実物を見たとたん、さすがに「ちっ」とは言わないまでも、「な〜んだ」みたいに一気に空気が冷めるのを、これまで幾度となく見てきましたから、それが自分に向けられるかと思うと……。

加えて、どの施設にもある院内広報誌？　あれはいったい、なんなんでしょうか、どこの物好きが作るんでしょうか。特に新年度は盛りだくさんというか、新人紹介のコーナーに自身のプロフィールを書かされるのですが、その中の趣味の欄にはいつも往生させられまして。

だいたいそんなもん、公表する意味がわからないし、過去に「井上陽水」と書いて友達ができたためしがないし。といってそこが空欄のままだと、協調性を欠く愛想のない人間とのレッテルを貼られかねない気もして。で、自分でも何を書いたか忘れたぐらいだったのが、後日配布されてきたそれを見ると、趣味「コンサート鑑賞」などと書かれてある……。

「医者の道楽か」との誹《そし》りを受けそうですが、元は真面目な発想だったのです。学会における異常なまでの緊張ぶりは前にも触れたとおりですが、思えば内容は「梅」だったし、本番は見るも無残な結果であったと。それらはすべて私の心の痛手となり、普段の自分を取り戻すには、かなりの時間を要しました。

事実、幼い頃から何事につけ本番に弱いのですが、永きにわたるその癖《へき》は、私にとって耐え難い屈辱であり、許されざる罪でもありました。本来最も重視すべき発表内容などは、二の次、三の次、何しろ「本番を滞《とどこお》りなく」との意識ばかりが先行し……。

結局、私の最大の敵は、昔も今も自意識過剰なる獅子身中の虫？　内なる精神病理であって。「無様な自分をさらしたくない」とする異様なまでの取り繕い、もしくはその背後にあるナルシスのほうだったのです。

その後、少しは経験を積み、徐々に人前にも慣れてきたのですが、四十を超えた現在《いま》でも原稿がないとしゃべれないし、アドリブの一つもかますことができないのです。

そこで苦肉の策として、自然に振る舞うにはどうすればいいか、壇上のプロはどうしているのか、ステージを見れば参考になるのではないか、じゃあ、コンサートでも行ってみようかと思ったのが当初のきっかけだったのですが……（長いですかね、前フリが）。

当日はパフォーマンスをものにすべく、アーティストの歌はもちろん、その一挙一動に注目し、あたかも講義を受けるかの姿勢で臨んだのですが……ただ私という人間は、どうしても肝心なところではずすんですね。そのライブの主役は井上陽水という人で、もちろん歌は最高でしたけれど、MCその他は力いっぱいどんよりで。終始淀《よど》みっぱなしというのがあの人の芸風なのですが、むろん私の学会にはなんの役にも立つことなく。

考察　その六　趣味、その二

ライブを見始めた当初は、立って手拍子をするヤツはバカだとさえ思っていましたが、そんな私も初心を忘れ、現在《いま》ではスタンディングはもちろん、ハンドクラップやドルフィンダンス等、アホ丸出しの狂乱状態。どういう心境の変化かといえば、初めは「周りが立つと、ステージが見えない」という単純な理由でしたが、その後いささか考えるところがあり……。

一応これでも普段は医者ですから、日々の身体運動はそれほど多くありません。ましてやナースにドルフィンしてたら、それこそ本物の変態でしょう。ですから、せめてライブの時ぐらいは身体を動かそうという、要は運動不足解消？　やはり素直な理由じゃなかったのですが、それでも最近コンサート会場において、新たな楽しみを見つけました。

過去のライブで一番乗れたのは、BON JOVIの皆さんでしたかね。メロディーはポップだし、パフォーマンスはギンギンだし、もうのっけから飛ばしっぱなしで、座ってるヒマがありません。

唯一気になるのは、そのグループ名ですが、私「たしか焼き鳥の種類に」、友人「それ、ボンジリでしょ」とか、あるいは「ボン」ときて「ジョビ」ですから、「衝撃でオシッコ漏らした」みたいな？（腹圧性尿失禁）……。しかもJON BON JOVI先輩に至っては、紛らわしいことこのうえなく、「ボン・ジョンジョビ」って言ってる日本人、絶対いると思いますよ（現に私自身、それで会話を続けていることがある）。

まぁ、そんなBON JOVIの皆さんもキャリア二十年以上だから、会場には何気にオバサンとかが多いんですね（何気にどころか、確実に）。が、対する私は、「長年ボンを愛してやまない」とか特にそういうわけでもなく、つまり完コピではないので、とにかくノリがヘタクソなんですね。大半は腰のひねりや両手の突き上げどころが微妙にズレてしまい、いかんせんぎこちないのです。

で、そこで登場するのがオバサンなのですが、二〇〇六年東京ドーム、私の前が小太りの女性で、おそらく「ボンとともに」なんていう青春だったのでしょう。そのヒトがとにかくノリノリで、ライブの興奮が頂点に達すると、やおらバッグの中からライトを取り出し、頭上でグリングリン振り回すという、恐るべき暴挙に出たのです。

そのライトに「SMAP」と書いてあったのは、私の目の錯覚だったかもしれませんが、こっちは呆気にとられるやら、ライトをよけるのに右往左往するやらで、そうなるともぉ～ダメ。BON JOVIなんか？より、興味の対象がオバサンへと移行してしまったのです。

もちろん彼女は全曲制覇、自前の振り付けもバッチリで、まるで何かに取り憑かれたかのごとき様相。さすがの私も畏敬の念すら覚え、「負けた」と思いましたけれど。ただ見てると、それが妙に笑えるんですね、何かの珍獣みたいで。

それでおもしろかったので、後ろでず〜っとマネをしてたのですが、連れて来てやった甥っ子（当時大学生）に大人気ないと嗜《たしな》められ……。しかし、その甲斐あって、「見知らぬ他人をコケにする」という新たなジャンルを見出すことができました。と同時に、せっかくのライブに集中できないことに、今さらながら気付かされましたけれど。

まぁ、いずれにせよ、マラカスオバサンに幸多かれ……じゃない、この場合は、Have a nice day !とすべきでしょうね。

考察　その七　フェロモン、その一

「女性から見た私ってどうなの？」という、この種の疑問や、「僕って何歳《いくつ》に見える？」といった質問が、そもそもキモいとされることは知っています。

先輩の女医さんに、「私にはフェロモンセンサーがある」と言い張ってる人がいて。つまり「フェロモン男とそうでないのを見分ける能力がある」ってことらしいのですが、その女性《ヒト》から、「アンタは逆さに振っても出ないわよ」と勝手に断罪されていて……。たしかに私は、色香もなければ艶《つや》もない（乾燥肌ですしね）。イカすだの小粋《こいき》だの、mysteriousだのgroovyだのと、さして期待するところでもなかったから、それはいいんですけれど。

仮に私に長所があるすれば、基本他人《ひと》の悪口を言わない、というかその度胸がない。他人《ひと》を押しのけ前に出ようとも思わない、というかその能力もない。決して他人《たにん》を蔑視したことはない（つもりだ）。

アレコレ捲《まく》ってますけど、どこか周囲を窺《うかが》って、これがまたマズインですよね。ある種の毒を醸《かも》すようでないと、一流のフェロモニストとは言えません（育ちがよすぎ？）。「抱かれたい医師」なんてものがあるとすれば、さすがにワーストってこともないでしょうけど、ブービーぐらいの自信はあります。

何しろ形にならないというか、父の血統で酒は飲めなくもないのですが、軽い酩酊《めいてい》とともに、陽気でいい人になっちゃうみたいで。途中沈黙し、物憂げに見える時間帯もあるようですが、本人は吐きそうなのを我慢しているだけなのです。

普段タバコは吸いませんが、飲み会などで吹かしていると、「えっ？　先生って、タバコ吸うんですか？」なんてナースに聞かれ（年に十本程度だが）、内心「しめしめ」とか思っても、「ふぅ〜ん」とか言われ、それで終わり。話が全然広がらない。

相手が偶然、同じ中学だったりすると、「えっ、なんだ、そうなの？　後輩じゃない。

後輩といえばヨメも同然」などと、どさくさ紛れに言ってはみるのですが、沈黙されるわ流されるわで、にっちもさっちもいきません。

したがって、そんな状態ですから、「ならばフェロモンのある男って、たとえば誰？」みたいなことが久しく気になっていて。正解かはともかく、私の好きな俳優さんは、松田優作、役所広司、佐藤浩一さんなどで、「昔はワルだったのに、徐々に男の渋みが加わった」とでもいうか、私も浩一さんに憧れて、この世界に入ったんですけど。

で、そうなるとまた悪い癖、「歴史上の人物なら、いったい誰がフェロ者《もん》か」と。修羅場、死の影、血の匂い、寡黙、冷徹、非情、ダーティー等、私のフェロモン定義によると、柳生十兵衛、土方歳三あたりを推《お》したいトコなんですけど。だって山上憶良がセクシーだったって話が仮にあったとしても、誰も信じたくないでしょ？

そもそも私の場合、血がダメだから内科にしたんだし、病弱だけど死にそうにない、修羅場はこないか避けてるか、しかも札付きの善人ときているから、フェロモンの要素は何一つないんですね。しかも今回さらなる欠点、そう、文章にフェロモンがないのです。

考察　その八　フェロモン、その二

祝！　緊急告知。こんな私にも、「お願いだから結婚して！」と言い寄る女性が現れ。ほかでもない、うちのお母様なんですけど（どうやら目の黒いうちにという）。

しかしホント、周りでホイホイ結婚するヤツらを見ていると、ヤキ入れてやりたくなりますよね。付かず離れずと見せかけ、組《く》んづ解《ほぐ》れつに持ち込んでいる？

子供を作り、家庭を築くという、おそらく人として真っ当な生き方なんでしょうけど、しかし私にすれば、よくそんな芸当できるよなと。どうも私は昔から「一度に二つ」というのがダメみたいで、ですから仕事と家庭の両立なんて、そんなアナタ、疲れて帰ってまで、子供を風呂に入れ、奥さんを喜ばせ、「なおかつ自分も安らいでやる！」なんて、そんなことできると思います？

しかも仲が良ければ救いもあるけど、何故か友人の細君《さいくん》には強面《こわもて》が多くてですね。会うたびに痩《や》せていく彼らの姿を見るにつけ、突然ですが一句、「愚か者　何をそんなに　生き急ぐ　行き遅れるより　マシかもしれぬが」と。

根が不精なせいか、「俺はあの女、絶対モノにしてやる」とか、私にはそういう気迫が足りません。「省略すること火の如く、動かざること山の如し」って、室内の整頓に限らず、女性の場合でも、縦のものを横にするのって意外に面倒でしてね。「押しが足んねぇんだよ」とか言われますけど、昨今のご時世、押しの一手とストーカーの違いがわかりませんし。

かと思えば、何かと若手を推《お》してくる熟年ナースもいるのですが、なんでも連れてくればいいってもんじゃありません。そりゃあ、私にだって、好みの女性は何十人となくいましたよ（そんなに？）。中には、大トロ、大吟醸もいて、ずいぶん先走ったこともあったのですが、でもね、そういう女には決まって男がいるんですよ。「下手な鉄砲も数打ちゃ当たる」なんて、あれ、大ウソですよ。実際、当たったためしがありませんし。

ただ、そんな私も四十《しじゅう》を過ぎたあたりから、たしかに若手には見向きもされないのですが、逆に訳あり中年マダムとかシングルマザーの方から、やたらと声がかかるようになり。あるいは少し年上の、薹《とう》が立ったり糖が出たりの方面からも、非常にワイワイされるようなな。

まぁ、経験豊富な女性からすれば、私みたいのはペット感覚で保護欲をそそるとか、火遊びしてもヤケドしそうにないとか、おまけに金は持ってそうだとか、まさに飼い慣らすにはもってこいの、優良ホスト的イメージなのかもしれません。

が、そうは言っても、私もそんな軽い男じゃありません。少しは場数も踏みましたから、安全圏かどうかぐらいは、さすがに見分けがつくっていうか、「物理的には可能でも、社会通念上、難しいでしょ?」みたいなところは十分わきまえていて、だからってなんでも若けりゃいいってもんでもないけれど、「そうやって選《え》り好《ごの》みしてるうち、毎度、手遅れになっちゃうんだよなぁ〜」とかって、まぁ、勝手に言ってろって感じですかね。

考察　その九　マザコン?

私が最も影響を受けた人物。彼女がなければ私もいない、そう、うちのお母様です。

フェロモンとは真逆《まぎゃく》のイメージでしょうが、例のマザコンなる概念、いまだ正確な定義がつかめておりません。少なくとも私自身、典型ではないと思いますが、しばしば会話に母を持ち出すという点では、そのように見られているかもしれません。もっとも私にすれば、仕事を円滑に進めるべく、お母様をダシに使っているだけなのですが。

年配の方が受診すると、私「ほぉ、昭和一桁ですか。うちの母、大正なんですけど、最近めっきりボケちゃいましてねぇ」、患者さん「まぁ、先生のお母様でもボケるんですか?」、私「ええ、かなりなもんです」なんて、しょっちゅう会話のきっかけにしていて。

うちも父が亡くなり、兄は下宿をしていましたから、実質的には母一人子一人みたいなものでしかしこの「母と子の一対一」というのも、子供にとってはどうなんですかね。昨今は離婚家庭も増え（二〇〇四年）、これまで以上に父親不在の親子関係が増加する中、それがこの国の将来にいかなる影響を及ぼすかなど、そこまで深い問題意識を持ったことは、ただの一度もないのですが。

前にも紹介した、「結婚して」との母の願いはたいそうイイカゲンなもので、「あなたは理想が高いのよ。顔とかそういうのは、あればいいじゃない」など、もうその場で憤死しかねないあまりの発言に、「ア〜タの年齢にもなれば、そ〜でしょうよ」とか反論するエネルギーももったいないので、せいぜい小声で悪態をつき、背後から呪詛《じゅそ》の言葉を念ずるに止《とど》めておりますが（エロイムエッサイム）。

実家に帰るたび、「あなたもいい女性《ひと》いないの？」なんて、浅見光彦みたいに問いただされるのも邪魔臭く、「しぼんじゃって、押入れの中にいるよ」とかテキトーに答えているのに、「そう、いるならいいんだけど」と若干耳も衰えた母の言葉を聞くにつけ、少しは悪いという気にもなります。けど、そうは言っても、屋台のおでんとかじゃないんだから、「適当に見繕《みつくろ》って」ってわけにもいかないでしょ？　だいこん娘とか、ちくわぶ女とか。

Honky tonk woman, Strange kind of woman, Hard luck woman に普通の Woman と、それらいずれも体感することなく期限切れになった私めが、なお好みの女性を語るのもいかがなものかと思いますが、この際だから言いますとね、「慈母のごとく、時には娼婦のごとく」の、しどけない、アンニュイな女性ももちろん好きですが（痔母はイカン）、ないものねだりはよくないし、いわゆるこれはpart time loverというか、たまにお付き合いしたい女性ということになりますかね。

それに対し、いきなりですけど、以前アンパンマンに「おしんこちゃん」って娘《こ》が出てきまして。いいですよぉ～、おしんこちゃんは。ただただ一生懸命おしんこを作り、みんなを喜ばせてあげたいという……。あのバイキンマンでさえ、彼女の心根にほだされ、破壊活動を中止したぐらいの根っからのいい娘なんですけど、ただ、今の世の中、どこをさがしたって、あんな娘はいやしません。

それとなんていうか、理想の女性がアニメのキャラになるようでは、私も男としてどうなのかってのと、もしかして精神分析の領域では、おしんこは母性の象徴だったりして……（知らないけど）。すると私は、やはりマザコンということになるのでしょうか？

考察　その十　同窓会

二〇〇五年、およそ二十五年ぶりに、中学の同窓会が開かれました。地元のホテルの大広間、四半世紀経《た》ったとは思えないほど、つい昨日のようにあれこれ思い出されましたが、男女問わず一目でわかるのもいれば、男の場合、毛髪が寂しいやら、恰幅《かっぷく》がよすぎるやらで、「あなたは、いったいどなた様?」というのもいて。

女性も四十ともなれば、きしみ、ひずみの紛《まご》うことなき熟女なんですけど、女にすたりはないとは申せ、中には熟女を往復したような女性《かた》もいて、「いかほどの苦労を」なんて気の毒がっていたら、なんのことはない、別のクラスの担任で（顔面風雪流れ旅?）。

ワイワイガヤガヤ歓談の輪が広がり、楽しい時間を過ごしていたのですが、しばらくすると「Dく〜んっ!」という複数同時の黄色い声が……。黄色と言っても全員オバサンだから、黄土色に近い感じなのですが、それでも名前が呼ばれたのには驚きました。小中高と全然モテなかったのに、少しは私もsophisticateされたのでしょうか。こう見えて私、かなり若く見られるのと（max−12）、ご案内のとおり、エレガントだし、スタイリッシュだし、おまけにロマンチストでもあるのです。

それでいい気になって、「やぁ、しばらく」なんて、実は相手が誰だかまったくわからないのに、さわやか好青年の体《てい》でホイホイ近づいて行ったのですが……なんのことはない、どうやらオバサン方、この齢になるとあちこち身体が痛いらしいんですね。それについて聞きたかっただけみたいで……。まぁ、たしかに中学の頃は犬の散歩をするだけで、焼けた棒や杭《くい》はなかったですからね、何か期待するほうが間違ってるのです。

しかも残念だったのは、どんなにがんばって腕なんか出しても、種痘《しゅとう》のワクチンの痕跡？　あれはきびしいですよね。一定以上の年齢の目印になっちゃいますからね。江戸の罪人の墨にも等しい仕打ちで、「なんだい、おめぇさんも島帰りかい？」みたいな。

思ったとおり、一次会でさようならという、どこに行ってもつまらん男ですが、ただ二次会もいいんだけど、なんだかからまれそうな気がして。しまいには「金貸してくんねぇか」なんて（笑）。ここはよき思い出を胸に、静かに退散するほうが身のためってものなのです。

参加者は全体の半数ぐらいでしたか。欠席者が皆不幸ってこともないでしょうけど、来られたヤツは幸せなんじゃないでしょうか。見ててそんな気がします。ひと時の夢のあと、すぐまた元に散っていく。同窓会って楽しいんだけど、なんだかしみじみしちゃいます。

考察　その十一　メジャー・デビュー？

兄が見ていた影響だと思います。昔から私も格闘技が好きで、「猪木 vs 小林」「猪木 vs アリ」などは、まさに real time の世代です。

特にプロレスでは、Figure four leg-lock（四の字固め）や Bow and Arrow（弓矢固め）

といった美しい技に魅せられたものですが、今考えるとBow and Arrowなんか、相手の協力なしには、絶対決められないワザですよね。それでもやはり格闘技は好きで、最近も「スコティッシュフォールド」と聞いて、「新たな決め技か？」と思ったぐらい（German suplex holdとか、ああいうやつですが）。

ただプロレス全盛期から最近まで、テレビを見ることはあっても、会場に足を運ぶことはありませんでした。だいたい金を払ってまで男の裸を見たいとも思わなければ、場外乱闘でブッチャーに追い回されるのもイヤだし、「大みそかは、何がなんでもスーパーアリーナ」とか、そこまでの思い入れはないので、「出てこいや！」とか言われても、寒いし眠いので、出て行くことはありませんでした。

ところがある日、親戚宅を訪ねた際、格闘技をやる大学生の子が、武道館で全国大会があるというので、なんとなくみんなで応援に行くことになりました。その日に限りなんで行く気になったのか、自分でもよくわからないのですが。

というのも、そもそも私は、親戚の子の運動会などは避けていたところがあって……つまり私も普段は温厚、虫も殺さぬnice guyなのですが、幼少期の「あの子、豚みたい」からもわかるように、根は恐ろしく残虐でしてね。ふとしたはずみに、期間限定、性格がboyishに変貌してしまうことがあるのです。

興奮のあまり見境がなくなると、「テメェ、何やってんだ、コノヤロ～ッ！　どうせ相手は脳味噌がサルなんだから、もっと頭を使って攻めろよ、このタコッ！」みたいなとんでもない暴言を絶叫し、敵方のご親族様のみならず、自陣からもボコボコにされかねぬ事態がそれとなく予測されたため、極力控《ひか》えていたというわけです。

「アホンダラッ、玉とったらんかいっ！」とか、「ボケェ〜ッ、そんなもん、ドタマ、カチワッタレよ！」とか？　でも、そういう言葉ってイケナイと思うんですね。「お馬鹿さん、オツムなんか、たたいて割っておやりなさい」とか、上品な言い回しってあるじゃないですか。「バカヤロ、テメェ、ぶっ殺せ！」って、さすがに医者がぶっ殺せはマズイ。

その格闘技は、とりわけ礼を重んじる競技でしたが、ここまで来たらかまうことはない、やりたい放題やってやろうと、スタンドの最前列をぶん取り、鼻息も荒く、臨戦態勢でふんぞり返っていました。ところが……その親戚の子の何試合か前に、他《た》のブロックの選手が倒れ、動かなくなったんですね。不自然なのは遠目《とおめ》にもわかったのですが。

さらにしばらくすると、今度はその彼が痙攣をし始めまして。担当医は座らせて「カツ！」なんか入れてるんですけど、「いや、それはマズイだろう」と。で、そうこうするうち、いつものパターンですよ。素人さんは気楽でいいですね。一緒に行った親戚のおばさんがすこぶる遠慮のない人で、「すいません、この人医者なので」と係員にチクってしまい……。

狭い階段を下り、アリーナの人混みをかき分け、ようやく現場にたどり着きました。倒れた選手は、呼吸は十分なものの、呼びかけには反応せず、左の手足がピクつき、まさに痙攣発作の状態でした。この場合注意すべきは、痙攣自体もさることながら、脳に何ごとか起こったうえでの痙攣ですから、危険な場合も少なくないのです。

そこで救急車を要請し、引き続き注意していたのですが……ん？　気が付くと満員の武道館のど真ん中。思わず私ものけぞったりなんかして。ところが周囲を見回すと、この内部の光景、以前どこかで見たことがあるんですね。ただそれが、なんだったかは思い出せず……っていうか、そんな悠長なことを言ってる場合ではなく、やがて救急車が到着し、私の陣頭指揮のもと、選手を病院まで搬送していったのです（某院のＩＣＵに入院。のちに回復）。

結局、親戚の子の試合は見られず、たまの休みに仕事までしてしまい……それでも少しは人助けの高揚もあったのでしょう、その後、近くの神保町に行き、スケベなＤＶＤを二本買ってしまいました。よく言いますよね、外科じゃないからホントのところはわかりませんけど、難しいオペのあとには、無性に興奮してどうしたこうしたとか。

それにしてもあの内部の光景、その日はわからずじまいでしたが、数日後思い出しました。なんのことはない、Ｓ台の入学式で。「かれこれ二十数年前、浪人生だった私が」などとしみじみしたものの、エロいＤＶＤを買ってはいけません。

かくして私は、中味はどうあれ、満員の武道館でメジャー・デビューを果たしたわけですが、そういえば全国規模の大会なのに、感謝状とか金一封とか、そういう知らせはまったくなかったですね。別にくれって言ってるわけじゃないんですけど。

考察　その十二　人生ゲーム

「人生、山あり谷あり。億万長者になるか、貧乏〇〇へ行くか」のキャッチフレーズで、よく子供の頃、「タカラの人生ゲーム」で遊びました（友人宅）。昔は一つしかなかったのが、最近は複数のバージョンがあり、実は今私、三種類持っていて。時折、仕事仲間とうちで飲み会をやるのですが、これが酔ってくるとですね、「人生ゲームやろうか！」っていうテンションになるんですよ。

以前、友人と飲んだ際も、「医療版なんかどう？」との話で盛り上がり……でまた、そういう時の私って、まさに水を得た魚？　自分でも驚くほど集中でき、次々ネタが湧いてくるのです。何かをきっかけに、どうでもいいことにスパークしてしまうのですが、それを仕事に生かせていれば、まさに人生のゲームにも勝てていたんでしょうけれど、やはり道を間違えましたか？　以下、コマにある金額は、極めてテキトーです。

・仕事を始めて三日後、熟女ナースと不適切な関係に。振り出しに戻り、一回休み。その後も長く関係は続く。

・ブラック・ジャックに傾倒し、「手術代は三千万だ！」とふっかけたら、患者に殴られ、鼻を骨折。治療代五十万円を払う。

・「ブラック・ジャックによろしく」と言われたが、連絡先がわからないのでことわる。特にペナルティーはない。

・京都の病院で、「〝ドクター・古都〟と呼んでくれ」とアピールするが、そのあだ名が定着せず、奈良の病院に移る。引っ越しその他、五十万円を払う。

・医局の忘年会で、「黒い巨塔じゃあ〜っ！」と下半身を出したところ、上に総スカンを食らい、地方に飛ばされる。二回休み。

・レディース・クリニックを開業したが、何を間違われたか、戦闘服の娘《つなぎ》に集結され、仕事にならず。一回休み。

・コンパニオンの派遣会社から健康診断の依頼があり、喜んで引き受ける（バイト代、十万円）。診察した一人に合コンを持ちかける。ルーレットで偶数が出れば、合コンができる。ただし、相手女性五人分の会費（十万円）は自腹で払う。

・ナースと合コンをしたが、下ネタ連発で出禁《できん》となる。以後、合コンのコマ（CA、秘書、女子アナ）に止まっても、ルーレットは回せない。

・熟女ナースと交際していたが、院長の娘との縁談が持ち上がり、ナースと別れる。手切れ金、三百万円を払う。

……こういうの百個ぐらい作りました。ぜひ商品化したいので、㈱タカラトミー様、ご一報をお待ちしています。印税が入れば、ローン返済の足しになります。

インターミッション

以上、ブルー、ブラック、ピンクetc.、駄弁を弄《ろう》したわけですが……。

なるほど私には、将来のvisionもなければ、仕事術、処世術といったstrategyもありません。気付いたら「嫁がおらんぞ」みたいな、背負ってる人生があまりに軽いし、人としての奥行きが底知れず浅い？　だから前にも言いましたけど、インテリ風の与太郎ってのも考えものですよ。看護婦さんの「先生は結婚しないんですか？」というその質問、笑えない状況になりましたからね。

不思議なもので、学生時代は運動一筋、決して褒められた素行でもなかった兄が、平凡ながらも家庭を築き、会社でも堅実な地位に納《おさ》まったのに対し、弟はと言えば、たおやかにして品行方正、医者になったはいいけれど、今では不埒《ふらち》な悪行三昧。秋風が身にしみる今日この頃で、まったくのところ人の一生など、わかったものではありません。

ともあれ、無駄話はこれぐらいに、少しは実のある方向に話題を展開しませんと、私も本当に腐乱してしまいそうですし、せめてあと三分の一ぐらい、まともな話もしてみたい。これまでの所業を悔い改め、あるべき姿を反芻《はんすう》し、今後の自らの糧《かて》としたい……。

など、そうまで私が殊勝であれば、何もこんなに苦労しやしないし、この情緒不安定な痛快ラブコメも、日の目をみることはなかったのです。

これまで幾度となく、煩悩との決別を試みてきましたが、私のラプソディーな性《さが》なんでしょうか、ダメな男と知りつつ離れられない女の末路のような……（わかってて言ってんのか？）。最近真っ当とされる人に畏敬の念を感じず、つくづくヤバイと思うのです。人間、どうしてこうヤクザな道に落ち込むのか、後半さらにグズグズな気配を感じつつも、とりあえずShow must go on. ということで。

教育係

昔を思い出しますけれど、医学部も後半になると、患者さんを受け持つ病院実習の時期がきます。一班五～六人のローテートですが、最近うらやましいのは、昔に比べ圧倒的に女子の数が増えたことですね（私の時は男五人）。しかも今時の女子は優秀なうえ、きれいな娘さんが多いのです。

だからというわけでもないですが、いろいろ教えてあげたところ、どうやら熱心に思われたか、教授から直々に学生の指導係を仰せつかり……。もう渡りに船とはこれのこと？

「いや、きょうじゅ～、私には荷が重いですよぉ～（笑）」などとさも遠慮するフリをしながら、頃合いを見計らい、積極的に引き受けたりなんかして。

過去の勉強会もありましたから、少人数に基本を教える程度はわけないのですが、ただ言葉遣いや服装など、いわゆる実習態度のほうが困りまして。私自身、病《や》んでいたので、どう話をつけていいものやら。

しかも、そんな私にさらなるストレス、あれほど人前が嫌だと言ってるのに、今度は学生の講義ですって。ホント、勘弁してほしいんですけど。私など、客がせいぜい数人のお座敷芸がいいとこで、百人近くを一気になんていう、カリスマ予備校教師みたいな、そんな芸風ではないのです。

それに学生《ヤツ》らも人を見ますから、いくら退屈とはいえ、教授の話なら黙って聞くでしょうけれど、私ごときが出張ったところで、どのみち腹の立つことばかりに違いないのです。そもそも人を叱るにも慣れてないし、叱らなければこっちのストレスがたまる一方だし。それでも渋々やってみると、少しは私も練《ね》れたのか、一応形にはなったようで……。

したがってそういう立場ですから、話は説教臭くなりますが、どうにも看過できないことが一つ。それは、わずか九十分の間にペットボトルで水を飲む？　これは我々の時代にはなかったことですね（そもそもペットボトルがなかったとか、そういうオチではなく）。

こう見えて私は、意外と精神論に重きを置く人間なのですが、「先生が話をされているのに、学生が水を飲むとは何事だ、そんなの当たり前だろう」ぐらいの認識は、子供の頃から持ち合わせていたのです。ところが最近は、精神性より合理性とでもいうのか、ウェットな人間には何かとやりづらいのですが、ただ合理性を主張するならするで、「この程度の頭もないのか」という、私なりの苦言があります。

それは「絶対、水の飲めない場所がある」という、これはもう常識以前の問題なのですが、つまり水がタブーな空間、一つは言うまでもなく手術室ですよ。かのアントニオ・猪木氏は、十三時間にも及ぶ腰の手術を受けたそうですが、当然それを執刀している医師がいるわけで。

むろんそれほどでなくても、数時間の手術などザラでしょうし、内科にしても、朝から夕方まで、ほぼ休みなしの外来というのも珍しくないのです。しかも、それらは首尾よく医者になれたあとの話であって、その前に大事なことを忘れちゃいませんか？　なんて、もう説明するのも邪魔臭い、学生最大のイベント、医師国家試験のことですよ。

試験には二時間以上のものもあります。当然、その間《かん》は水なんか飲めません。つまり飲水を習慣化していると、突然それを断たれた場合、予期せぬところで performance が落ちる可能性だって十分ありうるわけで。ゆえに講義の間は水など飲まず、「実戦向けの体調を整えておくぐらいの合理性はないのか」と嫌みの一つも言いたくなるのです。

それでもタコな連中は、「古臭〜い」とか、「ありえな〜い」など、内心小バカにしてるんでしょうけど、ならば「国家試験は古くてありえないのか」と。「古いとか新しいとか、そんなのかんけ～ねぇだろう」って、講義の冒頭、憤怒せざるを得ない事態に、結果、本題に入る前、ノドが渇いてしかたがないという……。

が、そんなある日、突如驚くべき美人の娘《こ》が実習に回ってきて（いるんですよ、たまに、突然変異みたいなのが）。優雅な物腰に官能的な微笑みまで兼ね備えって、私のニラんだところでは、アフロディテって、きっとあんな感じですよ。

で、きちゃいましてね、また、一人で盛り上がる悪い癖が。「それまではどうしてた」というぐらい、教えるのにも気合いが入ったし、私としては珍しく、知識と経験の限りをつくし、あれこれモーションをかけてみんですけど、策士、策に溺れて、カッパの川流れ？　結局ねぇ、世の中、な～んも起こらんのですよ。

ホレてフラれてまた次へという、単に寅さん的な様式美が確立されただけみたいで。私の色恋人生、思惑とは裏腹に、ドラマチックな展開とか、エロティシズムを介した気持ちのいい交流とか、そういうの全然っないっ！　つまりはそういう「愛の劇場」が起こらぬ定めの人間のようなのです。

言葉

実習では、言葉遣いについても指導します。患者さんを「ちゃん付け」で呼んではいけないなんて、そんなのは注意する以前の問題だと思っていたのに、これがそうでもなくてですね。どうやら親しみの表現らしいのですが、まったく何を考えてんだか。

たとえば七十代のお年寄りが、二十代の若造（医療スタッフ）から、「○○ちゃん」などと呼ばれたら、本人や家族はどう思うかって。すなわちそれは、二十代のスタッフの五十代の親が、ゼロ歳の赤ん坊からちゃん付けで呼ばれるに等しいわけで（二十五歳ずらしてみぃ）、アンタら、そんなの許せるか？

許せるかと聞くと、「べつに」と答えるタコがいるから、これがまた困るんですけど、なんで自分を中心にしかモノを見ないんですかね。君らがどう思うかではなく、それを不快に感じる相手の気持ちがわからないのかと。仮にうちのお母様がそういう扱いをされたら、私など相当怒りますけどね。兄なんかもっと大変ですよ。ブルドーザーで病院ごと潰《つぶ》しに行きかねませんから（一緒にお母様も潰しちゃう）。

ですからそう、ナースの会話で、「○○さんのオシッコが汚《きたな》い」なんて、まぁ、失礼ですよね。自分が言われたらどんなに嫌か、わかりそうなものなのに。「混濁《にごり》が強かった」とか、「きれいでなかった」と否定型にするとか、表現の仕方ってあるように思うのですが。

かたやそうは言うものの、なんでもかんでも昔を崇《あが》め、うるさく言う人がいますけど、いったいいつの言葉なら許してもらえるのでしょう？　うるさ型のその人にしても、漱石・鷗外先輩あたりからは厳しいお叱りを受けるでしょうし、そのお二人とて、紫先輩（式部）の時代からすれば、大バカ野郎に違いないわけでしょ？　それに、なんでも古けりゃいいと思ったら大間違いで、昔のだってヒドイのはありますよ、「掃《は》き溜《だ》めに鶴」とかね。掃き溜めですよ、掃き溜め！　掃き溜めの身にもなってみろって（私は鶴だからいいですけど）。

言葉遣いはたしかに微妙で、たとえば症例報告のイントロに、「〇〇病の、～歳、男性例を経験したので報告いたします」というのがあるのですが、新米らしき女医さんが、「～歳、男性を経験したので」なんて、まぁ～、かわいい顔して大胆な。「いいんですか？　そんなの報告しちゃって」などと考えてるのは、おそらく私一人でしょうが、それとですね（ノリノリ）、血中物質のカリウムのことを、医者は「カリ」って略すんですけど……（いちいち絵を描かなくても）。

こういう話をすると、即セクハラとの非難を受けそうですが、いやいやこれも指導の一環なんですよ。というのも、電車内での女医さん、「○○さんのカリが高い」なんて真面目な話なんでしょうけど、ホント、冷や汗もんでしてね。一応、婦女子の皆さんも、性的slungはチェックしておかないと。

患者にだってスケベなオッサンはいます。むしろ大半と言ってもいいぐらい。それが許されるとは申しませんが、いちいち腹を立ててもキリがないし、うまく立ち回ることも必要なのです。もしもミイラ取りがミイラに？　つまり、婦女子の皆さんが性的slungにハマってしまったら？　それはそれで結構じゃありませんか、もう大歓迎ですよ。お仲間、お仲間！　会費を募り、研究会を立ち上げたいぐらいです。

ブランド？　その一

学生の服装にも困ったもんで、実習に来る前の学年ですが、だとしても、短パン、ビーサンで講義に出てくる輩がいて。事実、それを見かけた患者さんが、「なあに、あの格好は？」と眉を顰《ひそ》めておられる。

もとより病院は、小児から高齢者まで、細かい配慮を必要とする場で、実はスタッフの身だしなみも、想像以上に相手に影響を与えるものでしてね。それどころか、寄せられた投書の内容はもっと厳しく、「女性の白衣に、派手な下着が透《す》けて見えるのは、はしたなく思う」といったものもありました。私にすれば（スケスケなのは）願ったりかなったりなので大きなお世話ですが、たしかに仕事上、注意すべき点かもしれません。

このように、病院に対する世間の目は非常に厳しいのですが、逆に中味については思いの外《ほか》ご存知ない場合もあるので、それについても気を付けなくてはなりません。驚くのは、大学なのに、学生がいることすら知らない方もおられたり……。

つまり患者さんの中には、医者と学生の区別がつかない人も大勢いるということです。いくら自分は「医者じゃない」と思っても、相手はそうは見てくれません。現にレントゲン技師さんをドクターと勘違いした若者もいたぐらいで（かつての私）。ですから学生諸君にも、早くからそういう自覚を持ってほしいんですけどね。

一方、小言ばかりでなく、長いこと美大出身の兄に、「お前は何を着せても似合わない」と言われてきた関係で、これでもカジュアルには結構気を使うようになり……。変に目立たぬよう、かといって平凡ではつまらない、キーワードは rough & intelligence？（くだけた中にも緊張感）ですから、そんなこだわりからか、最近は恐れ多くも、他人の服装まですでファッションチェックするようになっているのです。

で、その分析によると、どんなに着飾っても垢抜《あかぬ》けない人っているじゃないですか（微妙な違和感というか）。一つには、これはいかんともしがたい、生まれついての顔形《かおかたち》ですが、見た目がおイモさんなら、下手に金をかけないほうが安全なように思うんですけど。たとえば究極の着飾り、結婚式を想像してみてください。その時は男の医師でしたが、初めは厳《おごそ》かだったのに、そいつが白のタキシードで現れた瞬間、一同大爆笑ってことがありましたからね（嫁さんには失礼だが、ギャグでしかない）。

私も白のタキシードとか、絶対着たくありません。どのみち貧相な体型ですし、「なんだよ、ガキのマジシャンかよ」などと突っ込まれるのがオチのような気がして。私がいまだ独りの理由はそこにあるというか、どのみち下手な着飾りは失敗のもとということです。ですからここは皆様方も、あらためて自分を見つめ直し、果たしてそれがふさわしい装いか十分吟味されたうえ、適切に行動していただきたいと。「考えたうえでの結論がそれ？」という場合はどうしましょうかね……難しいものがありますけどね。

ブランド？　その二

何やら語っておりますが、すなわちファッションというのは、その人の人間性、とりわけ知性によって成り立つのではないでしょうか。まずはその人自身に魅了され、かつ「いいセンスしてるじゃん」との過程を踏みたいのに、それが華やかな外見に気を取られ、下から上までパーンして、最後に顔を見たとたん、「え？」なんていうのでは、やはりマズイんであって。

ブランドが好きというのと、合う合わないは別問題のはずなのに、なんでも着ればいいってもんじゃないのに、そういう人たちはまずブランドありきだから、着るものばかりがゴージャスで、中身がやたらと貧相？　いくらいいものを纏《まと》っても、自分が潰されるようでは話になりません。

結局は「見せたい」ってトコなんでしょうけど、見えるのはせいぜい虚勢ぐらい？　中には特殊なオネダリをして、パパに買ってもらう不届き者もいるわけでしょ。パパもパパでね、血縁もないのにパパだなんて、どうせハゲちらかしたチンケなオッサンですよ（もしくはフランツ・ヨーゼフ・ハイドンか）。

小娘にブランドを買ってやるなら、そのぶんどこかに寄付するとか、この本の宣伝広告に充《あ》てるとか、あるでしょ、使い道ってもんが。ただ、慈善活動の傍《かたわ》らパパをもこなす人物は、案外嫌いじゃないかもしれません（むしろ敬愛）。

香水の強い女性なんかも、ホント困っちゃって。エレベーターとかで吐きそうになることがあるんです。顔だって油彩じゃないんだから、何もそこまで塗り重ねずとも。

電車内での化粧娘なんか、みんなまとめて「ハウス！」でしょう。修繕しなきゃ、顔がもたないなんて、すっぴんはどんだけヤバイんすか。顔を隠す人生、悲しいじゃありませんか。特に今時の中高生、顔はしっかりカバーするのに、脚《あし》を広げてカバンを置くから、股間があまりに不用心……。

結局何が言いたいのか、自分でもわからなくなってきましたが、これだけは言わせてください、飾らないのが一番美しいのです。うちの姪なんか、まるで化粧っ気がないけど、十分直視できますよ。十五分は勘弁してくれとか、そういうことじゃないんですけど。

つきあい　その一

むろん人間関係も医師にとっては重要で、患者さんには特に気を使います。病気以外にも家庭や仕事など、考慮すべき点は多いですが、深入りするとかえって話がこじれる場合があるので、そこは適度なスタンスを保つよう心がけ……。

おかげさまで私の場合、他者《ひと》とのトラブルが少ないのですが、理由は「波風を立てる度胸がない」のに尽きるかと思います。基本、対人関係は肯定から入りますし、和とか協調性とか、手打ちとか丸く治めるとかで、要は勝負師という人種ではないのです。

だいたい性格からして非ラテン系（ツンドラ系）というか、持論を押し通そうなど熱くなることもなければ、良くも悪くも寸止めをしてしまい、ご丁寧に相手の逃げ道まで作って差し上げる。ただこれも、一見相手を思いやるかに見え、その実、「己に火の粉がかからぬよう、巧妙に立ち回ってる」という穿《うが》った見方ができなくもない？（いつにも増して、ああ言えばこう言いますけど）。

総じて私は昔から、会議というのが苦手で、中学の生徒会から病院の○○委員会まで、とにかくいたたまれないんですね。必ずや議論は感情的になるし、その者の意が通らなければ、捨てゼリフまで聞かされたりもする。

かたや私は私で、議論はわからぬうえ、発言はシドロモドロだから、トコトン相手にやり込められ、毎回火達磨にされてしまうのです。脳味噌に瞬発力がないのか、数日後、突如妙案が浮かんだりするのですが、まぁ、あとの祭りもいいとこで。

そうまで力説されるなら、付和雷同、寄らば大樹と、いったん役を委《ゆだ》ねるのですが、ただどういうわけか相手方、失敗することが多く、どうも強引なのってダメみたいですよ。で、行きがかり上、こちらに出番が回ってくるのですが……。これってある意味、「未必の故意」に近いですかね。積極的には仕掛けぬものの、それなりの偶然に期待する？

たとえば家の階段にレジ袋が落ちていて、わかっているのに拾おうとせず、奥さんが、「何かしら、これ？」と言って片づけてしまえばそれまでですが、「足を滑らせ階段から落ちたら、保険金が手に入るかも」という例のアレ。ただ私の場合、袋の存在を忘れ、自分が落ちたりするのでどうしようもないのですが。

つきあい　その二

結局私の key word は、「気の弱さ　押しの弱さに　時間待ち」って、こんなのでいいわけないどころか、もしかしてこれ、日本人の一番イケナイとされるところじゃないですか（チョー家康）。

ただ、任されたからには全力を尽くすし、同じ轍《てつ》を踏まぬよう注意するから、案外コトが運ぶんですね。相手の顔を立てるとみせかけ、裏では大胆にアレンジしたりなんかして。「案外したたかで、計算ずくなんじゃないの？」なんて、それほど器用な性格でもありませんけど。まぁ、傲慢な人から相手にされぬよう注意するぐらいがせいぜいですかね。

かつて田中角栄総理の逸話に、総理「天下を取るには、どうすればいい？」、秘書「どれだけ味方を集めるかでしょう」、総理「いや、どれだけ敵を減らすかなんだ」というのがあったらしいのですが……まぁ、私など、とうの昔にそう思っていたので、「なんだい角さん、わかってんじゃん」みたいな。

こういう当事者意識のなさでいると、やれ無責任だのいい加減だのと、またも火達磨にされそうですが、しょうがないじゃない、その時々に案が浮かばないんだから。そんな瞬時に言語化できるのなら、はなっからこんな一大レポート（本書）、書く必要もないわけで。確信を得るまでに、とにかく時間がかかるのです。はっきり言ってバカなのです。

庶民、もしくはその感覚

ふやけたおっさんとしなびた婆さんが呆けていますが、二親等以内の関係者です。ここには貧乏神とかも住んでいて、まぁ、庶民の暮らしとでもいうか、タワーマンションなどとは対極にある、木造平屋の狭小住宅です。こんな家でも国の将来を憂いたりするのですが、この者たちにどうこう言われる大日本帝国でいいはずがありません。

しかしなんですか、庶民というのも存外定義の難しいところがあり、通俗性は一つの要素かもしれないけれど、結局は生活のレベル？　所得の額によるんでしょうかね。よくメディアのコメンテーターが、「われわれ国民は」などと庶民の代表のようにおっしゃいますけど、あの方たち、どう見ても庶民じゃないですよね。

私はどうですかね。気になるネタやグラビアがあれば普通に週刊誌は買うし、美容室では女性誌にも目を通します。コンビニや百均は十分お得意さんだし、そう、やっぱりテレビは見てしまう。何気に通販番組とかも見てますしね。ヌーブラが出た当初は、「お～

っ！」なんて喜んだりして（お～っじゃねぇ～よ）。でも「お前は庶民か？」と言われると、まぁ、なんだかんだ小金を持ってるという意味では、私も庶民じゃないでしょう。それにそんなゴタクを並べずとも、次の一言で済んでしまう、「医者は庶民じゃないだろう」って。

ただ私の場合、資産何十億とかどこそこの大豪邸とか、とりたてて羨ましいとも思わないのです。根が貧乏なせいか（清貧と言え）、広い家って落ち着かないんですよ。実家は平屋なので、まず二階というのがダメなのです。上に何かいそうな気がして、怖くてしかたがないのです。庭付き一戸建てなんか住みたいとも思わないし、ましてや豪邸なんて……（地下室に拷問マシンなど設置してしまいそうで）。

それに私のようなチンチクリンが、ベンツとかＢＭＷ《ビーエム》とか、どう考えたって似合わないし、あとは男のくせにヒカリモノ？　リングだのピアスだの、若干興味はありますけど、ＭＲＩの時イチイチはずさにゃならんでしょ。面倒ですよね。

ところで、往年の大女優オードリー・ヘップバーン女史ですが、あの方、どう見てもセレブですよね。巷《ちまた》の似非《えせ》とは違い、正真正銘、超セレブです。別に働かずとも何不自由なく暮らせたでしょうに、しかし晩年女史は、恵まれない子供たちのために、いろいろ尽力されたそうじゃないですか。むろん周囲が気を使い、彼女の意志がどこまで反映されたかなど、本当のところはわかりませんけど、でも彼女は行きましたよね。やはり偉いと思うのです。ともすれば「金持ちイコール人非人《にんぴにん》」のように思われがちですが、人種や性別、貧富や身分に拘らず、つまりは純粋に人としての有り方なのではないでしょうか。

山谷からバッキンガム宮殿まで

講義では、医師としての心構えなども説くのですが、しかしそれに関する教授方の話って、正直イケてなくてですね。わかりますよ、人の命がかかってるんだから、イケてる、イケてないの問題ではないんですけど。

まぁ、そういう私にもネタはないのですが、唯一「山谷からバッキンガム宮殿までイメージされる人でありたい」でしたか（某有名人の言葉）、それに類する内容を、さもオリジナルかのように、あちこち吹いて回ってます。「何者でもありたくない」というのが発言者の意図と思われますが、私は少々違った意味に捉えたいのです。

いわゆる「公平無私」に近いでしょうか、この際理屈は抜きにして、とにかく自分をサラにする、地位や身分もなしにする、そうすることで多少とも、「山谷にいてもなじんでいる、バッキンガム宮殿でも違和感はない、医療者とはそういう人でありたい」と、まぁ、そういう解釈にしたいんですけどね、これを……って、私としては珍しく力が入りましたが、何やら尻の青い話だし、教授方以上にさっぱりイケてなかったですね。

以前当直の晩、ホームレスの男性が腹痛で来院したことがあり……原因がわからず入院にしたら、翌日すぐに治ったんですけど、ときどきそういう人いましてね。「すいません、すいません」と何度も頭を下げながら、病院の坂を下っていかれる。会計に疑問を持ちながらも、まぁ、普通思いますよね、「この先、どうするんだろう」って。

ただ私の場合、憐みとかそういうのではなく、何故か相手の姿に自分が重なり、必要以上に落ち込むというか、ほかにも犯罪者がメディアに映ると、ひどく気分が重くなるなど、もしかしてそういう前世だったんですかね？

「ホームレスを理解するなら、なるしかないだろ」っていう人、必ずやいると思うのですが、一見冷たいようでいて、さほど私も異論はなく……。事実「現在《いま》の暮らしを全部白紙に」と言われればもちろんイヤですし、そも医者であろうがなかろうが、他人《ひと》の気持ちがわかるとは、到底思えないんですけど（考えるほどわからない）。

が、たしかに理解はできないけれど、安易な同情も禁物だけれど、ただしそれらをひっくるめ、理解しようと努めるべきではないのかと。

偽善、感傷、奇麗ごと？　まぁ、ないと言ったら嘘になりますけど（あるんかい）、しかし我が家は、腕で働く職人さんを大事にする家庭だったから、学問のない飲んだくれの父には、周囲のつらい風当たりもあったろうし、兄もまた、埃《ほこり》まみれ、怒号まみれの現場の厳しさを知っている、そういう話をずいぶん聞いてきたから、私のような口先だけの人間には何かと後ろめたいところがあり、この件はわりと素直に考えられているのです。最近身につまされるのは、現在《いま》は私も医者ですけど、そうでなければ、いったい何をしてただろうかと。実は二浪の最後、理系の学部に合格していたので、そこを出て一般のサラリーマンですか？　とっくの昔に死んでるのではないでしょうか（ストレスで）。私の場合、良くも悪くも、医者以外できない人間に思われるのです。

医者は免許を取りさえすれば、「センセイ、センセイ」とおだてられ、少なくとも表面はまともに接してもらえるのですが、ほかでは考えられない話でしょう。どこの職場も戦場で、人間的に扱われるほうがむしろ少ないような。仕事の成績、出世レース、それにまつわる人間関係等、離乳食の私など、とても耐えうるものではありません。

通常、医学は理系とされますが、研究職でもなければ、生粋《きっすい》の理系というほどでもないし、人様の身体を切った貼ったするなどの意味では、カタギであるよな、ないような？　それゆえ、私みたいな出来損ないでも、体裁だけは保っていられるという……。

かつて受験生の間で、冗談っぽく言われてたことがあります、「何もできないやつが医学部に行くんだろ」なんて（数学のスペシャリストでもなければ、物理や化学のそれでもない）。ここに来て、あながち的外れでもない気がするのですが。

医者の話　その一

医者の話って、わかりにくいと思いますよ。以前、患者さんに、ＣＴの「造影剤」について説明した時のこと、こちらは丁寧にお話ししたつもりが、先方は「増栄剤」なる言葉だと勘違いされたようで（高齢女性）、最後に「それって栄養が増えるんですか？」と聞かれ、ドキッとしたことがありました。

こういう話を持ってくと、必ずや無知なんだと言わんばかりに切って捨てる医者がおるのですが、それもとんでもない話で。どうして自分の尺度でしか物を見ないんですかね。

私はこの通り話が長いので玄人ウケしないのですが、患者さん方は真剣ですよ（横で話を記録する若手のほうがウトウトしやがって）。しかし、たとえば経済に疎《うと》い私が、ファンドだのなんだのって、五分やそこら聞いたところで、理解できるとは到底思えないんですね。ましてや人の命と考えればこそ、丁寧に話すよう心がけているのですが、それが悪いことですかね。それをしないから、「聞いてないよ！」とか、「訴えてやる！」といった困った問題が生じてくるのです。

最近、年配のドクターから、意外（論外）なことを言われまして。「君が一生懸命やったところで、患者は感謝してくれないよ」って。思わぬ言葉に、しばし私は絶句してしまったのですが……。ここ、いいトコだから、ちゃんと聞いといてほしいんですけど（笑）、どう考えても私は、人に感謝されようと思って、この仕事をしてきた憶えはないんですね。不出来なせいもありますが、何しろ薄氷を踏む思いで、感謝されるとかどうとか、そんなこと考えたこともありませんでした。

結果、患者さんに治ってもらえれば、もちろんうれしいですけれど、内心ほっとするだけで、それ以上のことはないのです。逆に甚《いた》く感謝され、ポケットに謝礼などをねじ込まれてしまうと、どうしていいか困ってしまうのです（せっかくだから頂戴しますけど）。なのでその先生の言葉、非常に奇異に感じましてね。

しつこいようですが、今までの話が全部ウソだったにしても、ここだけは真実《ホントウ》ですから、よろしくひとつ……むろん昨今のご時世、保身という言葉が浮かばないでもありません。とはいえ、ピュアなほうではないでしょうか、自然と気持ちは入っているようですから。

医者の話　その二

ただですね、人間性はホニャララだけど、腕は抜群という医師も、もちろんたくさんいましてね。その人格と技量が必ずしも一致するとは限りません。性格のいい医者もいれば、「いい性格してるよな」ってのも大勢いるわけで。むろん人柄がいいに越したことはありませんけど、ただ「優しいけれど腕はイマイチ」というのと、「横柄だけど腕はピカイチ」というのであれば、医師の私は前者ですが、患者の私なら後者を選ぶかもしれません。

トーマス・エジソン先輩は偉人の代表のように扱われますが、性格的にはどうだったんですかね。後年ライバル会社を潰すため、そこが開発した交流の電気を用い、世界初の電気椅子を作ったとの逸話を聞いたことがあります（エジソンは直流派）。こんなにも危険とする negative campaign を展開したという……相当、嫉妬深くて、きっと嫌なヤツですよ。でも、彼の蓄音機があったからこそ、現在ＣＤだのなんだのって音楽も聴けるわけで、「俺はエジソンが気に入らないから、音楽は聴かない」って人はいませんよね。結局はそういうことだと思うのですが、要するにどういうことでしょうか。

僭越ながら　その一

この仕事をしていると、いかな私ごときでも、人の生き死ににについて考えることがあります。むろん日々のお勤めですし、専門でもありますが、それがひどい誤謬《ごびゅう》であることに、のちのち気付かされるという……。そのあきれた失態については、後日またお話しするとして、ここでは厄年なるものを無難に乗り切れたことで、相当いい気になっている私《わたくし》個人の意見について少々……少々長々と。

最近よく「未来志向」なるワードを耳にするようになりました。未来に目標を据《す》え、それに向かって邁進する？　今さらそんなこと言われずとも、私とて未来予想図Part Ⅳぐらいは立てていたつもりなのに、ところが失敬な話、どうやら私は、病院きってのアンチ未来に思われているらしく。

それもこれも私めが、人の生き死になどという、不吉な話題を持ち出すからにほかならないのですが、ただ周囲の話を聞いても、「一年後の自分は」とか、「五年後には子供が」といったものが大半で、だけど五年後よりは十年後、その先二十年後のほうが、さらに未来になるわけで、そう考えると、結局何年先であっても、行きつくところは死なわけだから、「死について考えるのは、究極の未来志向につながるんじゃない？」ってところの私の主張、これがまた、めっぽう評判が悪くてですね。

ある意味普通かもしれませんが、健康体の皆さんは、死について考える機会が極端に少ないようです。過剰なまでの健康ブーム、生にはトコトン気を使う一方、病《やまい》や死からは目をそむけてばかりです。自分や家族が死ぬことなど、ありえないし想像だにしない。死ぬのはみんな他人ごと、自分以外のことなのです。

むろん、我が業界と世間一般とで認識が異なるのは当然で、ですからこれも「医者の物言い」と言われてしまえばそれまでですが、とはいえ最後は自身の問題ですから。それに少しは向後《こうご》を憂い、難しい顔をしていたほうが、私のフェロモン定義に沿《そ》う、いい男・いい女になれるかもしれないじゃないですか（余計なお世話ですけども）。

「長くても寿命、短くても寿命」、誰が言ったか知りませんが、等しく不帰はやってきます。たしかにそればかりに捕らわれ、顔色を失うのも生産的ではありませんし、危篤とかご臨終とか、あまり歌にはなりませんが、だからって人類究極の課題を放棄していい理由にはなりません。「そんなもんじゃあ、メシは食えねぇよ」って、それはそうかもしれませんが、愛とかエロスばかりでも、やはりメシは食えないのです。

まぁ、参考になるかどうか（すまん、吉田兼好）、「死は前よりしも来らず、かねて後に迫れり。（中略）沖の干潟《ひがた》遥かなれども、磯より潮の満つるが如し」って、こんな時のために習ったはずなんですけどねぇ、徒然草。それどころか、万物の生死は表裏一体、「人は死と同時進行に生きているではありませんか」と。

僭越ながら　その二

難しいのは、健康体の皆さんが究極の不健康をどう捉えるかということで、生へのアンチテーゼ、論理的解釈の疑義、各宗教観との相違など、諸々議論はございましょうが、ひとまずここはお付き合いいただくとして。

まず、生命全般は、初めに生前（無）の状態があり、そのうえで誕生し、生（有）の状態に至ります。初めからアナタやワタシやニワトリがいるとは、まぁ、普通思いません。

次に我々が存在する今現在、つまり生の状態で「有か、無か」を考えた場合、現時点でも、「無の上に有がある」ということが、おわかりいただけますでしょうか（たぶんここが議論の分かれ目だと思うのですが）。

大きく分け、生命《いのち》の終わりには二種類あります。長患《ながわずら》いや老衰など、徐々に削《そ》がれる命もあれば、バッサリ断たれる命もあるわけで、徐々にばかりを想像するから、死が遠くのものに感ずるのかもしれませんが、実はこのバッサリの終わり方も決して少なくないのです。

ある瞬間《とき》を境に、生が死に転ずるのです。なるほど生が死に変わるのだから、生きている現在《いま》は、生の果てに死がある（有の果てに無がある）と考えたくもなるのでしょうが、しかしそうであれば、亡くなる直前のその人の死は、いったいどこにあったのでしょう？

言うまでもなく、それはその人の中にあったはずです。衝突した車でもなければ、土砂崩れの裏山でもない、病気だったらなおのこと、それはその人の中にあったはずです。死そのものでなくとも、死のポテンシャルは、片時も我々のもとを離れることはない、ですから人は、「死と同時進行に生きているのではありませんか？」と。

ケンシロウの「おまえはもう死んでいる」とも違って、うまいコピーが浮かびませんが……コピーの問題でもありませんが、せっかくですからこれを機に、壺とか印鑑でも売り出してみましょうか。

天職？　転職？

私自身、仕事の適性については、考えながらここまで来ました。現在、医師である事実は動かしようがないので、今後とも欠点を補うべく精進する外《ほか》ないのですが、しかしその前の大本《おおもと》の資質はどうなのかと。が、ここでまた、「そも医師の資質とは？」などと拘泥《こうでい》してしまうと、一向に埒《らち》が明かないので、今回は我が生い立ち、性格、信条等により、せめて悪くない点から列挙させていただくと……。

まずはその生い立ちですが、我が母は九人兄弟の末娘《すえむすめ》で、さらに私は四十の時の子だったから、一族にはやたらと年配が多くてですね。それが買い物帰りにうちで世間話をしていく（しかもジジババ日替わり）というのも珍しくなかったから、私は年配方と接するのにさほど抵抗はないのですが、これは医師として悪いことではないですよね。

それと私は人前で話すのが苦手なだけで、もとはこのとおり、根っからのおしゃべりマシーンで、患者さんとの面談から学生の講義まで、ともすれば自分の話に酔ってしまい、ムクムク、ニョキニョキ、テンションが加速するのです。それでも相手方にすれば、説明してくれるほうがいいでしょうから、つまり私が集中できることと、相手のニーズが一致するという点では、これも悪くないかもしれません。

それに対し不向きな点は……これはもうキリがない、病院が嫌い、救急車が嫌い、打たれ弱い、メカに弱い、暮らしに疲れている、途方に暮れている、虫の息である、顔色の悪さに定評がある、死相とまで言われる等、枚挙に遑《いとま》がありませんが、中でも一番マズイのは、仕事に全力を出しきってないというのがあり……私の場合、「下手に全力を出すと」という迷惑な事情もありますが（入院）、どこかでそれに甘えているのも事実で。

世の中驚くのは、仕事が好きでたまらないっていう人、ホント、いるんですよ。遅くまで働き、当直もこなし、翌日もケロッと仕事ができる。連泊する先生もおられますけど、とにかく偉いとしか言いようがありません（もしくは帰れない事情でもあるのか）。

おそらく人は、どの仕事にも向き不向きがあり、いかに不向きな要素を消すかが勝負なんでしょうけれど、だから最初から自分に当てはまる天職なんてもの、たいていは見つからないのであって、あれは結果的に成功した人に使う言葉なんでしょうね。

で、改めて身につまされるのが、私の資質というもので。もともと我が一族は、医者はおろか大学出もほとんどおらず、およそ学問に縁のない家系と言わざるを得ません。それどころか、父は酒飲み、母は中退、兄は陸上って、なんじゃ、そりゃ？

今頃気付きましたけど、私ってなんの後ろ盾もない、超立派なたたき上げの医者じゃないですか。周りは親がサラリーマンとはいえ、ほとんどが大卒のエリートさんで、皆恵まれてるんですよ。しっかりしたご家庭なんですよ。もう血筋《ちすじ》からして違うんですよ。いやはや知らぬこととは言え、えらいハンデを背負わされていたものです。

前にも言ったとおり、うちは物づくりの家系で、つまり私の場合、「どう考えても医者じゃない」とか今さらながら悲嘆にくれるわけですが、まぁ、一つ言えるのは、この程度をこうまで引きずる人間は、何をやってもものにならないってことでしょうね。

医者をやってますと　その一

仕事柄、医師に人格が求められるのは、もっともなことだと思います。真摯、実直、勤勉、情熱。よく二時間ドラマの泣きのセリフに、「刑事である前に人間なんだ！」というのがありますけれど、ウチらは「人間である前に医者であれ」ぐらいのことを言われかねない世界というか……（本物の刑事さんもそうかもしれませんが）。

事実驚くのは、何もそこまでというぐらい凝り固まった医師《ひと》もいて、全身全霊仕事に打ち込み、ほかには一切目もくれない。荒行、苦行、まるで滝にでも打たれているかのような……。まぁ、そういう先生がおられてこそ、この業界の発展もあるというものですが（他人《ひと》ごとか）、ただ、医師の全員がそうであっても、それもまた不都合というか。

あるいは人格的とも違う、精密機器のような先生もおられますけど、あれもどうなんですかね。無駄な話は一切しない、笑いの一つも聞こえてこない、そのあまりの静けさに、「なんだよ、隣は霊安室かよ」みたいな（診察室ではなく）。特に電子カルテになってからはイカンですよね。人間同士差し向かいなんだから、少しは温かい空気も醸《かも》し出していただかないと……。

など、かように情に訴えるタイプは、どの職種でも万年平《ひら》が多いのですが、ただそういう者のほうが案外仕事はスムーズで、逆にいかに優秀であっても、その一割二割が埋まらぬために、物事うまく捗《はかど》らないなんてことも。「○○先生は怖くてイヤ」、「主治医を代えたい」など、現にこの私が相談を受けることもしばしばなのです。

むろん、仕事が大事なのは言うまでもありませんし、フレンドリーを強要するものでもありません。しかし、いくら技術が進歩しようと、この仕事、人と話ができなければ何も始まらないわけで。いかにその場で病気のサインを見出すかがポイントとなれば、そのための環境を作るのも、医師にとって重要な作業に違いないのです。

また、偉い先生ともなると、自分に厳しい分、他者《ひと》にもそれを求めるきらいがあり……。ただ、あまり患者さんに多くを期待してもですね（笑）。だいたい民間人の多くが、偉い先生と同等の価値観を有するなんて、そんなこと絶対ありえないんですから。国民の九割は滝に打たれてるなんて、あるわけないでしょ、そんなこと。

生活は改めない、服薬はイイカゲン、だけど病気は治りたい、治らなかったら医者のせいなんて、そういう方にいくら道理で説明してもうまくいくはずはないのであって、自己責任などと突っぱねてしまうと、もうそこから先はダメなんですけど、でもそういう先生、意外に多くてですね（ですからそこは、慈愛とか包容力をもって……）。

医者をやってますと　その二

医者ならば、少なからず経験すると思いますが、以前、当直の晩、急性アルコール中毒の患者（未成年）が運ばれて来たことがありました。仲間も全員酔っていて、夜中にもかかわらず、やれテメェのせいだのなんだのと。しかも同時刻、こちらはれっきとした重症患者の要請が入り、現場にはさらなる緊張が……で、普段はホトケのD先生も、その時ばかりはブチ切れてしまったのです、「テメェら、出て行きやがれ、このバカ野郎！」と。

医師はいかなる時も冷静さが必要なのに、いささか私も短慮がすぎました。とはいえ、どうしても思ってしまうのです、「こやつらがハメをはずさなければ、お一人に集中できるのに」と。ですから私としては、珍しく言いますけど、宴《うたげ》の席で飲みすぎただのなんだの、とにかくやめてもらいたい。

私も春には上野なんですよ。花見が大好きなんですよ。酒は飲まずに見るだけですが、とにかく桜はいいですよ。だけどその時期、アルコールによる搬送が都内だけでも何十件とか？　自分だけならまだしも、病人《ほか》にも影響が及ぶなんて、そんなバカな話、ないじゃないですか。他人《ひと》の命を脅かしているのです。少しは考えていただかないと。

かと思えば、これも世間のしがらみというか、たまにですけど、母や兄の知り合いから、実家に電話がくるのです、「お宅の先生に診てもらえませんか」と。どうやら私に連絡《アポ》をとり、別枠《べつわく》での診察を希望しているらしいのですが……。ところが私は、そういうコネとかテヅルとかが、身もだえするほど嫌いな人間なのです。

電話がその種の話《て》になると、もぉ〜ダメ！　とたんに頭に血が上り、夜も眠れぬほどなのです。「相手は藁《わら》にもすがる思いなんだから」と実家は窘《たしな》めてくるのですが、「すがる藁をも持ちえぬ人はどうするんだ」と。コネを使って優先的に診てもらおうなど、正規の患者さんに失礼このうえないではありませんか。もう怒り心頭、不満タラタラ、電話口の母にひとしきり文句を言いながらも、後日、そのお方には正式に手続きをしてもらい、これでもキチンと診察させていただくのです。

ところが、私が難色を示したことに対し、実家は、「そんな冷たい人間に育てた覚えはない」的な論調で攻めてくるのですが、まったく呆れちゃいますよね。一般の方がこれを聞いたらどう思うでしょう？　私はそんなに冷たい人間でしょうか？

その知人とやらには、本気で説教してやりたいぐらいなのですが、ただ、その程度に苛《いら》立《だ》つ自分も情けなく思えてくるし……でもねぇ、やっぱり頭にくるんですよ。知り合いだからって、当然のごとく頼られるのもイヤなのですが、そうした行為にあっては、その人は他人のことなど一切考えてないわけでしょ？　聞いてみたいんですよ、「自分さえよければいいんですか」って。

どこそこのお偉いさんとかって、偉い人ってのは、弱者に道を譲ってナンボのもんじゃないんですか？　まったく自分で言ってて、感動しちゃいましたよ、ホントに。いずれにせよ、私ごときでもこうなんですから、これが偉い先生ともなると……いや、むしろ偉い人同士、案外スンナリ受けてるかもしれませんけどね。

浮世の些事《さじ》（二〇〇五〜二〇一〇年）　その一

「四十にして惑わず」などと申しますが、皆様、いかがお過ごしでしょうか。いや、世の中、甘くはございません。私など「四十を境にどうしていいかわからない」という、内股《うちまた》膏薬《ごうやく》にますます磨きがかかり……（内股膏薬：ネットで検索）。

ある時は町のお医者さん、またある時はそこの患者さん。ある時は好青年、またある時は好色青年。自分が医師であることにいまだ半信半疑という、あなたも私もラビリンス？　もう少し落ち着きをもって然《しか》るべき四十路《よそじ》過ぎでありながら、そんな自分を棚に上げ、やたらと浮世の些事が気にかかる今日この頃。心の残尿感とでも申しましょうか、あるいは単なる言いがかり？　ここにきてどうにも気分が片付かない、そんなモヤモヤを皆様に聞いていただきたく、一つよろしくお願い申し上げます。

陽水の人生相談以後、「苛立ちは美観を損なう」と自らを律してきた私ですが、時代のせいか齢《よわい》のせいか、近頃はずいぶん腹の立つことが多くなりました。とはいえ、私の義憤なんぞはたかが知れ、礼儀知らずのバカに成人式のバカ、おばさんのクレーム等、内容があまりに平凡なため、ここでは最小限の発表に留め置くことにしました。

おばさんなんか、勝手に食って勝手に太って、「膝が痛いから治してくれ」って、オカシイでしょうが。「不景気だ、不景気だ」って、そんだけ太ってて、不景気なわけないでしょうが。しかも物騒なまでのセルライトおばさん、どうしてああも簡単に、人前で「ノドチンコ」と言えてしまうのでしょうか。逆に昼間っからワインなど飲んでるセレブな奥様方、「たまには胃カメラとかも飲んどいたほうが身のためですよ」なんて、そんなこんなの思いも込め、勝手にうっぷん晴らしをさせていただくわけですが。

そう、まずは身近なところで、家族写真の年賀状？（二〇〇七年）あれ、どうにかならないでしょうか。「幸せを見せつけたいのか」とか、「うまくやってるよう、取り繕いたいのか」とか、「似てないけど、本当に旦那の子か？」など、あれこれ勘ぐってしまい、素直な気持ちになれないのです。おまけにかわいい子ならまだしも、そうでないのを見せられても……。

「内輪の話は内輪で」と思うのと、「子供ができず、悩んでる家庭もあるかもしれない」

とか、少しは考えませんかね。私なんか独りだから、はっきり言って正月早々気分が悪い(笑)。百歩譲ってそういう年賀状がありとしても、これだけ個人情報や小児への犯罪が騒がれる中、「究極の情報を自分で流してど〜する」ってことになりはしますまいか？

また似たような話、女性スタッフが出産してしばらくすると、お披露目なんでしょうか、職場に赤ん坊を連れてくることがあります。ヒトんちの子供はその時だけだし、責任のない分カワイイので、私もちょいちょい抱っこさせてもらい……。

で、そこまで来るとお約束？「はいはい、パパでちゅよ〜」とか言いながら、十八番の「天城越え」を歌ってやるのですが、するとお母さんが、「変な歌、歌わないでください」なんて、結構真顔で怒ってくるんですね。まったくシャレがきかないというか、「何もそんなに怒らなくても、チクショウ」と思い、今度はマジックで鼻の下にチョビ髭を描いてやろうとするのですが……。

あるいは逆に、「子供が生まれたので、遊びに来てください」というので、後輩の家にお祝いに行ったことがありました。先方は「社交辞令のつもりが、ホントに来やがった」みたいな感じでしたが、そんなことは百も承知で。

それでも赤子《あかご》が寝ている姿には心安らぐものがあり、「この子は意志が強そうだねぇ。誰かこの子を引き上げてくれるんじゃない？　この子は出世するだろうねぇ」などと、嘘八百並べ立ててやるのですが、と同時にイタズラ好きの私としては、子供の顔を見ていると、つい何かしてやりたくなるんですね。すると近くにプリンがあったので、一口すくっておでこに乗せたんですけど、そしたら赤ん坊が慌てましてねぇ。口をとがらせ、手足をバタバタ、まさしくハトが豆鉄砲。

後輩が、「先生、勘弁してくださいよぉ～」などとうろたえる横で、奥さんが笑ってるんですけど、よく見ると笑ってないんですね（目が怖い）。こっちは祝儀を取られた分、少しは遊べるかと思ったのに、「あんなので、医者の嫁など務まるものか」と思いましたけれど（頭にきたので、温水便座の水勢をMaxに）。

子供といえば、うちの甥っ子（二〇一〇年社会人）にも、さんざんイタズラをしてやりましたよ。小さい頃は、おばぁちゃん（お母様）とおじちゃん（私）が大好きで、私が帰ると、よく三人が川の字になって寝たものですが、夜中ヤツが寝ているスキに、私のパンツをかぶせてやりまして。朝起きると〝謎のマスクマン〟みたいになっているのですが、さすがに全部は苦しいので、穴から鼻だけは出してやって……。

浮世の些事（二〇〇五～二〇一〇年）　その二

余談がすぎました。浮世の些事の話です。ネットの普及以来、情報過多とも言える昨今ですが、そんな中私は驚くほど世情に疎《うと》く、他人《ひと》のうわさ話など私の元に届いてこない傾向にあります。「え？　あの二人、付き合ってんの？」なんて、知らないのは私だけとか……。でも、それってある意味、健全じゃないかと思うんですけど。

以前、職場の女性に、人事とか人間関係に異様に詳しいのがいて、あちこちでそんなことばかりしゃべってたらしいのですが、はっきり言って、バカじゃねぇの？（笑）あとは医師の話で、「誰がどこそこの教授に」というのがありますけれど、そんな年上のおっさんやおばさんなんかに興味あるかなぁ。

ですから人への関心も、いろいろな意味で間違いのもとというか、私も偉そうに三十年近く「陽水ファン」を公言していますが、ならばその間《かん》、どれぐらい先輩に貢《みつ》いだかというのを、主婦目線、家計簿目線で review してみました（二〇一〇年現在）。

たとえばアルバムだと、LP、テープ、CDで同じものが三枚あったりするし、ヒトにプレゼントすることもあるから、八十枚以上は購入していますか。高く見積もり一枚三千円として、合計約二十五万？

ほかも同様に計算すると、二十五万（アルバム）＋五万（シングル）＋三万（ビデオ、DVD）＋十五万（コンサート）＋三万（ギター本）＋三万（関連本）＋三万（雑誌）＝金額は、多めに見ても五十万円台？　三十年だと、一年平均二万以下？　思ったより全然少ないんですね。しかも本人の手元に届くのは、その何％ぐらいでしょう？

結局、私が貢いだ額は、年間わずか数千円？（月々たったの数百円）これでは先輩を養うどころか、子供の小遣いにもなりません。それなのに、「今日のライブはイマイチだった」とか言います？……言ってるんですけどね、これが（笑）。ですから要はファンなんていっても、結局は面倒くさい人間の集まりだということです。

手遅れ？ その一

気付くのが遅れたかもしれませんが、私は無理をしてはいけない種類の人間のようです（背伸びをされると迷惑なタイプ）。浪人したのも、病気になったのも、何かの暗示だったかもしれません。世の中、自分の殻《から》を破っていい、「君こそスターだ」的な存在もいれば、あわてて止められる者もいて、私が後者であることは疑うべくもありません。

何しろ地味なのです。生まれついての小市民なのです。いくら私が無頼《ぶらい》を装っても、根が善人だからサマにならないし、小心者は小心者として、変態は変態として、おとなしく生きていくしかないのです。見栄を張らない、虚勢を張らない、自分を大きく見せようとしてはイケナイのです。何故か膨張色を着るオバサンたちもそうです。それと、あんまりしゃべらないほうがいいですね。もう死ぬほどしゃべっちゃいましたけど。「時に沈黙は雄弁に勝る」ぐらいの認識はありますが………………………ダメです、一行も持ちません。

忍耐力の衰えか、いや、もとから忍耐力はないけれど、そういう年齢になったのでしょうか、近頃は本業以外の分野にもあれこれ興味が向くようになり。ただ、偉い先生ならともかく、読めもしない歴史書に手を伸ばし、何を血迷ったか、回想録なんか書き始めるようになると、医師としては十分末期症状なんですけど。

多くの時間を仕事に費やし、当然今後もかくあるべしと襟《えり》を正すにしても、「物事、俯《ふ》瞰《かん》で見ることも必要ではあるまいか」と、申し開きが許されるなら、そういうことになりますかね。

もっとも、怪奇エロ男が俯瞰したところで、即実像・虚像の狭間《はざま》に陥り、主体と客体が曖昧化し、夢と現実が一体となった揚げ句、最終的にはわけがわからんと。「なるほど、そういう考えですか……。ただ、そうは言ってもアナタ……ほほぉ、こりゃまた一本取られましたなぁ……え〜っ？」なんていう状態。

で、そのうち、いつものパターンですよ。虚々実々を通り越し、虚虚虚々虚々《きょきょきょきょきょきょきょ》のミラクルワールド。なんのことはない、理屈っぽい青年が突き当たる壁に、まだ到達してもいませんかね。専門バカにはならなかったけれど、普通のバカになっちゃいました。

私の文章（＝人生）で、逆接（ところが、ただ）のワードが多いのは、自分でも気になっていました。ゲーテ先輩の「若きウェルテルの悩み」で、ロッテの婚約者アルベルトの、

「しかし」という言葉に辟易するウェルテル。つまり「どんな命題にも例外はあるのだから、考えても意味がない」と。まったく十八世紀のガキに見下されてるようでは、立つ瀬がありません。いいかげん私も、オノレの potential を見極めませんことには。

手遅れ？　その二

と、かくも小さく収《おさ》まったのも、それなりの理由が……。

大先輩の先生に仕事熱心な方がいて、その点では間違いなく尊敬するのですが、ただ見ていてツライのは、その人はひどく不器用で。仕事はズレてる、話はとっちらかっている、空気が読めないどころか、地雷まで踏んでしまう。だけならまだしも、これがまた人一倍出たがりというか、学会ではこっちがいたたまれず、会場から出てしまうことさえあるのです。

ところが、自分のせいで周囲がヤキモキしているなど、当の本人はこれっぽちも気付いておらず、揚げ句、「私のいいところは、振り返らないことなんだよ、ワッハッハ～」なんて自信を持っちゃってるんですよね（お願いだから振り返ってほしい）。

そこいくと私なんかはひどく臆病で、「この世にはパラレルワールドがあり、そこでの私は素っ裸で、他人様《ひとさま》に笑われているのではないか」という、妙な妄想に取り付かれることがあります。むろん、これはたとえ話で（裸の王様）、自分では常識的なつもりでも、「実は総スカンを食らっているのでは？」といった類の疑念ですが、独善的でないか、傍迷惑になっていないか、たまにですけど非常に気になる時があります。人生すべてが勘違いでなければいいのですが……手遅れですかね（爆笑）。

ただですね、この際だから言いますけど、私とて「アンタに言われたくない」っていうのの、二人や三人はいるんですよ。You の主張がどうして正しいと言えるのか、何を根拠にそこまで自信が持てるのか、どこまで自分を justice だと思っているのか。

こう見えて、「疑いを持つ自分にはまだ救いがある、などと納得しているようでは、当分救いはないだろう」という怖さや自省はあるのです。

ところがその「アンタに」の大タコ野郎は、自分を信じて疑わないんですね。まぁ、その種《て》の歌が流行るから、民が扇動されてしまうんでしょうけど、たしかにいざという時はそれ以外ないにしても、普段の自分についてはトコトン疑うべきではないでしょうか。

辞世

唐突な話ばかりだと唐突でも何でもなくなる……。これも本書に学ぶ教訓の一つですが、私は幼い頃から時代劇が好きで、とりわけ「忠臣蔵」などは単純な琴線に触れやすく、ついドラマや特番を見てしまいます。義士の心に思いを馳せ、その人間模様を噛みしめながら、最近は齢《とし》のせいか、ここで一年分、思いきり泣くのです。忠義の心、誠の覚悟に涙するのです。中味が全部わかっていても、嗚咽するのです。バカじゃないかと思いますけど。

と同時に、そこで詠まれる「辞世の句」にも興味が持たれ、「風誘う　花よりもなお　我はまた　春の名残《なごり》を　いかにとかせん」（内匠頭《たくみのかみ》先輩）……いまだに意味はわかりませんが、「さらっと言えたらカッコよくない？」みたいな、いつものノリで暗記しました。

また「あら楽し　思いは晴るる　身は捨つる　浮き世の月に　かかる雲なし」（内蔵助《くらのすけ》先輩）ですが、これはもう幕府に対する皮肉とともに、爽快感すら感じられ、なんとも気分がいいではありませんか。

しかも大石という人は、一連の出来事が後世に伝わると確信したうえでこの句を残したような、したたかな計算があったようにも思うのですが。つまり暮れも押し迫った中、ドラマの最後にこれが流れると、何しろ収《おさ》まりがいいんですよ。お酒なんか飲みながら、「今年もいろいろあったけど、ま、いっかぁ〜」なんて、クリスマスも大晦日もこれからだというのに、コタツの中で妙にデロリンとさせられてしまうのです。

一方、幕末では、「身はたとえ　武蔵の野辺《のべ》に　朽ちぬとも　とどめおかまし　大和魂」（吉田松陰先生）とか、「吉野山　風に乱るる　もみじ葉は　我が打つ太刀《たち》の　血けむりと見よ」（吉村寅太郎先輩）など、おそらく後者は、「嵐吹く　三室《みむろ》の山の　もみぢ葉は　（百人一首）」のパクリではないかと思いますが、それでも言霊がはちきれんばかりで、型崩れしない F cup といったところでしょうか。これを聞いて泣かない奴は、日本人じゃありません（私は泣きませんでしたけれど）。

さらに女性ですと、「ちりぬべき　とき知りてこそ　世の中の　花は花なれ　人は人なれ」（細川ガラシャ女史）なんて、それはもう慎み深く情け深い、見目麗《みめうるわ》しき絶世の？こういう女性《ひと》を紹介してくれると助かるんですけど、まぁ、現世には一〇〇%《ひゃくパー》いないでしょうね。

ただ、いろいろ見聞きして思ったのは、内蔵助先輩は切腹するまで十分時間があったろうし、幕末の皆さんは普段から何か言ってそうだし、つまり「それを詠むのは間際《まぎわ》でなくてもいいのでは？」との解釈のもと、またまたいつものご乱心？　不肖私めも亡国の明日を憂い、「世も末の　世にひとすじの　春の風」（上の句だけ）としてみましたが、だからどうしたという……また日を改めて考えることにします。

老い　その一

私「しょうがねえなぁ、婆さん」、母「婆さんとは何ですか、失礼な」、私「でも爺さんじゃないでしょ」なんていう、最近の我が家の heart warming な会話の一部ですが、寒い季節の法事では、母「アナタも礼服のコートぐらい作っておきなさいよ。アタシだっていつどうなるかわかんないんだから」、私「あったかい時期にしてね」、母「?・」(聞こえてない) みたいな。

お母様も八十を超え、私は厄年を過ぎ、お兄様は父が死んだ齢になろうとしています。栄華を誇った一族も、今ではすっかり凋落し、生家は朽ち果て跡形もなく……なんてこともありませんが、さすがに築四十年、あちこちガタがきているのは事実です。人々の想いをよそに時は流れます。

私も「犬は家族の一員」とのコピーが、「犬神家の一族」に見えた時は、本当にショックで……(ほかにも「設問」が「股間」に見えたり)。

また聴覚にしても、「紫式部にステーションワゴン」とか (清少納言)、「精神面の充実」

というまじめな話なのに、「天津麺が何？」みたいな。

カルテを見ると、「（患者さんの）お姉様と面談」と書いたつもりが、「お柿様」になっていて、フルーツに病状説明してど～するとか、完成した履歴書には「44歳・惰性」と打たれてあり、あながち間違いでないところが悲しい。

さらに体質の変化か、指先の静電気、両脚《りょうあし》のこむら返り、極めつけは何故か大晦日に突然の鼻血と、もはや断末魔としか思えない……鏡を見ては呆然とし、行けない自分に愕然とし、やれトイレが近いだの、ションベンの切れが悪いだの、いっそう気持ちの萎《な》える今日この頃でございます。とりわけ一部のパーツの働きが……「老い」という難敵を相手に、一人苦悩してもしかたないのですが。

老い　その二（親思う　心に背《そむ》く　親心）

ところが、どうして、さにあらず、近頃は認知のせいかお母様もミスが多くなりましたが、本人はいたって強気で、これがまた困るんですね。八十過ぎてもホイホイ旅行には出かけるし、最近とは言っても二〇〇三年ですが、映画「踊る大走査線」を見に行ったりして。

ただ、「ベイブリッジが」とか、やはり根本的に間違っていましたけど。ベイが封鎖されたって、せいぜい交通渋滞ぐらいなもんでしょう。レインボーとか長い単語が無理なんです。出歩くのも結構ですが、転倒（骨折）する高齢者も少なくないので、医師としてはそこを心配するわけです。

兄夫婦と暮らしていますが、折り目正しい生活で、あれこれボロカス言ってますけど、これでも親ながら尊敬してるんですよ。ただ厄介なのは、体内時計がめっぽう進んでいるらしく、一年中、朝の四時前に起床。雨戸をガンガン開け、外の洗濯機をガラガラ回す？母は怯《ひる》むということを知らないし、いまだに何かと戦ってるようなのです。常在戦場、日々是決戦、戦後六十年を経てもなお、敵機が飛来するとでも思っているのでしょうか。

でも、それにしたって朝の四時前ですからね。「近所迷惑だから」と窘《たしな》めても、まるで意に介さない。私が風邪で臥《ふ》せっていても、頭の上とか平気で掃除機をかける人ですから、その傍若無人な振る舞いたるや、ご近所の底力など屁でもないのです。

しかも本人ときたら、「自分は恥ずかしい生き方はしていない」みたいな居直りようで、けど、それが迷惑だってことがわからないんですね。そのくせ「パタッとあの世へ」なんて、そんな虫のいい話、あるわけないじゃないですか。しかもなんでかなぁ〜、薬は欠かさず飲むんですよ。ね、意味わかんないでしょ？　医者の私もわかんないんですから。それに今の世の中、そうは簡単に死ねないんですよ、何しろ医者が助けちゃいますからね。

最近それなりに衰えたので、まぁ、願掛けみたいなもんですか、小さい鉢植えを購入し、「これが枯れたら」などと思い、せっせと水をやったんですけど、これが見事に枯れましてね（笑）。わざとじゃないですよ、わら人形じゃないんだから。どうも水をやりすぎて根腐りしたらしいのですが、ところがお母様ときたら、その後《ご》のほうがピンピンしてるぐらいで、もはや願掛けなど無用の存在なのです。

人間、長生きが幸せか難しいところですが、知らぬ仲でもないことですし、お母様には元気でいてほしいと思います。私とて、その苦しむ顔は見たくありません。が、世の中、早くに亡くなる子供さんとか、飢えに苦しむ人たちだって大勢いるんだから、そんなメシばっか食ってないで、少しはそういう現状にも思いを馳せてほしいんですね。元気なことに罪はないけど、健康な人ってそういうところがダメでしてね。

まぁ、そんなお母様ですが、先日めまいがしたというので病院《うち》に来させたんですけど、これが全然たいしたことなく……。「人生で点滴一本打たれたことがないんです（笑）」なんて、忙しい周囲を巻き込んでの健康自慢。まったく何しに来たんだって。しかたがないので、私が一本打ちました。ご子息《しそく》に診てもらったんだから、幸せなんじゃないでしょうか。その後も相変わらず元気ですよ。なんだかんだで元気なのです。

わが逃走

「一月は行く、二月は逃げる、三月は去る」などと申しますが、月日の経《た》つのは速いもので、この伝で行くと四月には死ぬんでしょうか。いつだったか、初詣に行こう行こうと思っていたら、「なんだよ、もう九月かよ（怒）」なんて。

時代を乗りこなす術《すべ》など知るよしもなく、我が身の健康面やら精神面、ほかにも諸般の事情があるよな、ないよな、いずれにせよ大学でのハードな仕事は難しくなり、よくよく考えたフリをしながら、その実あっさりと、よその病院に移らせてもらうことにしました。まぁ、平たく言うと逃げたってことなんですが、自然淘汰されたと言えなくもない？ただ潮時というか、引き際は見誤らぬようにしませんと。

一つ所に長くいると、まだそんなものが残っていたんですね、昔ながらの年功序列というシステム。私など、学会から論文まで、業績と呼べるものは何一つないのに、古株・古参というだけで、あやうく講師なんてポストに就かされそうになったものだから、ほうほうの体《てい》で逃げ出したという裏の事情もあってですね。

だって、話題にするのもおこがましい、かのアインシュタイン大先生は、特殊相対性理論で大学の講師になったんじゃなかったかなぁ。ねぇ、相対性理論ですよ。「昔と現在《いま》では話が違うでしょう」などと説得されたところで、「はい、そうですか」と臆面もなく引き受けられると思います？ 腰かけのお茶くみが、はずかしいやらチャンチャラおかしいやらで、「講師でございい」なんて名乗れるはずがありません。

それにあれでしょ、そんなポストに就いたら、軽挙妄動は慎まんといかんのでしょ？ たとえば、風俗店が火事なんて時に、たまたま（玉玉）焼け出されたりしたらマズイわけでしょ？ そんな生活、嫌に決まってるじゃないですか。

というわけで、次に私が選んだ職場は、かつての白い病院と同じ、「療養型」と呼ばれる施設でした。新規の病院で、建物自体はきれいでしたが、中味はなんら変わることなく……。しかもそこは海が近くで、日が暮れ、あたりが静まりかえると、波音がさらなるもの悲しさや哀れを誘い……って、台風が接近した時には、問答無用にボコボコなんですけど。

ストレスからは解放され、新たな職場で意欲も上向き、少しばかり初心というものを取り戻せた気分になりました。しかしまた、この船出の先に、世にも恐ろしい連続殺人が……子供からお年寄りまで楽しめる痛快ラブコメに、そんな惨劇はありません。

とはいえ、そんな万人受けを狙い、コトを穏便に済まそうなんて、いやしくもミュージシャンの風上にも置けない、少しは皆が慌てる話もしませんと、私も単なるいい人で終わってしまいます。

延命？　その一

近頃は医師の仕事もさまざまで、「内科か、外科か」、「勤務医か、開業医か」といった単純な区分けではなくなってきました。生命を守る前線の医師もいれば、旅路を見送る裏方の医師もいて（今の私は後者）。

過度な治療は施さず、静かに経過を見守っていくと、そういう役目の医師であり、病院ということになります。この種の医師は、患者さん（ご家族）との関わりの中から、生命のあり方・終え方を模索していくという、いわば昔ながらの医師像に近い……すいません、自分で言ってて恥ずかしくなりました、それほどのもんじゃありません。

誤解されると困りますが、何もしないわけではありません。そんな病院はイヤですよ。痛みがあれば対処しますし、肺炎になれば治療も行います。ただ、末期癌が中心のホスピスでもなければ、最新の緩和ケアを謳《うた》ったものでもない、あくまで病状や寿命に対し、可能な範囲で対応していくという、かつては「老人病院」と呼ばれた施設に相当します。

そういう職場に身を置いてこその実感かもしれませんが、やはり難しい問題は多いですね。通常の病気はもちろん、癌や難病の末期、または認知症に至るまで、しかもその背景もさまざまで、家庭の不和や金銭問題、逆にまったく身寄りのない人……。長寿大国ニッポンなどと言われると、つい元気なお年寄りばかり想像しがちですが、全国津々浦々、そうした事情があっての長寿大国ですから（何とぞそこはお間違えのないよう）。

かく言う私もここに来て、あらためて思い知らされたことがありました。それは、「命は自分のものではないかもしれぬ」という、ただもうこれは、ほとんど道理と言っていいように思うんですね。

なるほど、命の自己選択はたしかにあり、いわゆる安楽死や尊厳死（本邦では未承認）、または切羽詰った手段など、その場合、自らの死に自らの意思が関わることは間違いありません。むしろ確信的と言ってもいいわけですが、しかしここでの皆さんは、その意思たるものを、病気や加齢により剥奪されてしまった方たちなのです。

本人に確認できない以上、終末期の対応はご家族の意向に従う外《ほか》ありません。その際ご家族が、「先生にお任せします」とおっしゃれば、それはそのまま我々の手に委《ゆだ》ねられることにもなりますし……。このように高齢者の施設では、命が他者《ひと》に託されるケースは、むしろ稀ではないのです。

中には、終末期に対する意向、たとえば「延命は一切望まない」との文書を記している方もおられますが、そうした例は決して多くありません。意思を表明する前にその手段を奪われてしまった、ここはそういう方たちが多くを占める場所なのです。

……と、今ほど通りすぎた「延命」云々の文言《もんごん》、皆さん、どうお感じになられたでしょう？　はてさて、いつ自身の身に起こるやもしれぬ問題を、あっさりスルーしている場合ではありません。その際、なんらかの手段を用い、自らの生命を延長すべきか否か？　この延命という究極の難題につき、つたない思いを二言三言……で終わるわけない私の話。

延命？　その二

何をもって延命とするかは難しいところですが、身近な話を総合すると、おおむね「人工呼吸器」となるようです。むろん、救急の施設では日々用いられていますし、個別の例を挙げればキリがありませんが、ここでは、「重症の高齢者に、生命維持の目的で呼吸器を使用する場合」をもって、延命処置と定義することにします。

何ゆえ定義にこだわるかといえば、延命は一切望まないの、この「一切」が何を意味するか、それぞれ異なる場合があるからです（失礼ながら、多くの方はわかっておられない）。事実、件《くだん》の経管栄養や中心静脈栄養を、延命と捉えるご家族もおられました。そんなこと言われると、すでに私など三十年近く、延命を施《ほどこ》されていることになるのですが（笑）。

「食べられないのに管で栄養を入れるのだから、それは延命だろう」とか、「人間、食べえなくなったらおしまいよ」と考えるのも、ある意味道理に思われますし、ほかにも議論はございましょうが、あくまでここは呼吸器を中心に話を進めることにします。

呼吸器　その一

呼吸器とは、「気道に入れた管により、肺に酸素を送ると同時に、二酸化炭素を排出させる医療機器」とおよそ定義することができます。圧を加え、酸素を送り、次いで圧を緩《ゆる》め二酸化炭素を排出させる、これは急病人への応急処置、mouth-to-mouth《マウスツーマウス》と同じ原理です。

むろんその導入は呼吸が危険な時で、これは疾患や年齢を問いませんが、ただし若い人も多い一般病院と、高齢者が中心の療養型とでは、その考え方は自《おの》ずと異なってきます。すなわち、前者が救命なのに対し、後者は延命の意味合いが強くなるということです。

また本題の前にもう一つ、「呼吸器などという前に、薬は使えないのか？」と思う人がいるかもしれません、まずは薬があるだろうと。いかにも、それはそのとおりで、現場では多くの薬剤（輸液、抗生剤等）が用いられています。が、現在の医学をもってしても、呼吸そのものを改善できる薬はありません。

あるいは、「酸素はどうか」とする疑問。たしかにそれもそのとおりですが、しかし呼吸の弱い患者に酸素を流しただけでは、呼吸ができたことにはなりません。人間は酸素を吸うと同時に、二酸化炭素を吐かねばならないのです。それは、二酸化炭素が蓄積すると身体にとっては有害《どく》だからで、つまり酸素を流せばその濃度は上がるかもしれないけれど、「同時に吐けない二酸化炭素も蓄積し、それが生命の危機につながる」というわけで、そのために酸素を送り、二酸化炭素を排出させる人工呼吸器が必要となるわけです。

呼吸器　その二

呼吸器をつなぐには、以下のプロセスがあります。①まず喉頭鏡《こうとうきょう》という器具を用い（先端が十センチ強の釘抜きのような形状）、仰向けの患者の口を開かせ、気道の入り口を見通す、②次に太さ一センチ弱のチューブを気道の奥まで挿入する（「気管内挿管」と呼ばれる処置。チューブは鎖骨の位置より深く入る)。この時点で、ある程度呼吸が可能であれば、酸素を流し経過を見ることもあるが、③呼吸が弱い場合は、アンビューバッグという手押しの器具で酸素を送り、④準備ができ次第、呼吸器につなぐ……。と、以上が緊急時の対応で、その後、呼吸が回復すれば、機械を外《はず》す方向に進めるかもしれませんし、逆に長期化する場合は、首に孔《あな》を開ける「気管切開」という処置が必要となるのですが……やはり言葉による説明ではわけがわかりませんね。

各種医療行為、とりわけ呼吸器などは通り一遍では伝わらないので、私がご家族と面談をする際は、実物(チューブ、呼吸器)を提示しながら話を進めるのですが、そうすると多少なりともイメージを持っていただけるようです。

当院は前医で治療を受け、比較的安定した状態で転院してくる方が多いのですが、たいていはご家族が付き添って来られたその日に、延命についての意向を伺うようにしています。「安定しているのに何故?」と思うかもしれませんが、急変時にこんな悠長な話をしている余裕はありません。いずれは直面する問題であり、むしろ落ちついている時にこそ、時間をかけ、冷静にお考えいただきたいのです。

延命の話を向けると、「考えもしなかった」と驚かれることはありますが、お叱りを受けたことはありません。すでに前医で聞いたという方も多く、「延命を希望しない」が九割、「決められない」が一割と、およそそれぐらいでしょうか。

ただし、いかに高齢であっても、その死を受け入れ難いというご家族も、もちろんおられます。それだけ想いが強いのか、あるいはどこかのお偉い方か、いずれにせよ平均寿命を優に越えた方にも、呼吸器をつなぐことがあります（気管切開込み）。本人に確認できない以上、ご家族の希望を優先すべきですし、それに異を唱えるものでもありませんが、ただ、実際機械をつないでみると、それはそれで難しい問題が生じてきます。

呼吸器　その三

一般の方が呼吸器の話をされても、狼狽するか放心するか、手立てがないのは容易に想像がつきます。特に緊急時など、「お任せします」としか答えようがないのかもしれませんが、小さいお子さんやこれからという若い人、あるいは働き盛りのお父さん・お母さんであれば、周囲はなんとしても生きてほしいと願うでしょうし、救命の希望も当然だと思います。後《のち》に機械がはずれ、退院はもちろん社会復帰までできれば、これ以上うれしいことはありません。

しかしこれが高齢になると、「機械がはずれるまで回復できるケースは、むしろ稀である」ということを、十分ご理解いただかねばなりません。若い人でも同様ですが、要は機械がはずせるかどうか、自力で呼吸ができるかどうかが最大の問題なのです（戻らなければ、機械の状態が延々続く）。

その間《かん》患者さんは、身動き一つしない・できない、意識があるよな・ないような、身体は痩《や》せてくる、皮膚の色は悪くなる、痰が多くなる、関節が固くなる（関節拘縮《こうしゅく》）、腋《わき》や陰部がただれてくる、褥瘡《じょくそう》（床ずれ）ができてくるなど、主に見た目の問題なのでこれ以上は話せませんが、ほとんど全部言いきった気もします。また、仮に機械がはずせても、呼吸が不十分な場合は、気管切開はそのまま残す形となります（首の孔から呼吸をする）。

以上はあくまで私の経験の範囲ですが、特に逸脱した内容でもないと思います。おそらく印象はさまざまで、ご家族は「そんなに厳しいのか」と悲観されるかもしれませんし、先生方には「何を甘いことを」とお叱りを受けるかもしれません。

呼吸器　その四（呼吸器はどうしますか？）

そうした中、呼吸器をつなぐと、やはりご家族の反応はさまざまですね。付き添いに熱心な方もいれば、徐々に様子が変わってくる方もおられ……。

「いつまでこのままなんですか」とか、「これは、はずせないんですか」と聞かれることがあります。逆に回復しないとわかり、「中止にできませんか」との相談を受けることも。しかし自力で呼吸ができなければ、いかにご家族の希望であっても、一度つないだ呼吸器は、原則はずすことはできません。止まるとわかっていて、途中でやめることはできないのです。

それについても医師は事前に説明しているはずですが、皆さんも混乱しているのか、「気付いたらつながれていた」と、きっとそんな感じなのでしょう。落ち着いたところで、「呼吸器とはこういうものか」と実感し、その時になって、「こんなはずでは」と思うこともあるかもしれません。つまり現場にいてもそうなのですから、「いくら私がここでしゃべっても」と思わなくもないのですが……。

しかし何しろこれ（本書）をお読みいただいてるぐらいですから、さぞや皆様、優雅な時間をお過ごしのことと……。きっと経済的にも恵まれておいでなのでしょう。そんなアナタにこそ、ぜひ考えるきっかけを作っていただきたいのです。時間は決して永遠のものではありません。それどころか、油断をしていると、お互いとんでもない目に遭うことがございます。

急変の際、「ご家族が到着するまで」ということはありにしても、つまり「事実上は心肺停止であっても、スタッフの手でなんとかその場をやりくりし（心臓マッサージやアンビューバッグ）、ご家族が到着したあと、死亡確認をする」ということはありにしても、時折困るのは、そこで初めて親族会議（延命云々）を開くようなご家族もおられ……。協議の間は処置を止《や》められず、スタッフもその場を動けないので、これが何時間も続くと我々も困ります。夜中、ナースと二人、四時間近くやったことがありますが（その間、田舎の誰それを待つとか）、最後に、「もう、いいです」と素っ気なく言われた時には、さすがにツライものがありました。そう、これを人の手だけで何日もできないことを考えれば、逆に人工呼吸器の必要性もご理解いただけると思うのですが。

病院側の事情　総論　その一

ある意味医療施設ほど、人間の本性がむき出しになる場もないかもしれません。生命《いのち》を突き付けられた瞬間から、ヒトはその防衛本能を駆り立てられ、精神のバランスを失い始めます。眠っていた自分が鎌首《かまくび》をもたげ、過度に至れば、ドロ沼の愛憎劇や醜い金銭トラブルまでをも。果ては、片平なぎささんや船越英一郎さんが、そこらじゅうを走り回るって、「そんな二時間ドラマみたいなこと、起こってたまるもんですかい」と突っ込みながらも、プチ二時間ドラマは至るところで起こってそうな気もします。

事実、それを機に改《あらた》むる人間など稀有《けう》であり、「子供の頃、神社で」とか、「図書券でエ口本を」など、どうしたって負のスパイラルに陥るのが人間の性《さが》というものでしょう。心の内に何事かくすぶり始める、それまでとは違う自分を感じ始める。友人、知人等、人間関係にも微妙なズレや温度差が。恋人だって、たしかな存在に思えなくなる……など、イタズラに不安を煽《あお》る迷惑なオッサンもいるかもしれない。病院とは、そうした人々の心の拠《よ》り所、安息の場となるべきが理想の姿かもしれませんが、しかしすべての国民に安寧《あんねい》をもたらしうるかと問われると、さすがにそれは難しいものが……。

我々病院にも、ご理解いただきたいさまざまな事情があります。そもそも人の集まる場所にはトラブルがつきものですが、テーマパークやイベント会場と違い、とりわけ病院は楽しくないのです。スイーツ店とウチらとでは、同じ待たされるにも訳が違うのです。こっちには殺気や妖気が漂《ただよ》っているのです。何しろ空気が淀《よど》んでいるのです。あんまり言うと怒られちゃいますが、少なくとも病院がフローラルな空間でないことだけはたしかです。

よく病院は「三分診療」との批判を受けますが、いやぁ、きびしいですよね（私はもう少し長いですが）。患者さんの入退室に三十秒、話を聞くのに一～二分かそれ以上、さらに頭が痛い、お腹が痛いとなれば診察台に横にさせ……病状説明、カルテの記載、検査の予約に薬の処方と、一人平均六～七分？　しかもそれらを円滑に進めたいのに、ナースはそばにいてくれず（一人のナースが複数のブースをかけもち）。

仮に外来が一日五十人として、一人平均七分でも、最低三百五十分？（約六時間）朝の九時から昼食抜きでがんばっても、午後の三時まで、では終らないんですね、普通。中には新患や重症もいるので、緊急検査や救急処置、場合によっては入院と、それらは七分やそこらで終わるわけもなく、で、後半は大幅に時間がズレ、当然のごとく患者さんからはお叱りを受けるのですが、これればかりはどうにも……。

私の言う病院側の事情とは、こうした不可抗力のことなのです。時間や人手など、そもそも条件が厳しすぎるのです。患者のことを考えない病院などありえませんので（ふつう）、事情を話せばご理解いただける点も多いはず、ということで、ここではその診療時間の問題につき、詳しく述べたいと思うのですが。

病院側の事情　総論　その二

ただですね、皆様にもお考えいただきたいのは、背広にネクタイの男性？　出勤前なんでしょうけど、「ずいぶん待たされた」と言いながら、服を着る時間の長いのなんのって。あるいは年配のご婦人で、キチンとした身なりでおいでいただくのは結構ですが、何も和服で来なくたっていいじゃないですか。診察後、まさかの昆布巻きで廊下に出すわけにもいかないし、私の着付けが speedy なら何やらそれも怪しいし。で、結局は大幅に時間がずれ、あとの患者さんがぶんむくれ？　というわけで、とにかく皆さん、外来には軽装でお越しいただきたいんですけど。

また診療に際し、病気はもちろん精神面も考慮すべきは、十分理解しているつもりです。「病気ではなく人間を診なさい」と、まさにそれはそのとおりなのですが。

しかしたとえば、今後の生活について相談を希望する患者と、たった今運ばれてきた急患のどちらを先に診るかとなれば……それは、後者を優先するのが当たり前です。そこでカウンセリングを選ぶのは、さすがに無理がある。とはいえ、その人の相談も、その後の人生を左右しかねない深刻な悩みだったりもするわけで。

患者さん本位の診療時間を、仮に外来を十分、入院を二十分としてみましょうか（あくまで私の考える内科の十分、二十分）。十分って短いように思うかもしれませんが、これが本当に大変で。

外来を五十人、入院を二十五人で計算すると、合わせて十七時間（＋α）にもなってしまい、残りの六時間で、「三食食って、風呂入って寝ろ」ですか？（カンファレンスや○○委員会はど～なる）で、「研究もせい、学会もせい」なんて、さすがにそれは難しいどころか、物理的に不可能じゃないですか（女医さんなんか化粧と便秘で一時間だし）。というわけで、外来は毎日でないにしろ、わずか十分の診察でも難しいという、本当に申し訳ございません。

病院側の事情　各論（二〇〇五～二〇一〇年）　その一

一口に病院と言ってもその種類はさまざまで、施設に応じた役割分担があります。大学病院、総合病院、リハビリ、療養、個人の医院等で分けた場合、その医療体制が異なるのは、むしろ当然のことと言えます。

個人の医院で重症を診るのは難しいでしょうし、逆に鼻かぜ程度で大学となると、当然それも不都合なわけです。そうした事情はご理解いただけているものとして病院側は動いていますが、実はそうでない場合も多いようで……。

日常みられる齟齬《そご》の一つに、「転院」のケースがあります。これは制度の問題のみならず、とにかくベッドがないという、単純にそこの問題なのです。役割分担にも通じますが、ここでは以下の二例につき、考えてみたいと思います。

その一。緊急入院後の転院について。そもそも基幹病院は常にベッドが満床で、長期の入院が難しい状況にあります。「緊急なのに、治るまでいられないのか」とお怒りなのももっともですが、すいません、そうした方はお一人ではないのです。ベッドを空けないことには、次が入院できないのです。基幹病院で治療を行い、転院先でそれを継続、同時に退院までの道筋を立てる……これまで私が勤めた施設は、いずれも同じ考え方でした。

その二。通院先からの転院について。かかりつけ医に入院しても、転院をお願いされるのは、これもよくあることなのです。「どうして今になって」とのお叱りは、これまで幾度となく受けてきました。病院の格、転院の費用、そして何より見放された感じ?……。

医師との仲が良好であれば、その思いはなおさらでしょう。それは我々にもわかっていますし、申し訳なくも思います。しかしそうした方もまた、お一人ではないのです。大学ともなれば、長期の方は一つの科でも百人以上になるでしょう。「私も大勢の一人にすぎないのか」と泣かれることがありますが、まさか「そのとおりかな」とも言えないし、医師が黙って俯《うつむ》いたら、そうだと思っていただいて。

それどころか、入院が可能かどうかも不確かなのは、たとえば大学に通院する高齢者が、ある日体調を崩したとして、たしかにもとの病気が悪化した可能性も考えられますが、食事が摂れないとか(脱水)、転んで動けなくなったなど、加齢による影響も決して少なくないのです。その場合の入院は、大学である必要はありません。ほかでも十分対応可能です。で、事実、大学は一杯なので他院《ほか》を紹介するのですが……(これがまた皆さんにとってはご不満のタネというか)。

むろんすべての皆さんが大切なのは言うまでもありませんし、脱水や転倒を軽視するものでもありません。しかし、心臓病や脳卒中といった重症を差し置き、「転んだから大学」

というのは、やはり無理があるように思えてなりません。入院の適応は、あくまで医学的根拠（重症度や専門性）により、決定されねばならないのです。ですからほかを紹介するのもお一人ではないという、そこをご理解いただきたいのです。

大学病院に多くの患者さんを何ヶ月も入院させておくなど、はたしてできるでしょうか。それでは新規の方が一人も入院できません。特にお年寄りは入院が長期化しがちですが、すいません、そのために大学を使うことはできません。それゆえ、療養型の病院があるのです。

医学的根拠により入退院を決定しないことには、医師としてのスジが立ちません。そこはブレてはいけないのです。ましてや上からの圧力とか金銭の授受など、そんなこと許されるはずがないじゃないですか（金銭をいただいても私はスジを通します）。

とにかく基幹病院は、長期の入院が困難です。我々もつらいところですが、そのために役割分担があることを、何とぞご理解いただきたいのです。

病院側の事情　各論（二〇〇五～二〇一〇年）　その二

以前、大学にいた際（二〇〇五年頃）、「入退院係」を任されたことがありました。病室《へや》の割り振り、退院（転院）の調整、予約《つぎ》の方への連絡など、とにかく頭の痛い役どころです。

入院には大きく分け、「緊急」と「予約」の二つがあります。前者はその名のとおりで
すが、後者は外来で予約を取り、ベッドが空くのをお待ちいただくタイプのものです。
ところがこれが大学ともなると、一つの科で「数十人待ち」というのも珍しくなく、ま
た退院決定と思った矢先に緊急入院が入り、予約の方が先送りになるなど、もうその種《て》の
話は毎日のことなのです。

あるいは「ベッドがなくそのまま他院へ」という、しばしば批判となる問題にしても、
係の者からすればどうにもならないのです。とにかく空きがないのです。正真正銘、スッ
テンテンなのです。

急患（仮に重症のAさん）は主に個室対応となりますが、しかしその時個室にいるBさ
んもまた、同じように重症なのです。そのBさんを転院させてまで、ベッドを空けること
はできません。それではBさんとて、納得がいかないでしょう。仮にBさんを転院させ、
Aさんを入院させたとして、その一時間後、次のCさんが来たらどうします？　Aさんは
転院していただけるんですか？　結局は同じではありませんか。

入院中の患者さんにも、かかる事態は申し上げているのですが、いざご自分の段になる
と転院の了承はいただけず、その間《かん》も急患は運ばれてくる、予約の方からは矢のような催

促と、病院もホントてんてこ舞いですし、哀れ私は胃をこわし、グズグズその場に倒れていくと（無理だとわかってる人間に、どうしてそういう役をやらせるかなぁ）。

しかも同じ急患でも初診の場合は最悪で、たとえ相手が初対面でもほかを紹介せねばならぬのですから、もう雰囲気が悪いったらないですよ。怒鳴られるぐらいは覚悟のうえというか、何もベッドがあればそんな話はしたくもないし、移す手間（病院を探す、紹介状を書く、救急車を呼ぶ）を考えれば、そのまま入院させ、自分で診たほうがはるかに楽なのです。が、とにかく申し訳ありません、いかにせんベッドがない。

病院側の事情　各論（二〇〇五〜二〇一〇年）　その三

一方、患者を受ける側、私が勤める療養型にも、さまざまな困難があります。入院は、寝たきりかそれに近い方が対象となりますが、そこでは特に看護や介護が大変です。

体位の変換、病衣（オムツ）の交換、食事、トイレ、入浴の介助、ナースコール、痰の吸引（後述）、ストレッチャーへの移乗、検査室（処置室）までの搬送等、動ける患者さんに較べ、圧倒的に時間と労力がかかります。スタッフはそのため、満身創痍といっても過言ではありません（過酷な労働ゆえ、退職者があとを絶たず）。

職業婦人、これはもうcareer womanなどというよりよっぽどステキな名称ですが、こと看護婦さんに限っては、それとはおよそかけ離れたような。とりわけママさんナースは大変だと思います。掃除、洗濯、子供の世話など、「それらはすべて旦那にやらせる」といった強者《つわもの》もおりますが、まぁ、そうこうするうち夫婦仲もギクシャクし、家庭内不和、家庭内別居等、泣き笑いの悲喜劇が繰り広げられるのでございます。

そうした事態の成れの果て？　見た目、落ち武者みたいなナースもいて、もうハッキリ言ってボロボロです。なんでか知りませんが、特に今の職場は壮絶です。でまた、そういうのに限って韓流にハマってたりなんかして、「チャン（ドンゴン）とハグした夢を見た」（二〇〇五年）だの、朝っぱらから余計な話を聞かされ、今日も一日やる気を失うこちらの身にもなってほしい（断じてハグではない、正確にはクリンチと言う）。

別に太ってる人を目のカタキにするわけではありませんが、検査や入浴で肥満の方を動かすのは、とんでもなく大変です。中には腰を痛め、サポーターを巻いているスタッフも少なくないぐらいです。知人の男に、「太ってると何か罪にでもなるのか」と開き直るデブがおるのですが、「おいおい、コラコラ」と。

ただ困ったことにまたぞろ大勢いるのですが、往年の関脇荒勢を彷彿《ほうふつ》とさせる、あんこ型ナースの面々？　何せ私がお姫様だっこされちゃうんですから、どうねぎらいの言葉をかけていいものやら。「そんなの朝飯前」だなんて、メシをやめたらいかがです？

ある日、ナース七〜八人を連れ、焼き肉に行ったことがありました（私はクッパ）。地域では評判のお店で、皆も喜んでくれたようですが、ところが「デザート何にする？」と聞いたら、満場一致で「レバ刺し〜っ！」って、これ二〇一〇年の会ですが、そんな話、聞いたことがねぇですよ。

ところがそんな状態だというのに、転院してきた患者《かた》のご家族から、「すべて前の施設と同じに（介護レベル）」との要望があり、これにはスタッフ一同、困惑の色を隠せないのですが……（正直それはあまりに厳しい）。

そもそも重症が多いうえ、昨今の人手不足も手伝い、特にうちのような零細は、スタッフ一人にかかる負担も半端ではないのです。しかも、それだけがんばっているのに、「前はこんなじゃなかった」とか言われると、看護婦さん方は非常に傷つく。そもそもハンデがあるのに、大病院と比較され気分がいいはずありません。結果、怒りの矛先《ほこさき》は主治医に向き、つまりは私がボロクソ言われるハメになるのですが、私にすれば「なんでや？」と。

で、あんまり言われるものだから、ついついこちらも怒りがこみ上げ、「アンタらみたいな乾きものは、打たれ強いからいいけどさぁ」などと修復不能な暴言をぶちまけ、一触即発になってしまうのです。で、しょうがないので、また焼き肉と。

諸般の事情　その一

我々医師にしても、九十代後半のご家族から、「なんとか百までねぇ」などと、それとなく圧をかけられることがあります。その想いは純粋でしょうし、こちらも「努力します」と答えるしかないのですが、しかしお考えいただきたいのは、「生かしてあげたい」と思っているのはご家族のほうで、ご本人は寝たきりのまま、「あと何年も」と願ってはいでしょうかと。ご自身の身に置き換えた場合どうでしょう。稀に百歳過ぎてもお元気で、矍鑠《かくしゃく》とした方もおられますが、言うまでもなく両者の状況はまるで違うわけです。

医療行為の一つに、「痰の吸引」というのがあります。健常者は咳嗽《がいそう》し痰を出すのは容易ですが、加齢で咳が弱まると、喉の奥に痰（唾液）が溜《た》まり、呼吸はいっそう苦しくなります。吸引とは、そうした痰を管で引いてくる処置ですが、これが高齢で寝たきりともなると、中には数十分おきに必要な場合もあるのです。

ところが実際管を入れると、患者さんは激しく咳き込み、あれも相当苦しいのです。昔はなんの疑いもなく引いていましたが、なんでもやればいいというものではありません。最近はその苦悶の表情に恐れをなし、内心手を合わせながらお勧めをしているのですが

（それもどうかと思うが）、いずれにせよ、それがいつ終わるともなく、毎日十回以上とか？

長いこと寝たきりのまま、九十後半で亡くなられた方に、「せっかくなら百まで」と涙ぐむご家族がおられますが、いったい人はなんのために、百まで生きねばならぬのでしょうか。

また「最期は眠るようだった」と、これもよくある家族の言葉で、いわゆる老衰のイメージでしょうか。そんな思いを逆なでするようで誠に心苦しいのですが、つまり数ヶ月から数年で、少しずつ、苦しまず、なんとなくと、そういった形で亡くなる方は、むしろ少ないと思います。「うちの者はそうだった」と思いたいのが人情でしょうが、失礼は重々承知のうえ、それはあまりに感傷的と言わざるを得ません。

なるほど人は意識が低下し亡くなるので、そこを見てそう思われるのも無理はありません。眠るような最期に見えたかもしれない。しかし、それまで本人がどれだけ苦しんだかについては、多くの方はご存知ないのではないでしょうか。訳知り顔でしゃべっていますが、むろん私にも本当のことはわかりません、他者《ひと》より多少見てきたというだけで……。しかしここで考えるべきは、私を含む全員に、いずれはそれが回ってくるということです。

無動、無言、すがるような視線、かつて白い病院で感じた重さは、その集合体だったのかもしれません。そこで働く者からすれば、最後まで安らかだったと言える人は、おそらくほとんどいないのです。

諸般の事情　その二

苦痛をいかに汲《く》み取るか？　昨今は自宅や施設で介護に携《たずさ》わる人も多くなりましたが、どこにいても基本は変わるものではありません。これでも私は早くから往診に取り組んでいたのですが（一九九〇年代～）、ここではその経験をもとに、「在宅における痛みのケア」と題し、なんとなくですが考えてみたいと思います。

「最後は自宅で」という家族の想い、最近はそうした関係が希薄になりましたから、その意は尊いものに違いありません。むろん中味はさまざまで、人手（マンパワー）に恵まれた家庭もあれば、経済的にやむなくといった場合もあるでしょう。

しかし「家ならば、家族みんなに見守られ、安らかな死を迎えられる」との思いで在宅を選ぶのだとしたら、それもまた違うのではないかと思います。苦しむ患者さんは、どこにいても苦しむのです。むしろ医療行為（痰の吸引、拘縮予防、創《そう》の処置など）が必要となれば、それに習熟した病院のほうが、苦痛は少なくて済むかもしれないのです。

「管につながれるのは忍びない」とのお考えもあるでしょうが、しかし問題は、いかに苦痛を減らすかであり、そのための最低限の管ならば、付けて差し上げたほうがご本人は楽になると思います。根性のない私が言うのだから、ここは自信をもってrealです。

むろんご家族の愛情なしに介護は成立しませんし、仮に「自分が納得したかった」との思いがあったにしても、なんら非難されるものではありません。が、介護というのは、気持ちだけで成立するものではありませんし、むしろ成立させてはいけないものだと思います。


患者さんには、意思を表せない人がたくさんいます。我々はそうした方々の、いわば「頭脳」にならなくてはいけないのです。「こうしてあげたい」と思う前に、「どうしてほしいのか」を考えるべきで、これは非常に大切なことだと思います。

また、コトが起こると身内で固まり、ヒトの話を聞かなくなる、これまでそういうケースも数多く見てきました。たしかに家族によっては、病状から何から下手なプロより詳しい方がいて、そういう気にもなるのでしょうが、ただあまり頑《かたく》なでいると、「気付いた時には（誰一人いない）」ということにもなりかねないのです。

どうしても個人の介護には限界があります。周囲の協力なしには、もしご家族が倒れてしまったら、それこそ誰が本人のお世話をするのでしょう。「身内のことは身内で」と言われても、結果身内が苦しむことになっては、元も子もないのです。

言うまでもなく、苦痛を感じるのは患者さんです。口幅《くちはば》ったいようですが、痛みについて冷静にお考えいただきたいのです。痛みを理解することで、無駄な苦痛を減らせるかもしれないのです。決して在宅が悪いというのではありません。尊いことだと思います。ただ方法を誤り、せっかくの気持ちが仇《あだ》になってしまうのが、残念に思えてならないのです。

母の願い

特に親子の確執でもありませんが、そういう齢《とし》になったのでしょうか、最近は実家に帰るたび、「人の生き死に」に関する茶飲みバトルが勃発し……母の願いはただ一つ、「パタッと逝きたい」という例のアレなのですが。

最近も実家のご近所が脳卒中で亡くなり……（それも一日二日という、ある意味きれいな逝き方で）。それからというものですよ、お母様も「あれがいい」と主張し始め、ことあるごとに仏壇を拝しているのですが、これがまた私の勘《かん》に障《さわ》るところで（笑）。「そんな、祈って通じるなら、世の中もっと平和でしょ」ってところから始まり……。

一般の医師とは違うでしょうが、療養型の者からすれば、人が一日二日で亡くなるケースは、決して多いとも思えないのです。むろん、肺炎を併発し数日で亡くなる、これはあります。しかしここで言うのは、それまでの期間のことであり……（中には五年十年、べッドで過ごす方もいる)。

お母様とて特にメタボの徴候はないし、近くの医院に通っているので、やはりスンナリとはいきそうにないんですね。最近もメンテナンスを兼ね、うちで検査をしてみたのですが、軽い認知と難聴以外、特に問題となる箇所がないのです。

こういう場合、世間的にはうらやましいと考えるムキも多いでしょうが、コトはそう簡単ではありません。年下《した》を何人も見送るのもツライもんだと思いますし、また健常者が突然動けなくなった場合、何が切実かといえば、やはり排泄の問題だと思うのです。オシッコの管一つにしてもひどく抵抗があるでしょうし、今までトイレでしていたのを、「オムツに出していいですよ」と言われたところで、そうは簡単にできるものではないでしょう。

しかもその際、避けて通れぬのが人間の尊厳という、これまた難しい問題なのですが、プライドの高いお母様(二足歩行)などは、必ずやこたえると思いますよ。事実この先、他人《ひと》様にお下《しも》の世話をしていただくなど、考えてもいないフシがある……。

経験のない母には無理からぬことと思うから、珍しくヒトがしゃべってんのに、何を言い出すかと思えば、「オマエ、医者なんだから、楽に死ねるよう、注射でも打ってくれればいいじゃない」って、アンタ、息子を犯罪者に仕立てるつもりかね?

神や仏に祈ったところで、いかに功徳を積んだところで、また私のような稀に見る善人であっても、安らかな死を迎えうるとは限らないという、すなわちこれを短歌風にまとめると、「神仏　いかに功徳を　積みにしも　あまりに空《むな》しい　民の行く末」と……（辞世）。

ですから、そう、いいことを思い付きました。皆さんもだまされたと思い、この中年医師に祈ってみることにしませんか。私「本書を手にした幸いなる者には、安らかな死が約束されているのです。一人十冊は購入し、ひたすら祈りなさい」、信者「ありがたいことでございます、ナ～ム～」なんて、案外これが一番の策かもしれませんよ。うちの二人にも、自腹で三口（三十冊ずつ）、購入してもらう予定ですが。

私の不安

この際、お母様は置いとくにしても、私も何が不安かと言えば、「自分は将来、どなたのお世話になるのか」ということなんですね。むろん配偶者などおらんだろうしって、そういう問題ではなく（ヤケクソか）、信心のない者にとっては、死ぬことよりむしろそれまでの期間、場合によっては月単位・年単位のほうがよほど心配なのです。

例の鼻から管にしても、私はその感触を知ってるから、十分やさしく入れますけれど、中には結構、粗暴な医者もいますよ。オシッコの管なんか考えただけでも気が遠くなるし、痛みを伴う検査や治療、終末期の身体的・精神的苦痛には、計り知れないものがあるでしょう。その時、私を診てくれるのは、どこのどなたなんですかね。

性別とか年齢はどうでもいいのです。つまり難しいかもしれないけれど、要は「わかってくれる人がいい」と。最後はわかってくれる人に、そばにいてほしい気がするんですよ。そうなると不安になりますが、逆に今私は、「わかってあげているのだろうか」と。

最近は介護に熱心な方も多く、ありがたいとは思うのですが、果たしてそれが本人のためかと考えると、それはそれで疑問なのです。たとえばご家族が計画した遠出《とおで》の旅行、「あそこは楽しかった、料理もおいしかった」と皆はおっしゃる。しかし高齢者の中には、瞬時に記憶をなくす方も大勢おられるのです。「一緒に行けて楽しかった」と喜ぶのはご家族のほうで、たしかに尊いことかもしれないし、皆さん、お優しい方たちなのでしょう。

しかし本人にしてみれば、疲れるだけかもしれないし、それを訴えることすらできないのかもしれないのです。しかも無理をさせたうえ、身体を壊したとなれば（転倒・骨折もしかり）、その痛みは瞬時に消えるというものではありません。その後も長く続くのです。

以前、「介護者は患者の頭脳であれ」と申しました。我ながら名言だと思うのですが、自分たちでさえ疲れるのに、何もわざわざ高齢者を遠くに連れ出す必要があるでしょうか。結果「家族には思い出が、本人には痛みが」というのでは、まったくシャレにもなりません。

私に言われたくもないでしょうが、決して自己満足であってはならないのです。なんでもやればいいのではない、相手の苦痛を考えるのとそうでないのとでは、必ずどこかで違ってくるはずです。「心の痛み」と言いますが、それすら失う人もいる。その先残るのは、もはや身体の痛みだけではないか？　これはもう、本人にしかわからぬことですが。

私の願い

それゆえ、私は述べておきたい。その時私に意思があれば、できれば自由にさせてほしい。やさしく静かに見守ってほしい。また滞《とどこお》りなく進めてもらい、なるべく楽に逝かせてほしい。決して延命など望まないし、我が身はいくらでも用立ててくださってかまわない。もっとも骨の髄まで腐っているから、使い物になるかどうか。こういうワガママで、しかも「昔、医者でした」なんていうジジイが、一番迷惑だったりするんですけど。

今度会ったら、姪や甥によく言って聞かせないと。「もしものことがあっても、助けてくださいなんて言うな」って。ただあいつらパーだから、こっちがまだピンピンしているのに、「楽にしてやってください」とかテキトーなことを言いかねませんからね、あぶねぇですよ。

それどころか、甥にはパンツをかぶせたり、さんざんなことをしてきましたから、私が死んだとて、葬式すら出してくれないかもしれません。死して屍《しかばね》、拾う者なし、モーツアルト師匠みたいに、無縁仏にされちゃったりして。まぁ、そこまでのことはないにしても、パンツをかぶされるのは必至というか、それぐらいは覚悟のうえです。ただ、どうせなら女物にしてくれないかな、武士の情けってやつでね。パンツに穴がなくても問題ないでしょう、どのみち呼吸は止まってるんだし……(霊長類最低)。

ですから何を言っても説得力はないのですが、一方でこんな思いもありますか。私が医師として最後にできる奉公は、文字どおり身体を張って教えてやることなんじゃないかと。私という患者を通じ、皆にはしっかり学んでほしい。むろん一般の方には厳禁ですが、医者の私がいいと言っているのだから。

検査から何から、いろいろ試みてもらっていいし、その代わり、私がダメ出しすることもあるでしょう。スタッフはいい迷惑かもしれませんが、相手が真摯であれば、私はそんな意地悪ではありませんよ。つまりそういう意味でも、医者は簡単に死んではいけない、これも医師としての務めではないかと思うのですが……。

いやぁ〜、なんて気持ちのいいセリフ、なんていじらしい中年なんでしょう。好感度ふりまいちゃいましたか? もう一点の曇りもない、実にさわやかな気分です。庭先にモンシロチョウが飛んでいます。嘘ですよ、高層マンションですから。

まぁ、それはともかく、かたや警戒すべき究極の不安は、「自分がどんだけスケベなジジイになっているか、しかも筋金入りのいぶし銀」といったことなのですが、これは切実ですよ。スケベ、百まで踊り忘れず？　脳の劣化具合によっては、エロエロ全開、とんでもない行動をしでかさぬとも限らないのです。

現在《いま》でさえ、私「何かイケナイことをしてしまいそうで」、看護婦「イケナイことってなんです？」、私「いや、お構いなく」みたいな、素っ頓狂な会話を繰り広げているのですが、若手に求愛する程度ならまだしも（まだしもじゃねぇ〜よ）、挨拶代わりにオッパイひともみとか、老体を押しての flying body attack とか、今まで抑えてた分はじけちゃって、晩節を汚しはしまいかと、今からドキドキものなのです。

後ろめたさ

幸せについて考えた時……私ごときが並みの苦労をなめ、「不幸か？」と問われ、「不幸だ」と答えれば、世間様から張り倒されることでしょう。たぶん私は幸せ者です。巷《ちまた》では人相風体でお悩みの皆様も多い中、私などいくつになっても容姿はそこそこだし、側近らの話では、どうやら私には目ヂカラがあるらしいんですね。「先生って、何気に爆弾とか作ってそうですよね」なんて言われ……（もう少しマトモな褒め方はないのか）。

ことさらanti-agingなんかせずとも、相手が勝手に七〜八歳サバを読んでくれるし、低身長である以外、自らの形態にさほど不満はありません。それどころか日本の医師で一八〇センチというのも邪魔臭いから、まぁ、美魔男《びまお》としては今ぐらいでちょうどいいのかも。

飲み会があれば誘ってもらえるし、それとなく富と浪漫の香りもする？「不自由なのは、腹の具合とsteadyな女性だけでしょ？　でも独りに慣れちゃったから、このほうが気楽でいいかもなぁ……。いや、待てよ、究極の理想は、付かず離れずの通い婚ではあるまいか。けど子供でもできたら、そうも言ってはおれんだろうし」なんて、そんなノーテンキなことを考えてるうち、たぶん死んじゃうんだろうなぁ〜って。

「せめて不幸ぐらいは思いどおりに」と考えれば、微災《びさい》を甘受し、細々と暮らしていくほうが、私の性《しょう》に合っているのかもしれません。幸・不幸がドッカンドッカンというのは、いかにも耐えられそうになく……。事実、これまでも、生ける赤羽の死、馬喰町の惨劇、かっぱ橋の愛人等、不測の事態はあったにしても（詳細は割愛）、どん底の不幸に見舞われたこともなければ、石持て追わるる人生でもありませんでした。

私がそうであれたのは、その貴い人格に負うところは疑うべくもなく、まぁ、仮に友人・知人等、下々らの献身はあったにせよ……しかし結局は、「運」というのに尽きるのではないかと。一九六〇年代、この国のあの家に生まれたのも運ならば、民間人がかかる仕事に就けたのも、病人ながらなんとか生きてこれたのも、何か見えざる力により動かされてきたとしか思えないのです。

　事実、街中を歩いていても、頭上から鉄骨が落ちてくることもなければ、私をめがけ車が突っ込んでくることもありませんでした。けれどそうした偶然で、運命が激変してしまう人も大勢いるではありませんか。

　アカデミズムは別に、特異な嗅覚でもあるのか、私も各年代、収《おさ》まるところに収まれていて、ありがたいとも思うのですが、さりとてそんな幸運がそうそう続くわけもありません。いつ何時、不幸に転ずるとも限らない、故意でなくとも罪科《つみとが》を問われ、冥府魔道《めいふまどう》に陥らぬとも限らないのです。

　むろん犯罪は許せませんが、中には数奇な罪人《ひと》もいて。「そんなのは言い訳にならない、真っ当な人だっているんだから」なんて昔は私もそう思っていましたが、しかしそれは並みの生活を送る側の言い分であって、私がその立場だったらまるで自信はないですね。とても他人《ひと》ごととは思えない、心底身につまされてならないのです。運否《うんぷ》はまさに紙一重、けれど私は幸せの側にいる……。何か後ろめたい気もするんですよ、幸せでいいのかなって。

死との接点

父の死から四十年、私には身近な死というものがありません。職場では多くを看取ってきましたが、あくまでそれは仕事のうえのこと。親戚にも近《ちか》しい者はおらず、いわゆる死別を実感せぬまま、この齢になってしまいました……。

などと、しんみりした話をしようとしてもですね、例の二人ときたら、昔から冠婚葬祭の「葬」を仕切るのが得意な人種で、おせっかいなんですよ（誰彼の葬式っていうと、何故か生き生きし始める）。

今では兄が我が家の長《ちょう》で、親戚から職場まで、やれ受付だのテントの設置だの、そのうち炊き出しでも始めかねない力の入れようだし（石原軍団か）、母もまた、昔に詳しい長《おさ》として君臨しているので、幸い私の出る幕はありません。「お前は忙しいから、帰っていい」とか言われ、別に忙しくもありませんけど、通夜に焼香をするだけで、静かに帰らせてもらっています（いい齢してまで末っ子は気楽）。

ただ私に限らず仕事仲間も、弔事では休みを取らなくてですね。世間がそれに手厚いのに、医師は何事もなかったように戻ってくるのが早いのです。だからというわけでもありませんが、医師は故人を顧みず、社会は病者を顧みない？　そうした傾向はあるのかもしれません。

死を遠いと感ずる半生でしたが、ある日患者の姿に母が重なり、愕然としたことがありました……そう、これまで私は何をしてきたというのか？

母との会話も、医師として物を申してきただけで、これが仕事ではなく、素《す》に戻った時はどうなのかと。命に関わる職との驕《おご》りがどこかにきっとあって、むしろ死に対する医師であることの弊害とでもいうか、改めて問い直すべき時なのかもしれません。

看取りの際は、いかなる時も真摯であったつもりですが、より深いところで何かが欠けていたような……。「死ぬのはみんな他人ごと」などと放言した私が、実は何もわかっていない、医師などと言っても、所詮は同じ人間なのです。甘えでしかないかもしれませんが、それにしても、とんでもないなツケが回ってきてしまいました。最後の最後、詰めの甘さが……やはり基本をはずす癖は抜けないようです。

床に入ればいつもの部屋。ニュースを見ればテロだとか。不思議と眠れぬ中、あるものが私の目に留まりました。

そう、死ぬのはしかたありません。避けて通れるものでもない。病気であれ寿命であれ、運命の微動とでもいうか、それはいいのです。しかしこの間《かん》も積まれる無益で理不尽な死、それはあってはならないのです。むろん人間だけではありません、何物にも苦しんでほしくない。テーブルも、洋服も、それにあの衣紋かけにも。

詰まるところ

今の職場で数年が経ちました。適度な刺激と休息とで、私には好ましい環境だったようです。が、それは不意に訪れました。身体の芯《しん》から抜け落ちる感覚。

仕事の合間、私は横になりました。検査によると、これまでにない極度の貧血で。私は大きくため息をつきました。それは疲労の息でもあり、諦《あきら》めのそれでもありました。そうか、普通に生きてもダメなのか……つくづく私は、生に疎《うと》まれる存在のようです。

屋上のテラス、紺碧の空。海鳥が数羽、漂《ただよ》い、戯《たわむ》れ、飛び去っていきます。さざ波に煌《きらめ》く金色《こんじき》の陽光《ひかり》。気が付けば、外はやけに麗《うらら》かです。せっかくのこと、早春のぬくもりを素直に受けるとしましょうか。なんならひとしきり眠ってしまってもいい。

ベンチに座り腕を伸ばすと、それはひと時のまどろみの時間となるはずでした。ところがやはりそう、突きつけられると一気に落ちる……。

その場に身を置くと、自分の幕引きにそれほど意味があるとは思いません。失意？　厭世？　あいにくそんな持ち合わせはなく。つまりは単純に生への倦怠だろうし、誰の言葉だったか、「人は自分のために生きるほど強くはない」と、それもあるかもしれません。ただし私に限ればもう一つ、そう、生を説かれればすかしたくなる？……嗤笑《ししょう》を禁じえません。どうやら素直になれぬまま、終わりそうです。

「先生」

風の中、私は我に返りました。

「先生」

もう一度呼ばれる声に振り向くと……。

そうか、あれからどれくらいたったろう。

そこにはかつて教えた美しい女子学生が、白衣を纏《まと》い、立っていました。

「やあ」

また新しい生活が始まるんだな、と私は思いました。

エピローグ

私は二十四歳。この春大学を出て、医者になりました。まだ満足に仕事もできませんが、世間で言うところの女医です。日々の仕事は忙しく、患者さんには叱られ、先生には怒鳴られ、息つく暇《ひま》もない時間を過ごしています。かえってそれが、今の私にはよかったのかもしれませんが。

私の両親は、先日事故で亡くなりました。急なことに、私は呆然とするしかありませんでした。遺体の引き取りから何から親戚任せの葬儀が終わり、やがて私は一人になりました。悲しみの中、それでも家の整理をしていると、父の机から古びたノートが出てきました。贅沢な悩み？……私は仕事の手を止め、おもむろにそれを読み始めました。

父は平凡なサラリーマンでした。浪人の末、理系の大学に合格し、中堅の会社に就職しました。父の母、つまり私の祖母は、父を医者にしたかったようですが、祖父を早くに亡くし、家計にも余裕はなく、結局はあきらめざるを得なかったと聞いています。

父はまじめ以外取り柄はなく、アパートと会社を行き来するだけの生活でした。女性にも縁はなかったようですが、四十の年に見合いをし、五つ下の女性と結婚しました。それが私の母で、ほどなく私が生まれました。遅い子供のせいか、私は大事に育てられました。

中学で恋をし、高校では茶道部に入り……。父は私の進路について何も言いませんでしたが、自然と私もその道に憧れ、地方の医学部に合格することができました。

思えば父は、子供のような人でした。酔うと必ず、「お前はしっかり勉強して」と嗚咽《おえつ》し、母はその横でいつもやさしく微笑んでいました。かと思えば、「お父さんは、ムーン・ウォークができるんだ」と何やら妙な動きをしていましたが、私にはなんのことやら。

そんな平和な家でしたが、娘の就職が決まり、肩の荷が降りたのか、二人は旅行に出かけました。北国の町で車を借りたようですが、もともと運転の苦手な父が、スリップをした対向車をよけきれず、事故になってしまったのは数日後のことでした。

私はこの物語に、エピローグを添《そ》えるべきか迷いました。父は父なりに話を終えたようですし……。ただこの物語には、非常に不思議なところがあります。不可解と言ってもいい。それは父が意外にも、医療の話に通じていたということです。古めかしい内容ですが、いくらその道に憧れたからといって、長々綴《つづ》れるものでしょうか。それと最後はかっこつけすぎかな。

そんなことも忘れかけたある日、父の友人という初老の男性が、うちを訪ねてきました。その人は父の死を知らず、大変悲しんでいました。久しく会わなかったようですが、話の様子から、二人はとても親しいことが窺われました。私は例のノートを思い出し、その人に見てもらうことにしました。父も許してくれるだろうと思いました。お茶がビールになり、出前の寿司を食べながら、私たちは夜遅くまで話をしました。

私は、父が何故、医療の話を書いたのかについて尋ねてみました。するとその人は、父には医者の友人がいて、二人は仲が良かったらしい。大学以降の話は、その人物をモデルにしたのではないか、というのです。つまり、前半は自分の人生を、後半は友人のそれをモチーフにしたということなのですが、本当のところはどうだったのでしょう。

読み終えたあと、その人は言いました。「お父さんね、あんないい人はいなかったよ。お父さん、言ってたな。一年中桜が咲く、そんなところで暮らしたいって」

またその人は、残りのビールを飲み干し、こうも言いました。「あぁ、そう言えば、お父さんには元気なお母さんがいたよね。君にとってはおばあちゃんか。おばあちゃん、百いくつになられた？　元気にされてるかい？」

著者プロフィール

上様（うえさま）

1960年代、関ケ原より東に生まれ、現在に至る。
覆面作家、覆面歌手志望。

贅沢な悩み ゆう子の思うツボ？

2019年9月15日　初版第1刷発行

著　者　上様
発行者　瓜谷 綱延
発行所　株式会社文芸社
〒160-0022　東京都新宿区新宿1－10－1
電話　03-5369-3060（代表）
03-5369-2299（販売）

印刷所　株式会社フクイン

ISBN978-4-286-20864-0　JASRAC 出1905892－901